TO MY SON

献给林子

TO WRITE LIKE A WAYWARD GIRL:
A STUDY ON ANGELA CARTER'S FICTION

像顽童一样写作

安杰拉·卡特小说研究

武田田 / 著

社会科学文献出版社
SOCIAL SCIENCES ACADEMIC PRESS(CHINA)

目 录

导论　备受争议的安杰拉·卡特

　　1992 年 2 月 17 日，罹患癌症的安杰拉·卡特①病逝于她
在伦敦的寓所，享年 51 岁。卡特去世的消息迅速引发了一股
纪念她的热潮：在一周之内，英美各大报刊纷纷刊登了数位她
的友人和同行撰写的悼念文章；英国广播公司旗下的两个电视
频道制作了关于她的电视节目，一家电台播放了她生前为某个
栏目挑选的音乐；热情的读者在三天之内就将书店中她的著作
抢购一空；她生前创作的最后一篇小说的平装本卖了 8000 册。
据萨拉·甘布尔（Sarah Gamble）考证，英国社会科学院
（The British Academy）在 1992 ~ 1993 学年度总共接收了大约
40 份以卡特的作品为主要研究对象的博士论文申请，大大超
过了该院本年度收到的以整个 18 世纪产生的文学作品为主要
研究对象的博士论文申请数目。② 文学批评界对卡特的赞誉之

---

①　Angela Carter（1940 – 1992），国内的一些译介者也曾将 Angela
　　译作安吉拉、安琪拉或安洁拉。本书采用商务印书馆出版的
　　《英语姓名译名手册》中的译法。

②　Sarah Gamble, *Angela Carter*：*Writing from the Front Line*,
　　Edinburgh：Edinburgh University Press, 1997, p. 1.

声更是不绝于耳。琳赛·塔克（Lindsey Tucker）称她为"英国最具创新力、最能打破陋习、最博学的作家之一"。① 尼希·杰勒德（Nicci Gerrard）则直言卡特甚至已经超越了弗吉尼亚·伍尔夫（Virginia Woolf），成为"已经去世的当代作家中最令我们怀念的一位"。② 如同 20 世纪欧美所有其他重要作家一样，安杰拉·卡特近十年来一直被文学界和普通读者热忱地评论与怀念着。

　　然而，这些追捧和溢美之词来得太晚了。在卡特生前的大部分时间里，她都是一位饱受争议的作家、一个游走于主流边缘的他者。她的许多作品长期被读者和评论界忽视，更有许多作品甫一问世就遭到口诛笔伐。生前的备受争议与死后的盛名在卡特身上形成了某种戏剧性的张力，为她的创作生涯写下了一个带有"无比鲜明的讽刺意味"的注脚。③

　　安杰拉·卡特的姓名原为安杰拉·奥利芙·斯托克（Angela Olive Stalker），1940 年出生于英国港口城市伊斯特本（Eastbourne）的一个中产阶级家庭。在她 20 岁时，为了显示对父母意愿的违抗，卡特匆匆嫁给了药剂师保罗·卡特（Paul Carter）。尽管这段婚姻本身并不幸福，它却在卡特的创作生涯中起到了至关重要的作用。像弗吉尼亚·伍尔夫一样，从夫姓

---

① Lindsey Tucker ed.，*Critical Essays on Angela Carter*，New York：G. K. Hall，1998，p. 1.

② Nicci Gerrard，"Angela Carter is Now More Popular than Virginia Woolf..."，*Observer Life*，9 July 1995：20.

③ Sarah Gamble，*Angela Carter：A Literary Life*，Basingstoke：Palgrave Macmillan，2006，p. 202.

的婚后姓名从此成为安杰拉·卡特在创作中使用的正式署名。婚后卡特随丈夫移居布里斯托（Bristol），这使她有机会进入布里斯托大学攻读英国文学。求学期间的广泛阅读为她的创作打下了坚实的基础，在获得学位后的第二年卡特就出版了自己的第一本小说《影舞》（*Shadow Dance*，1966），获得了评论界一定程度的认可。在这种认可的激励下，卡特又一鼓作气写下了《魔幻玩具铺》（*The Magic Toyshop*，1967）、《一些领悟》（*Several Perceptions*，1968）与《英雄与恶棍》（*Heroes and Villains*，1969）这三部长篇小说。除去《魔幻玩具铺》，这一时期创作的其他三部小说又被并称为"布里斯托三部曲"（The Bristol Trilogy）。

　　1969 年，出于对婚姻失败的逃避，卡特决定用自己获得的文学奖奖金赴日本游学。在旅日期间，她由一位政治倾向并不明确的女作家成长为一位女性主义作家。两年后，卡特从日本回到英国，结束了与保罗·卡特的婚姻关系，她的创作也随之进入全盛时期。20 世纪 70 年代，卡特先后出版了三部长篇小说《爱》（*Love*，1971）、《霍夫曼博士地狱般的欲望机器》（*The Infernal Desire Machines of Dr. Hoffman*，1972）和《新夏娃的激情》（*The Passion of New Eve*，1977）以及两部短篇小说集《烟火》（*Fireworks*，1974）和《染血的房间及其他故事》（*The Bloody Chamber and Other Stories*，1979）。这些作品得到的评价大多毁誉参半，唯有小说集《染血的房间及其他故事》受到了评论界和读者的一致好评，因而成为卡特创作生涯与名望的转折点。20 世纪 80～90 年代，卡特发表的主要作品有两部短篇小说集《黑色维纳斯》（*Black Venus*，1980）与《美国鬼魂和旧世界的奇观》（*American Ghosts and Old-World Wonders*，1993），以及两部长篇小说《马戏团之夜》（*Nights at the Circus*，1984）与《明智的孩子》（*Wise Children*，1991）。这两部长篇小说被普遍认为是卡特最杰出的作品。一般来说，评论界将卡特的创作生涯分为早期、中期和晚期三个阶段：从卡特开始从事文学创作到 20 世纪 70 年代中属于早期，从 70 年代中到 80 年代初属于中期，从 80 年代初到卡特去世之前属于晚期。

总体而言，安杰拉·卡特是一位多产作家。在短暂的一生中，她不仅撰写了 9 部长篇小说、4 部短篇小说集和 3 部文艺评论专著，还编纂了 3 部童话故事集，译介了 3 部法语童话集，并将自己的两部小说改编成了电影。卡特一生荣膺多项文学奖：她因撰写《魔幻玩具铺》而获得约翰·卢埃林·里斯奖（The John Llewellyn Rhys Prize，1967），因撰写《一些领悟》而获得萨默赛特·毛姆奖（The Somerset Maugham Award，1968），因撰写《马戏团之夜》而获得詹姆斯·泰特·布莱克纪念奖（The James Tait Black Memorial Prize，1985），因撰写短篇小说《染血的房间》而获得切尔特纳姆文学节奖（The Cheltenham Festival of Literature Award，1980）。[①] 除了通过创作为文学做出贡献之外，她还曾在布朗大学和东英吉利大学等多个英美知名大学中访学或担任教职，影响了一批有志于文学的学生。著名英籍日裔作家、布克奖获得者石黑一雄就曾是卡特的学生。

---

① 短篇小说"The Bloody Chamber"的题目还有《血窟》、《染血之室》和《血淋淋的房间》这几种译法。本文采用目前该小说唯一正式中文出版物的译者严韵采用的译名《染血的房间》。

　　安杰拉·卡特对人物心理刻画细腻，对社会现实观察敏锐，继承了英国文学独具特色的写实主义传统；而其作品又往往突破惯常的写作方式和思维模式，充满浪漫主义色彩。与此同时，戏仿、隐喻、倒错和拼贴等手法的大量使用又使她的作品凸显出浓重的现代主义风格。她擅长使用魔幻写实的技法描绘华丽诡异的故事，使作品充满了复杂的解构思路和颠覆意义。人物、事件、风格、意象等小说的重要组成元素在卡特看来都变成了用以颠覆既定价值体系的利器。这些元素越超越现实和令人不安，就能释放出越强大的颠覆力量。玛格丽特·阿特伍德（Margaret Atwood）在为卡特撰写的悼念文章中写道，卡特"生来就具有颠覆性"。① 可以说，正是这种颠覆性将她置于争议的漩涡之中。

　　作为一位女性主义作家，卡特将目光聚焦于女性的遭遇和命运。然而，与其他女作家不同的是，她毫不避讳地深入别人不曾或者不敢涉足的领域，大胆而率直地谈论乱伦、性虐、色情等话题。在她的眼中，女性的身体与欲望是女性主义写作和研究不能回避的主题——无论其身体和欲望是女性真实拥有的，还是由男性所构建和消费的。在 20 世纪 60～80 年代的欧美批评界，性和色情正是女性主义批评的核心话题。事实上，由于对待色情的态度不同，女性主义者甚至分化为两大阵营。以安德里亚·多尔金（Andrea Dworkin）和克里斯蒂娜·麦金农（Christina MacKinnon）为首的一派反对淫秽色情品，认为

---

① Margaret Atwood, "Magic Token Through the Dark Forest", *The Observer*, 23 Feb. 1992: 61.

色情是强奸的理论准备，要求查禁色情文学。而以凯特·米利特（Kate Millett）和阿德里那·里奇（Adrienne Rich）为首的一派则担忧淫秽色情品检查制度会带来更大的危险，认为女性不应回避性的问题，而应将色情文学为己所用。这两派之间的争论演变成了"一场旷日持久的战争"。①

在这样的氛围下，安杰拉·卡特不仅在小说中加入了大量的性描写，还专门撰写了一本讨论色情这一话题的文艺批评专著《虐待狂女人》（*The Sadeian Woman*, 1979）。② 这种举动无疑使她很容易变成许多女性主义者攻击的对象。然而，在支持卡特的批评家看来，卡特在创作中有意地从色情文学这个亚文学体裁入手，这正是一种解构父权话语、重构女性话语的策略。林登·皮奇（Linden Peach）指出，"卡特的小说鼓励我们重新审视那些造就了社会结构、历史概念和文化产物的过程"。③ 尼希·杰勒德声称卡特的小说"极不正经、腐坏堕落、冷嘲热讽"，它们传达的信息无外乎"没有什么是神圣的，没有什么是自然的"。④

事实上，将性和色情作为作品的主题并不是安杰拉·卡特

---

① 李银河：《女性主义》，山东人民出版社，2005，第 143 页。
② 有些批评者将此书的标题译作《虐待狂的女人》，有与"虐待狂（拥有）的女人"（The Sadists' Woman）混淆之嫌；另有批评者将其译作《萨德的女人》，从内容上看亦有不妥，因此姑且译作《虐待狂女人》。
③ Linden Peach, *Angela Carter*, New York: St. Martin's Press, 1998, p. 9.
④ Nicci Gerrard, "Angela Carter is Now More Popular than Virginia Woolf...", *Observer Life*, 9 July 1995: 20.

引起争论的唯一原因，至少并不是最根本的原因。卡特的作品令许多女性主义者大为光火的根本原因是她没有遵循同时代女性主义作家和批评家的惯例。斯时欧美女性主义批评的主旋律是将女性看作长期处于父权压迫下的弱者；为了反抗压迫，女性文学需要强化属于女性自己的性别体验，追寻属于女性自己的文学传统，以便与男性话语统治下的主流文学区别开来。然而在卡特看来，尽管父权对女性的压迫确实存在，但是女性并不是永恒的弱者。正如她在《虐待狂女人》中所不断强调的那样，女性身上同样蕴含着虐待狂的潜质；是否受压迫不是性别决定的，而是阶级地位和权力关系决定的。

除此之外，卡特对于追求属于女性自己的文学传统也并不十分热衷。其创作的显著特色是擅长以文学史上的经典之作为基础创作出新作品，而作为这些作品发端的经典之作多半是由男作家创作的。例如：短篇小说集《染血的房间及其他故事》是对经典童话的改写，长篇小说《明智的孩子》当中充满了有关莎士比亚作品的隐喻，等等。在文体风格的选择上，卡特偏好哥特小说般魔幻、狂乱、阴郁而富于激情的笔调，因此她的作品也被很多评论家贴上了"新哥特小说"的标签。尽管在女性文学的传统中也存在"女性哥特"这一文类，卡特却并没有选择向前辈女性哥特小说家学习，而是借鉴了男作家埃德加·艾伦·坡（Edgar Allen Poe）的创作手法。与这一时期强调挖掘和研究女作家作品的同行们相比，卡特以男作家作品为主要互文材料的写作策略不仅显得特立独行，而且在许多女性主义者看来有误投敌营、卖友求荣之嫌。

因此，卡特遭到的最为猛烈的攻击其实是针对其政治倾向

7

的。伊莱恩·乔丹（Elaine Jordan）承认自己在阅读卡特的作品时常常会"受到惊吓并充满怀疑"，因为卡特"会以男性代言人的身份写作，言语中带着强烈的厌女情绪"。① 保利娜·帕尔默（Paulina Palmer）认为，尽管卡特竭力洗脱笔下女性人物身上诸如消极或受虐这样的负面女性气质，其结果却是这些人物变得男性化了，以至于走向了她们本该致力于反对的那一面。② 萨利·罗宾逊（Sally Robinson）直言在卡特创作的文本中"根本就没有女性读者的位置"。③ 约翰·贝里（John Bayley）则总结道，卡特的问题无非在于她的作品渗透着主流社会那套"政治上的正确性"和"意识形态上的正统观念"。④ 鉴于卡特同时又被指责为一个因其颠覆性而令人如芒在背的作家，这些评论听上去颇显自相矛盾。事实上，卡特生前的被边缘化正是因为她既反对父权压迫又不愿意遵守女性主义阵营的规矩，以至于使她陷于腹背受敌的境地：一方面备受男性话语主导的主流文学界鄙视，一方面又被女性主义文学界视为叛逆。

---

① Elaine Jordan, "The Dangers of Angela Carter", *New Feminist Discourses: Critical Essays and Theories and Texts*, ed. by Isobel Armstrong, London and New York: Routledge, 1992, p. 16.

② Paulina Palmer, "From 'Coded Mannequin' to Bird Woman: Angela Carter's Magic Flight", *Women Reading Women's Writing*, ed. by Sue Roe, Brighton: Harvester, 1987, p. 16.

③ Sally Robinson, *Engendering the Subject: Gender and Self-representation in Contemporary Women's Fiction*, Albany, NY: State University of New York Press, 1991, p. 105.

④ John Bayley, "Fighting for the Crown", *The New York Review of Books*, 23 April 1992: 9.

事实证明，安杰拉·卡特并非借着女性主义的名义而行背叛女性主义之实，她成为批判者眼中的叛逆实际上只是缘于其过于超前的思想方式而已。著名女性主义批评家伊莱恩·肖瓦尔特（Elaine Showalter）曾在卡特饱受攻击的 20 世纪 70 年代出版了一本文艺评论专著《她们自己的文学》（*A Literature of Their Own*, 1977）。该书力图追寻女性文学创作传统，在当时立即成为女性主义文学批评的扛鼎之作。肖瓦尔特在书中表达了自己对女性文学现状及其发展趋势的某些疑问和担忧。她认为过于强调将女性气质和女性体验作为文学的主要材料会使女性有意识地退出政治舞台，由于过于张扬个性而失掉了融入文学主流的机会。1999 年，肖瓦尔特出版了该书的增补版，该版与原书最大的区别就在于最后增加了一章，其中浓墨重彩地介绍了安杰拉·卡特。

肖瓦尔特认为，卡特实际上早在 20 世纪 70 年代就已经解答了她的上述疑问，遗憾的是这种解答却被人们忽视，甚至遭到误解。在这方面，卡特做出了三项重要的贡献：其一是使用男作家的作品作为互文材料，却在文本中注入了女性的话语，这使她的写作既强调了女性的经验和特质，又进入了主流政治；其二是通过对色情文学的研究打破了虐待狂与受虐狂、迫害者与受害者以及男与女这些存在于父权文化之中的典型的二元对立结构，为后来的女作家提供了更多创作上的可能；其三是在当代女作家之中率先使用了形式多样的叙事技巧，将创作与批评结合在一起，开创了将文学创作与文艺批评合而为一的先河。肖瓦尔特认为，正是由于卡特的垂范，当代英国的女性文学才得以既彰显个性又融入主流，形成了特色鲜明、活力四射的文学传统。她甚至赞叹道，"现今英国的女性小说均身处颓废的卡特之国"。①

　　肖瓦尔特对安杰拉·卡特的重新发现证明，卡特不仅是一位真正的女性主义作家，而且是一位极富前瞻性的严肃作家。卡特有别于和她同时代的激进的女性主义作家，她不认为性别是造成压迫的根源，而是相信得不到制衡的权力才会带来苦难。她不认为通过向男性宣战能够解决女性的问题，而是相信两性能够和平相处。在文本之中，她长于发现问题、破旧立新；在文本之外，她长于细致观察、理性分析。她既是一位女性主义作家，又是一位自由主义知识分子。贯穿在其文学创作当中的核心精神是对一切既定的事实和逻各斯中心主义的二元对立系统的反对。从某种程度上说，卡特是在用公然冒犯和挑衅读者的方式促使她们醒悟，重新观察自己所处的社会与历史环境，并发现曾被自己视为理所当然之事当中的不合理与不公平之处。因此，尽管卡特确实是一位非常具有颠覆性的作家，但她的颠覆性有一种童趣般的天真：率直烂漫，口无遮拦，常作惊人之语，却并不怀着恨意，也无意带来彻底的破坏。

　　1986 年，卡特编辑出版了一本由女作家创作的小说组成的短篇小说集，并为小说集取名为《顽皮的女孩与邪恶的

---

① "身处颓废的卡特之国"原文为" in the decadent Carter Country"，decadent 并不是一个褒义词，意为腐化、颓废或自我放纵。肖瓦尔特使用该词，意欲强调卡特作品的独特风格和颠覆性。〔美〕伊莱恩·肖瓦尔特：《她们自己的文学》（增补版），外语教学与研究出版社，2004，第 324 页。

女人》（*Wayward Girls and Wicked Women*）。在小说集的序言中，卡特为"顽皮的女孩与邪恶的女人"一语下了这样的定义：

> 她们自尊，尽管这自尊残缺不堪。她们知道在命运指定给她们的东西之外自己还值得拥有更好的。她们做好了准备去谋划、去抢夺、去战斗、去从屋里挖地道潜逃，只为得到那多给的更好的一点点……即使在失败中，她们也没有被打败……她们是"知道生活是什么"的女性。①

玛丽娜·沃纳（Marina Warner）指出，卡特的勇敢之处在于"她敢于正视'女性之顽'"。②事实上，卡特不仅敢于正视"女性之顽"，更是将其转化为一种正面的力量。在卡特的定义中，"顽"代表着不满于生活对自己的设置。她将这种顽皮的力量融入了自己的文学创作之中，从她的笔下不仅诞生了一大批无视生活的安排、勇于挑战常规的顽皮女性形象，而且其作品从结构到内容也都体现了对传统极具活力的创新。因为不满于父权话语对女性的解读，她从女性视角出发，重新塑造了前辈男作家作品中的女性形象；因为不满于主流文学界对民间文学和通俗文学的轻蔑，她特意采用童话、哥特小说和色情文学等体裁进行创作；因为不满于传统现实主义小说刻板的

---

① Angela Carter ed. , *Wayward Girls and Wicked Women*, London：Virago Press，1986，p. xii.

② Marina Warner, *From the Beast to the Blonde*：*On Fairy Tales and Their Tellers*，London：Vintage，1994，p. 308.

叙事方式，她大胆地使用了多种现代主义的创作技巧。如同她笔下的女主人公那样，卡特顽皮而非顽劣，既勇于破坏又乐于建设。她将写作变成了一场游戏，在游戏中破除一切陈旧的东西，以便建立起充满爱和希望的新世界。

从某种程度上讲，安杰拉·卡特代表的其实是一种自由主义知识分子的叛逆传统，强调不断探索和不断询问的质疑精神。她的作品从表面上看是女性主义作品，归根结底却是对全人类境遇和命运的思索以及拷问。只是因为她身为女人，在创作的成熟期又恰逢女性解放运动，她才选择女性主义作为自己创作的出发点和突破口。尽管"女性主义作家"是卡特唯一愿意加之于己的称号，该称号却绝不应该成为她身上唯一的、固定的标签。事实上，卡特本人穷其一生都在试图逃脱任何设法为她贴上某种标签、归入某个门类的努力。正是因为如此，保罗·巴克（Paul Barker）认为卡特去世之后才享有盛名是一种讽刺，结果竟然是这样："她来了，但她已经死了。"① 若果真如此，那么其中的讽刺意味恰恰在于她终究未能逃脱被归入某个门类的命运。如今卡特已跻身英国当代一流作家的行列，她的作品已进入英国文学的正典；她的小说不仅作为课文选入中学教材，而且成为大学文学课程所研究的文本。这种状况使卡特的挚友、著名英国作家萨尔曼·拉什迪（Salman Rushdie）不禁颇为伤感地写道：这个"一生中被边缘化、被当作邪教教徒和温室里的奇异花朵的作家，现在是英国大学课堂研究最

① Paul Barker, "The Return of The Magic Story-Teller", *Independent on Sunday*, 8 January 1995: 14.

多的当代作家"。① 林登·皮奇则直言不讳地指出，"对于自己
被正典化这件事，卡特本人可能会觉得很有意思。然而，被正
典化导致她常常被误解，卡特可能就不会觉得那么有意思
了。"② 对于真正喜爱安杰拉·卡特的人们而言，也许对她最
好的纪念就是尊重她不断打破常规成见的努力，取消加在她身
上的各种头衔，让她那充满活力的顽童精神永远流传下去，因
为"她从来就不是个循规蹈矩的文人。她是一枚火箭，一簇
转轮烟花"。③

　　目前西方学术界对安杰拉·卡特的研究主要侧重于以下几
个方面：一是互文性研究，二是叙事技巧研究，三是哥特风格
研究，四是童话研究，五是魔幻现实主义研究，六是社会文化
研究，七是女性主义研究。

　　第一，卡特的小说以对其他文学作品和文化现象的广泛
指涉、借鉴、引用和戏拟而著称。卡特强调创作中的互文性，
并非将引文当作装饰在自己小说表面的点缀物，而是把对所
引作品原文的理解充分地融入自己的小说之中。这种创作手
法使研究者很容易将卡特的小说与其所使用的互文材料进行
比较研究。值得注意的是，由于卡特使用的互文材料中包含
许多理论著作，并非全是纯文学作品，因此这种比较研究往

---

① Salman Rushdie, "Introduction", *Burning Your Boats: Stories*, London: Chatto & Windus Ltd., 1995, p. xiv.
② Linden Peach, *Angela Carter*, New York: St. Martin's Press, 1998, p. 2.
③ Salman Rushdie, "Introduction", *Burning Your Boats: Stories*, London: Chatto & Windus Ltd., 1995, p. x.

往会延伸至理论批评与文化研究的领域。例如，针对卡特小说的狂欢化研究就是近年来研究者较为热衷的领域。"狂欢化"这一概念由俄国批评家米哈伊尔·巴赫金（Mikhail Bakhtin）提出，是当代西方互文性研究的重要组成部分，现在被普遍认为已超越了文学研究的领域，成为一个哲学概念和文化概念。巴赫金通过分析陀思妥耶夫斯基和拉伯雷的作品，发现他们的小说中蕴含着一种开放、诙谐、怪诞与深刻并存的话语体系。这种话语体系的特点是运用被官方文化所排斥的体裁和难登大雅之堂的民间语言，对一切权威的话语体系进行讽刺，使笼罩在权威话语体系上的高贵和优越之感消失殆尽，造成"脱冕"的效果，因此具有极强的颠覆性。安杰拉·卡特的小说对主流文学观念的挑衅和颠覆显然与狂欢化文学的特点一脉相承，其晚期创作的小说尤其强调诙谐的因素对小说主题的影响，这都为针对卡特小说进行的狂欢化研究提供了方便。

第二，除了互文材料之外，卡特的小说使用了丰富的叙事技巧，也引起了研究者的兴趣。拼贴、戏仿、不断改变人称、多重叙述视角、故事里套故事……这些叙事技巧经常出现在卡特的小说中，在整体上造成了一种奇异的效果，使读者感到作者不仅一边写作一边批评，而且时时与读者进行着交谈。在后现代主义文学批评的语境当中，这种叙事策略常常被定义为"元小说"叙事，意为作者以小说的形式对小说艺术本身进行反思。因此，在针对卡特小说的叙事学研究之中，元小说研究占据了相当重要的位置。

第三，哥特小说是英国文学史上一类拥有悠久传统的特殊体裁，卡特在小说创作中充分继承了这一传统，创造出恶棍、英雄、密室、曲折的旅程、被囚的女性等一系列经典的哥特意象，其阴郁神秘的文字风格也与她受到了哥特小说很大影响有关。从文学体裁的溯源上讲，科幻小说在某种程度上可以被看作哥特小说的衍生文类，因此在哥特小说的影响下，卡特的某些作品融入了科学幻想的成分也是很自然的。在继承哥特小说传统的基础上，卡特在现代的语境当中重新发展了这种古老的体裁，形成了独树一帜的"卡特式"新哥特小说。就此而言，研究者重点关注的是卡特的小说对哥特小说传统的继承与发展。

第四，在童话研究方面，评论者所研究的文本通常是卡特根据经典童话创作的短篇小说。一些研究者引入人类学与精神分析等童话和神话研究的常用理论对这些小说进行分析，重点探索卡特的改编对童话原作的解构和颠覆，以及如此解构和颠覆之后建立起的新意义。另一些研究者则以女性主义理论解读经过卡特重构的童话，重在揭示卡特通过童话这一体裁为女性小说创作提供的启示。

第五，卡特的小说糅合了哥特风格、科幻因素和经典童话，但与此同时讲述的是现代的故事，这给她的小说蒙上了一层梦境与现实混合交融的奇幻色彩。尽管卡特本人并不认可将自己的这种风格命名为魔幻现实主义风格，但是由于其创作的高峰期恰好与魔幻现实主义小说创作和研究的高峰期重叠，因此很多评论者倾向于为她的小说贴上"魔幻现实主义"的标签，并采用相关理论进行研究。

第六，在社会文化研究方面，有的评论者从历时的角度研

究卡特对英国长篇小说传统的传承，有的评论者从共时的角度
观察卡特的小说与同时代的现代主义或后现代主义小说之间的
关系，有的评论者从新历史主义的角度研究第二次世界大战以
后的英国社会对卡特创作的影响，有的评论者则重点研究卡特
的作品改编成的电影和戏剧。

第七，有关安杰拉·卡特的女性主义研究情况也许是所有
研究当中最为复杂的。首先，卡特的小说本身几乎涉及了女性
主义批评领域中所有重要的概念和理论：例如身体、欲望、性
别气质、双性同体、阉割情结、俄狄浦斯情结、男性凝视、伪
装以及女同性恋等。其小说在女性这一主题方面探索的范围之
广与内涵之深给研究者们提出了很大的挑战。其次，如前所
述，卡特对女性欲望的大胆描写和对色情话题的关注招致了很
多女性主义评论者的侧目，她不肯屈从于当时女性主义文学批
评的惯例令她成为大部分评论者眼中的异类。因此，在针对卡
特的女性主义研究这一领域出现了相当芜杂的声音，这增加了
在该领域继续进行研究的难度，却也提供了更多的挑战和活
力。当然，上述各个方面的研究之间并非泾渭分明，其领域往
往有互相交叉和重叠的现象。

中国翻译界对安杰拉·卡特作品的引进和翻译近年来亦呈
现不断升温的态势。2005～2007年，台北行人出版社翻译出
版了安杰拉·卡特创作的短篇小说集《染血的房间及其他故
事》以及卡特去世后由他人编纂完成的短篇小说选集《焚舟
纪》（*Burning Your Boats*, 1995）。直到 2009 年以后，她的长
篇小说才逐渐被译介到大陆来。浙江文艺出版社首先翻译出版
了卡特的长篇小说《魔幻玩具铺》，之后南京大学出版社又陆

续翻译出版了长篇小说《新夏娃的激情》、《明智的孩子》、《马戏团之夜》和《爱》。2011年，南京大学出版社出版了由卡特收集整理而成的故事集，并冠以《安吉拉·卡特的精怪故事集》之名，在市场上颇受好评。2012年南大出版社顺势推出了卡特本人的短篇小说集《经典之轻：焚舟纪》，取代台湾版成为最受读者欢迎的卡特短篇小说作品。2015年，《霍夫曼博士的魔鬼欲望机器》出版。至此，安杰拉·卡特的主要作品已基本译介到中国内地，并在一定范围的读者群内产生了很大影响。

进入21世纪以来，国内学术界对安杰拉·卡特进行研究的热情明显高涨，然而研究的对象文本多来自于卡特创作的短篇小说集《染血的房间及其他故事》、《新夏娃的激情》和《马戏团之夜》等少数几部作品，对其他作品涉及甚少，文本研究的广度不够。另外，由于安杰拉·卡特对国内的研究界而言仍是个甚少为人所知的名字，许多研究者在他们的评论文章中仍然会提供很多介绍性的信息，并且在选择研究视角时倾向于女性主义研究和童话研究这两个在国外已具备充分基础的维度。这些因素都限制了国内卡特研究的理论深度。

基于目前国内外的研究现状，本书借用多个理论视角，对卡特的小说进行整体性的审视，力图在卡特研究的广度和深度上都有所突破。鉴于小说是卡特使用最为频繁，也最能体现其文学成就的体裁，本书选择其小说作为主要研究对象。除了小说之外，卡特还撰写过许多评论文章，这些作品将作为该项研究的辅助材料。本书认为，卡特的小说蕴含着破与立两个方面。就"破"而言，卡特在小说中频繁使用前辈文学家的作

品作为互文材料，并将自己对这些作品的理解和诠释融入创作
之中。通过这种方式，小说为理解社会文化中一些人们习以为
常的现象提供了新的解读视角，对一些被普遍接受的价值规范
提出了质疑。这种批评式的互文性创作旨在对权威的和主流的
话语体系进行颠覆，因而被卡特命名为"去除神话的工作"
（demythologising business）。然而，卡特小说创作的桀骜不驯不
仅体现在其作品对前辈文学的批评之上，更加体现在其作品富
有开拓性的创新之上。就"立"而言，卡特在小说中使用了
丰富的叙事技巧，创造了时而奇幻、时而瑰丽、时而怪诞的独
特意象，刻画了令人过目难忘的生动人物。更重要的是，在展
现这些技巧、意象和人物的过程中，卡特有效地建立了具有自
身特色的女性话语，成功地表达了自己对于女性的地位和命运
以及人类普遍处境的深刻思索。如果说安杰拉·卡特的小说本
身从某种意义上讲就是文艺批评，那么这种文艺批评不仅颠覆
旧有的价值，而且强调新价值的建立。

第一章　穿透幻象：安杰拉・卡特笔下的意象及其内涵

　　据 M. H. 艾布拉姆斯（M. H. Abrams）分析，"意象"是在文学批评中使用非常广泛而且"意义最为多样的"术语之一；然而无论其意义如何变化，意象的主要作用都在于使诗歌或其他样式的文学作品"变得愈加具体而非愈加抽象"。①换言之，意象的主要作用是在文本蕴含的深意与外化的表达之间搭建一座桥梁，将文本的内涵以具体而生动的方式直接诉诸读者的感官；从另一方面来讲，读者则通过感知意象理解文本的内涵。

　　在安杰拉・卡特的笔下，意象丰富多样，异彩纷呈，给予读者强烈的感官刺激，其小说为人称道的奇幻色彩在很大程度上正是由这些意象所造就。然而，由于卡特的小说类似于文艺批评，本身带有浓厚的理论意味，这些意象所起到的作用并非仅为读者营造绚丽的虚拟幻境。它们在卡特小说的内涵与表达

---

① M. H. Abrams, *A Glossary of Literary Terms* (7th edition), Boston: Heinle & Heinle, 1999, p. 121.

之间所搭建的桥梁往往不止通向某一句话或某一个段落所承载的意义，而是指向更加宏大和深刻的理论主题。杰奎琳·皮尔逊（Jacqueline Pearson）曾经这样描述卡特小说中的意象：

> 它们创造了一系列的二元对立，过去与现在、文学与生活、真实与虚假等，接着将这些二元对立一一打破。与其认为由现象组成的"显性"世界遮盖了"真实"世界，不如认为现实本质上就存在着很多问题，我们只要去掉那些欺骗性的虚饰就能看到真实。①

因此可以说，这些意象以其象征意义为卡特在小说中进行女性主义批评和社会批判起到了推波助澜的作用。在卡特小说中扮演重要角色的几组意象尤其值得分析，它们既是体现小说风格的标志性符号，又是昭示小说思想内涵的重要象征。这些意象贯穿卡特小说创作的始终，各自反复表达着相应的主题思想，但是以它们在小说中出现的频率来观察，卡特对意象的选择也呈现了某些变化。就卡特小说的总体而言，在20世纪60年代至70年代中期创作的小说当中，花园、森林与荒原的意象出现得较为密集；在70年代中期到80年代的小说当中，食物的意象出现得较为密集；在80年代及以后的小说当中，玩偶、镜子与舞台的意象出现得较为密集。而且，花园、森林和

---

① Jacqueline Pearson, "'These Tags of Literature': Some Uses of Allusion in the Early Novels of Angela Carter", *Critique Studies in Contemporary Fiction*, 1999, 40（3）: 249.

食物的意象在卡特创作的早期和中期多出现在长篇小说中，在其创作晚期几乎只出现在短篇小说中了；舞台的意象则恰恰相反，在卡特最后创作的几部长篇小说中占据了中心意象的位置。这种规律表明，卡特在小说创作中不断思索着某些重要的问题，随着时间的流逝，这些问题的重要性也在她心目中发生着变化。

对这些问题的深入分析表明，卡特运用花园、森林与荒原的意象表达了对现代人类命运的思索，运用食物以及相关意象表达了对性与权力关系的思索，运用玩偶、镜子与舞台的意象表达了对"凝视"这一概念及其相关女性自我认同问题的思索。透过这些意象，卡特不仅使读者与小说力图传达的情感氛围产生了共鸣，更促使她们意识到现实世界中存在的诸多问题也是她们的切身问题。读者仿佛漫游奇境的爱丽丝，总是在卡特的小说中出乎意外地遇到新奇有趣的情景，它们看似奇异甚至荒诞，但实际上都具备意义。而建造这个奇境的安杰拉·卡特则仿佛一只柴郡猫①，悄悄地躲在文本的背后，不时发出顽皮而会心的笑声。

---

① 柴郡猫（Cheshire cat），英国作家刘易斯·卡罗尔（Lewis Carroll, 1832 – 1898）所写童话《爱丽丝漫游奇境记》（*Alice's Adventure in Wonderland*）中的虚构角色，形象是一只咧着嘴笑的猫，拥有能随时出现或消失的能力，甚至在它消失以后，它的笑容还挂在半空中。卡罗尔创作这个角色的灵感可能来自英国俗语"笑得像一只柴郡猫"（grin like a Cheshire cat），该俗语的来源众说纷纭，有的说是源于柴郡盛产一种做成笑脸猫形状的奶酪，有的说是源于柴郡一位笑容丑陋的护林员凯特灵（Caterling）的绰号。由于本书的影响，现在西方人都把露齿傻笑的人称为柴郡猫。

第一节　花园、森林与荒原

生态主义批评家罗伯特·波格·哈里森（Robert Pogue Harrison）曾经指出，文学中的自然意象是人类对自然界进行感知而投射在文学上的结果，"灵魂和生境总是相互联系在一起"。① 对于生活在欧洲大陆上的人类而言，森林是挡在文明的进程面前最难以征服的自然存在，花园却是人类以智慧和美感征服并整饬自然的结果。因此，在西方文学的传统中，森林与花园象征着感性与理性这两个相互对立的体系。在维吉尔笔下，花园是阿卡迪亚②和平而宁静的诗意境界。在《创世纪》中，花园象征着人类梦想中最有秩序、最为圆满和美好的生活状态。尽管人类由于意志薄弱、缺乏理性而永远地离开了上帝的花园，弥尔顿仍然相信人类能够在地上重建属于自己的乐园。歌德的浮士德则为人类对地上乐园的创造而心醉神迷，不由发出叫喊："停一停吧！你真美丽！"如果花园象征着理性、秩序和牧歌式的理想，那么森林象征着野性、肉欲和潜意识当中的罪恶。在古希腊神话中，森林是凡人、仙子和神祇互动的

① Robert Pogue Harrison, "The Forest of Literature", *The Green Studies Reader: From Romanticism to Eco-criticism*, ed. by Laurence Coupe, London and New York: Routledge, 2000, p.216.
② 阿卡迪亚（Arcadia），希腊语为 Αρκαδία，原为古希腊一地名，位于伯罗奔尼撒半岛。在希腊神话中，此地被认为是潘神的家乡，后在西方文化中被引申为"世外桃源"。

场所，是潘神①宴饮狂欢之地。在但丁笔下，罪人在"昏暗的
森林"里迷失自我。在莎士比亚笔下，森林既为《仲夏夜之
梦》和《皆大欢喜》中的年轻恋人们上演的种种爱情喜剧提
供了背景，又充当了《麦克白》中罪恶感与恐惧感的隐喻。
花园是阳性的、光明的、乌托邦式的，森林则是阴性的、幽暗
的、如梦似幻的。当人类进入现代社会，科学技术迅猛发展、
经济水平大幅提高、物质欲望高速膨胀之时，人类不仅"永
远告别了昔日的健康，而且还严重地污染了赖以生存的自然环
境，人类种种美好的情感也随着这失掉的大自然一起失却
了"。② 无论是森林还是花园，都已逐渐从人类生活的重要方
面退去。于是，伴随着地球表面出现越来越多的不毛之地，人
类的精神家园也逐渐成为一片荒原。这种感知被投射在文学
上，就产生了象征主义的诗歌、荒诞派的戏剧、意识流小说等
现代主义文学作品，诉说着现代人的恐惧、焦虑与绝望。

　　在安杰拉·卡特 20 世纪 70 年代末期以前创作的小说中，
花园和森林的意象具有非常重要的作用。卡特借助这两个意象
延续了西方文学传统中自然界与人类的精神世界、自然界与文学
世界之间互为观照的关系。她不仅在女性主义思想的驱使下运用
这些意象描述女性问题、解读两性关系，而且像其他的现代主义
作家一样运用这些意象对现代文明中存在的问题进行了询问。

---

① 潘（Pan），在希腊神话中既是牧神又是山林之神，生性热爱喧
　闹和喜乐。潘是一位出色的音乐家，常用芦笛吹奏出美妙的曲
　子，吸引山林中的仙女倾听。
② 刘象愚、杨恒达、曾艳兵主编《从现代主义到后现代主义》，
　高等教育出版社，2002，第 4 页。

一 花园

安杰拉·卡特于20世纪60年代创作的小说《魔幻玩具铺》是一部关于花园的小说，准确地说是一部关于"如何离开花园"的小说。在小说的第一章中，渴望长大的梅拉尼穿着母亲的结婚礼服半夜偷偷溜进花园，却因为把自己锁在了门外而不得不从苹果树上爬回了房间。研究者们普遍认为，这是一个象征着"从伊甸园坠落"的场景。出于对性与婚姻的好奇，梅拉尼僭越了母亲的权力，并因此受到了惩罚。在这次充满挫折的历险结束后的第二天，梅拉尼就接到了告知父母双亡的电报，随即开始了寄人篱下、饱受欺凌的生活。因此，在隐喻的意义上，梅拉尼在花园里完成了"弑母"的举动，并从此将她的人生之舟推向了充满黑暗和邪恶的现实世界。就像夏娃偷食禁果，扰乱了伊甸园原有的秩序一样，女主人公在花园中的历险也预示着她幼年时期富足和安宁的生活从此一去不复返了。

然而，与伊甸园不同的是，梅拉尼家的花园并不是一个平和美好的地方；相反，这里不仅充满肉欲，而且危机四伏。在梅拉尼的眼里，花园的阴影里潜伏着巨大的怪物，"有黑夜一样的血肉"和"很多柔软而且大张着的嘴"；"心怀恶意的树枝挂住她的头发，抽打着她的脸。青草交织着，变成了会转圈的脚踝套索"。①当她攀爬那棵象征着伊

---

① 安杰拉·卡特：《魔幻玩具铺》，张静译，浙江文艺出版社，2009，第20~21页。

甸园中智慧之树的苹果树时，树皮"像犁铧那样划破她的小腿、大腿和肚皮"，树枝"直直地戳进她的眼睛"，苹果"暴雨般劈头盖脸地砸下来"。①梅拉尼惊奇地发现，"曾经是游戏伙伴的苹果树也变成了她的敌人，而且她没有办法同他们讲和"。②花园给予年幼的梅拉尼新的智慧，那就是自己为之信心十足的生活秩序也许并没有看上去那么坚不可摧。

　　这种对秩序的怀疑在小说的中间部分再次出现，并且同样以花园的意象表达出来，准确地说，是以公园的意象表达出来。在芬恩的带领下，梅拉尼来到一处公园，此地在英国近代史上曾经颇有影响。1851 年，第一届世界博览会在伦敦举行，当时世界上的主要国家都参加了这次博览会，庆祝和展示现代科技的卓越成就。博览会举办方在伦敦城区中心的海德公园内专门修建了一座名为"水晶宫"（The Crystal Palace）的新奇建筑作为主要场馆。展览结束后，整座建筑被移至伦敦南部的西德纳姆（Sydenham），以更大的规模重新建造，并在之后长达 80 多年的时间里都是伦敦的一个重要娱乐中心。1936 年，水晶宫突然失火并迅速被烧为白地，从此这里便衰败了下去。约翰·戴维斯（John Davis）在《博览会》（*The Great Exhibition*，1999）一书中指出，伦敦博览会实际上是"一种刚刚建立的新秩序"的体现，"这个新秩序由刚刚确定了身份的精英阶层所

---

① 安杰拉·卡特：《魔幻玩具铺》，张静译，浙江文艺出版社，2009，第 23 页。

② 安杰拉·卡特：《魔幻玩具铺》，张静译，浙江文艺出版社，2009，第 21 页。

建立，充满了他们对所有权、财产权和生产力原则的信心"。①
水晶宫正是英国资本主义黄金时代的象征。

　　芬恩带领梅拉尼来到的正是位于西德纳姆的水晶宫遗迹
公园，此时这里已完全处于荒弃的状态。公园"在它的领地
上横卧着，像一具死尸。没人修理的树木生出了巨大的树
杈，或是整棵斜倒在地，树根直指天空。缺乏照管，横生斜
长的灌木丛仿佛肥婆解开了亵衣，枝条铺散着成了底部带荆
刺的陷阱"。②而这个缺乏照管的公园里最惹人注目的一尊
雕像就是正值壮年的维多利亚女王的雕像。卡特以讽刺而又
不乏同情的笔调描写了这尊雕像，它如同奥西曼德斯③巨像
一般倒落于地，"脸冲下陷入一汪泥潭，自我陶醉地凝视着
自己"，雕像的底座被人用唇膏涂上了充满性意味的污言秽
语。④如果说伦敦博览会的召开象征着维多利亚时期充满活
力的资本主义制度及其推动之下形成的强盛国力，《魔幻玩
具铺》描写的这片遗迹则显然见证了这一制度的衰微和国力
的颓丧。

---

① John Davis, *The Great Exhibition*, Stroud: Sutton Publishing, 1999,
　　p. 34.
② 安杰拉·卡特：《魔幻玩具铺》，张静译，浙江文艺出版社，
　　2009，第 106 页。
③ 奥西曼德斯（Ozymandias），古埃及王，据信是古埃及新王国时
　　期第十九代王朝的法老拉美西斯大帝（Ramesses the Great），其
　　墓在底比斯的拉美西斯陵中。1818 年，雪莱以奥西曼德斯王的
　　雕像为灵感写下了同名十四行诗，被后人推崇为雪莱最为著名
　　的短诗。
④ 安杰拉·卡特：《魔幻玩具铺》，张静译，浙江文艺出版社，
　　2009，第 109 页。

　　值得注意的是，尽管芬恩将这尊雕像称为"荒原女王"（The Queen of the Waste Land），遗迹公园却并不是一片不毛之地，而是树木婆娑，杂草丛生。事实上，在卡特的笔下，象征着理性的花园总是呈现出未经修葺、乏人照料而几乎被自然吞噬的状况。也就是说，花园几乎成为森林。这似乎是在暗示，理性的秩序终将被感性和潜意识的绵延扩张所代替。卡特并没有为理性秩序的丧失而哀叹，她认为伴随着人类具备现代性，这是不可避免的潮流，就像芬恩在擦拭雕像的面孔时所说的，"这正是属于它的存在方式"。[1]

　　与此同时，另一股不可避免的潮流也发生在女主人公梅拉尼的身上。读者在小说的开头了解到，站在青春期门槛上的梅拉尼对未来的婚姻生活和性生活充满了幻想，这些幻想很多是来自妇女杂志的描述。例如，梅拉尼想象自己"在戛纳、威尼斯或者是在迈阿密的海滩上度蜜月"，她的新郎"正在一间面积超大的浴室里冲浴、刷牙"，而她则"愿意随时向他显露自己洁白光滑的长腿"。[2]尽管梅拉尼身上的性冲动正在萌芽，她本人实际上还没有真正遇到过一个同龄的异性，她的幻想充满了理想和秩序，却与现实世界完全没有关系。当芬恩在倒塌的维多利亚女王雕像旁边强吻她的时候，梅拉尼才第一次对性有了亲身经历，认识到其粗暴而猥亵的本来面目："这一刻他把她吞噬了。她

---

① 安杰拉·卡特：《魔幻玩具铺》，张静译，浙江文艺出版社，2009，第110页。

② 安杰拉·卡特：《魔幻玩具铺》，张静译，浙江文艺出版社，2009，第2页。

觉得窒息，抗争起来……这种肉欲的亲密接触使她恐惧地手脚抽搐。"①梅拉尼心中有关性的所有理想化幻影都破灭了，并且无法修复：她现在再也无法想象那个虚构的新郎了，"因为她会首先想到芬恩湿漉漉的吻"。②性的启蒙为梅拉尼真正迈入现实的成人世界做好了准备。在卡特看来，正如人类的历史滚滚向前、无法阻止一样，人类个体也无可避免地需要经历成长；对于女性个体而言，这种成长往往以对性的认知为标志。无论对于人类社会还是对人类个体来讲，乐园一经被建造就意味着会被荒弃，理想一经被设置就意味着会被打破，没有永恒的秩序，这是人类自亚当和夏娃以来的共同命运。这种观点显然带着浓厚的现代主义批评的语调。

当花园的意象在小说结尾出现时，"从伊甸园坠落"这一主旋律再次奏响。在向父权暴君菲利普舅舅做了最后一次抗争之后，芬恩与梅拉尼逃出熊熊燃烧的玩具铺，站在黑夜的花园里，"在慌乱的揣测里彼此凝视"。③在一次接受采访时，卡特专门提到这个场景。她承认这个结尾与《失乐园》的结尾含有同样的寓意，是指"幸运的失足"（the Fortunate Fall），但是她做此改写所基于的理由却与弥

---

① 安杰拉·卡特：《魔幻玩具铺》，张静译，浙江文艺出版社，2009，第 112 页。
② 安杰拉·卡特：《魔幻玩具铺》，张静译，浙江文艺出版社，2009，第 113 页。
③ 安杰拉·卡特：《魔幻玩具铺》，张静译，浙江文艺出版社，2009，第 214 页。

尔顿截然不同：

> "幸运的失足"这个理论的原意是：之所以幸运，是
> 它导致了基督受难的发生，我觉得只有不善良的人才会萌
> 生这样的想法。我理解的"幸运的失足"意味着能离开
> 那个地方本身是一种幸运。那个玩具铺就是世俗化了的伊
> 甸园——这就是我在这部邪恶的童话故事里想要表达的意
> 图。[1]

在卡特看来，在冷酷而残忍的菲利普舅舅管理和控制下的
玩具铺尽管秩序井然，却是一个扼杀生命、令人恐惧的地方，
正如天父管理和控制下的伊甸园。因此，"离开乐园"本身即
为一件幸事，因为它使被囚禁在乐园内的人们获得了独立和自
由。然而读者仍会注意到，尽管卡特是一位热衷于为小说撰写
大团圆结局的作家，她在这部小说的结尾却没有提供这样一个
结局，而是让男女主人公在花园里"在慌乱的揣测里彼此凝
视"。似乎卡特本人也不能确定，离开了秩序井然的伊甸园，
人该往何处去。

卡特并没有放弃对这个问题的思索，在她1974年出版的
小说集《烟火》中，伊甸园这一故事主题又一次出现了。其
中的短篇小说《深入森林的中心》（"Penetrating to the Heart of
the Forest"）讲述了一位鳏居的植物学家，携龙凤胎的儿女来

---

[1] Angela Carter, "Angela Carter", *Novelists in Interview*, ed. by John
　　Haffenden, London: Methuen, 1985, p. 80.

到大山深处的一座村落。该村落平静安宁，宛若人间天堂。两个孩子无忧无虑地生活，并在 13 岁到来之际在好奇心的驱使下深入森林探险。在充满奇幻色彩的历险过程中，兄妹二人逐渐不再用童年时代的眼光看待对方，而是彼此生出一种特别的情愫。最终在吃下一个苹果之后，兄妹接吻，乱伦的禁忌被打破了。

读者能够感到，《魔幻玩具铺》中那股"人类必将离开乐园"的潮流又一次涌动在这个故事里。如果说在《魔幻玩具铺》中，主人公是由于掩藏在花园光鲜外表下的那些致命缺陷而被迫离开的话，《深入森林的中心》里的花园几乎是一个毫无瑕疵的地方、一个标准意义上的阿卡迪亚。然而卡特仍然指出，即便存在这样的一个花园，人们也必将离开它。尽管村民们能够满足于"在他们自给自足的平静生活里，只对可以使他们获得简单愉悦的东西感兴趣"，但是也一定会有像两兄妹这样的人，因为发现自家的茅屋"竟然不是位于森林的中心"而萌生探索外部世界的念头。① 在某种程度上，《深入森林的中心》好似一篇关于人类如何进入现代社会的寓言。正是出于对"简单的愉悦"的不满足，人类才一次又一次带着好奇心和征服欲踏上冒险的旅途。然而，就像两兄妹的探险所揭示的那样，这一次次的探险所完成的不过是对人类自身欲望的发现。人类必将离开理性的花园，而且必将进入感官与潜意识主宰的森林。

---

① Angela Carter, "Penetrating to the Heart of the Forest", *Burning Your Boats: Stories*, London: Chatto & Windus Ltd., 1995, p. 62.

二 森林①

在安杰拉·卡特的小说中，森林这一意象最初仅仅用来刻画性欲膨胀之地，因此内涵层次并不丰富，甚至多有重复的地方。例如，《深入森林的中心》中的森林就几乎复制了《霍夫曼博士地狱般的欲望机器》一书中"迷失在含混的时间之中"（"Lost in Nebulous Time"）这一章的有关描述：两座森林中都长满了类似动物的植物，其中的一株结满乳房状的瘤节，只要前去吮吸就可喝到乳汁。这些意象尽管新奇，但是没有传达什么深刻的含义，装饰作用较强。有趣的是，卡特对森林这一意象最为深刻的挖掘却体现在一篇极不起眼的故事之中，这就是短篇小说《倒影》（"Reflections"）。在这篇小说里，森林依然是欲望的载体，但是这里的欲望已经不仅仅指性欲，而是象征着人类征服和改造世界的野心。

《倒影》的故事线索非常简单。小说以第一人称叙述：叙述者是一个误入森林深处的男人，被守林的持枪女孩安娜俘获，押送到一座被藤蔓覆盖的古老宅邸。叙述者进入宅邸，见到了一位永不停歇地编织的双性人。这里以双性人所在的镜屋为界分为两个区域——囚禁叙述者的区域为"此界"，镜子里

① 以下部分内容基于笔者的论文《双性同体镜像和被改造的自然——对安杰拉·卡特的短篇小说〈倒影〉的深度挖掘》，发表在 2011 年第 1 期的《国外文学》上（第 129~135 页），收录于《生态女性主义：性别、文化与自然的文学解读》一书，社会科学文献出版社 2010 年出版。由北京林业大学人文社科振兴项目（BLRW200958）、北京林业大学科技创新计划项目（RW2010-9）资助。

的区域为"镜界"。这两个区域互为映像，依靠双性人永不停歇地编织维系。双性人和安娜教叙述者通过拥抱镜中自己的倒影进入奇幻的镜中世界，但叙述者随后遭到了安娜的强奸。在痛苦和愤怒的情绪之中，叙述者开枪杀掉了安娜。镜中世界随即开始溶解。叙述者回到宅邸，双性人在与他厮打的过程中停止了编织，从而迅速衰老死亡。最后，叙述者向镜子伸出双手，迎接自己的死亡。如果被当作一篇普通的故事阅读，《倒影》梦游般的笔调、过于简单的情节、畸形的人物形象以及宣扬暴力的强奸和谋杀场景都会深深地冒犯它的读者。也许正是出于这个原因，在目前针对卡特小说的研究中完全没有涉及该小说的评论文章。然而，像《深入森林的中心》一样，被人遗忘的《倒影》实际上是一篇寓言，甚至可以说是一篇关于两性关系和人类与自然之间关系的论文。这篇以文艺批判和社会批判为宗旨的寓言式小说直接催生了卡特最受争议的长篇小说《新夏娃的激情》。

《倒影》首先展现了一个不知在何处的古老森林，叙述者不知出于何种原因正在此地漫步，被森林的勃勃生机所吸引。与这种不提供任何具体信息的象征性和寓言性形成强烈对比的，是小说对森林本身不厌其烦的具体描述：

> 啼声婉转的乌鸫栖在嫩绿的山楂花的枝头，洒下一串不甚完美的音响的珠子……老鼠和兔子跳过高高的草丛，草丛里长满小雏菊和纺锤形的毛茛，由于昨夜雨水的滋润，它们的根部仍悄悄泛着微光。春雨让整片树林变得洁净和清新，并赋予它一种尖锐的透明感——它是雨水丰沛

的国家所独有的悲伤的特质，万事万物都似透过泪水望去。①

　　值得注意的是，这个场景不是充满肉欲和感官刺激的象征，而是呈现了现实世界中森林的本来面目。对一篇理论意味浓厚的短篇小说而言，如果不是为某个主题服务，这些对于大自然及其中的动物和植物的细微描写显然过于冗赘。想要了解森林对小说主题表达的作用，需要将小说中间部分镜中世界的森林与小说开头部分现实世界的森林进行比较。在双性人的指导下，叙述者进入镜中世界，整个此界也因而获得了镜界的映射和复制。叙述者与安娜踏入了镜界中的森林，却发现了一个与小说开头的描述全然不同的世界。"听乌鸫唱歌就像看着一个亮点在一团熔化的玻璃中间移动""白炽的光晕僵滞地笼罩在蓓蕾小伞般张开的顶端，蓓蕾既薄又硬，仿佛兔子的肩胛骨。花朵的骨肉都已钙化，毫无生命。"两人继续行进，"野蒜、羊角芹、毛茛和雏菊在石化的矮树丛中放射出艳丽而无可名状的色彩，仿佛不能移动、没有深度的蔓藤图饰。"② 镜界中的森林包含着与此界中的森林雷同的形象，然而所有的植物和动物却全部被剥夺了生命力。更重要的是，它们并非自然地枯萎死亡，而是被人为地固定住了。尽管放射出比此界中的形象更为艳丽夺目的色彩，它们更像是人造的手工艺品，和

---

① Angela Carter, "Reflections", *Burning Your Boats*: *Stories*, London: Chatto & Windus Ltd., 1995, p. 81.

② Angela Carter, "Reflections", *Burning Your Boats*: *Stories*, London: Chatto & Windus Ltd., 1995, p. 92.

"玻璃""白炽光""图饰"联系在一起。就像叙述者发现的那样，镜界好比此界的"彩色底片"。① 大自然通透的灵性不复存在，生机也随之消失了。

作为小说中一个代表大自然的重要意象，贝壳使叙述者为之深深着迷。当叙述者在此界中捧着贝壳的时候，它的重量"好像并非只打算将我拉向地面，而是拉进地里面"。② 和周围繁茂生长的森林一样，如磁石一般趋向大地这个生命之源的贝壳体现了大自然的勃勃生机。然而，当叙述者在安娜的带领下来到镜界中产生贝壳的源头时，看到的却是如下的景象："巨大而空洞的贝壳硬生生地嵌入这些石化的花卉，使我们感到自己好像漫步在一座海底城市的废墟。这些贝壳冰冷而苍白的色彩闪烁着鬼魂一般的陌生感，一堆堆好似林地的样子，抑或林地好似它们的样子。"③ 此界中曾经孕育着生命的沉重已变成了镜界里大而无当的空洞。生命力的消失离间了自然物之间的亲密关系，并使它们带上了被异化的陌生感。与镜界中的其他自然物一样，贝壳也被人为地固定住了，只能依靠人工的堆砌仿效森林以便实施其生命力之象征的作用。具有讽刺意味的是，这片死亡的贝壳堆恰恰名叫"丰饶之海"；换言之，镜界中的丰饶之海必定是毫无生机的。

---

① Angela Carter, "Reflections", *Burning Your Boats*: *Stories*, London：Chatto & Windus Ltd. , 1995, p. 89.

② Angela Carter, "Reflections", *Burning Your Boats*: *Stories*, London：Chatto & Windus Ltd. , 1995, p. 82.

③ Angela Carter, "Reflections", *Burning Your Boats*: *Stories*, London：Chatto & Windus Ltd. , 1995, p. 92.

那么，小说着力将现实世界生机勃勃的森林与它毫无生机的镜像进行对比，其用意何在呢？这个问题需要与小说对男主人公遭遇的描述相结合才能够回答。像安杰拉·卡特所有其他作品一样，《倒影》所关注的仍然是两性关系问题，只不过它关注的焦点在于女性主义视为两性和谐之理想状态的"双性同体"概念。

西方文学当中的双性同体概念由来已久。早在古希腊，柏拉图就在《会饮篇》（*Symposium*）中借阿里斯托芬之口表示："人原本分为三种性别：男性、女性和男女两性的合体。"① 在柏拉图看来，双性同体是人类之存在最为圆满和谐的理想状态。由于不会受到情欲的驱使，双性人能够将力量和热情付诸更加有意义的行动，而不是像单性人一样在互相寻找和追逐伴侣的过程中虚掷人生。柏拉图由此认为人类之所以陷入如今的苦难，是宙斯出于惩罚人类的目的将圆满的双性人劈开了。双性同体的理想自此一直绵延贯穿在西方的文学作品当中。从奥维德到柯勒律治，无数文学家在作品中通过双性同体的理想表达对两性和谐的希望。20世纪初，当代女性写作的先驱弗吉尼亚·伍尔夫在被后世女性主义者奉为经典的论著《一间自己的屋子》中指出："每个人都有两个力量支配一切，一个男性的力量，一个女性的力量……最正常、最适意的境况就是在这两个力量在一起和谐地生活、精神合作的时候。"② 自伍尔

① 〔古希腊〕柏拉图：《柏拉图的〈会饮〉》，刘小枫译，华夏出版社，2003，第48页。
② 〔英〕弗吉尼亚·伍尔夫：《一间自己的屋子》，王还译，生活·读书·新知三联书店，1992，第137页。

夫以降，双性同体的理想就和女性主义理论紧密地联系在一起。不少女性主义批评家对它寄予较高的期望，相信"当丧失了天真和自由的男性必须忍受二元对立及其带来的疏离时，双性同体能够疗治这种对立和疏离"。① 而消除了二元对立的社会必然不存在父权中心主义，男性对女性的压迫也必然得以消除。因此，两种性别的力量在某个单一性别里和平共处的理想也就变成了女性主义的理想。

在《倒影》中，卡特将双性同体的理想变成了现实，以具象的方式将对于两性和谐的抽象希望描绘出来。叙述者闯入了双性同体世界，主宰者双性人同时拥有男性生殖器和女性生殖器；双性人唯一的助手安娜则是亚马孙武士般的男性化女人，尽管性征表现为女性，却以枪为阳具在两界司保卫之责。她们一起构成了这个承载着两性极致幸福的、圆满、完整、统一、和谐的双性同体世界。相比之下，当叙述者作为性别单一的男性闯入时，显然就成为一个不圆满的异己分子，因而必须与具有另一性别表征的镜像相结合，以便获得性别意义上的完整。也就是说，男性叙述者进入双性同体世界的最终意义就是被改造为双性同体者，达到性别的圆满统一。

然而，这种改造却以失败告终了：叙述者开枪射杀了安娜，并最终导致双性同体世界的瓦解。事实上，小说从一开始就为这种改造的失败埋下了伏笔。叙述者初次见到双性人就惊异地发现尽管它拥有来自两性双方的特质和力量，双性人本身

---

① Marilyn Farwell, "Virginia Woolf and Androgyny", *Contemporary Literature*, 1975, 4：440.

却那样苍白无力："她的力量等于无能，因为两者都是如此极端。"① 对于自柏拉图以来的双性同体理想，这种无能（impotence）不啻为一种嘲讽，而它直接导向双性同体改造的不可能（impossibility）。既然单一性别不可能被改造为双性同体，双性同体本身又是如此无能，那么双性同体就不可能成为两性和谐的象征和希望。

这时，读者再次结合前面提到的对森林与森林镜像的描写，就能够领悟到卡特实际上是将双性同体对单一性别的改造与人类对自然的改造进行了隐喻式的类比。正如被改造的森林并不是活生生的森林本身，而只是森林的能指和镜像一样，以女性优势为主导的双性同体改造对个体性别差异的蔑视甚至消除，一定会使这种理想本身变得苍白无力，不可能实现。更重要的是，在小说的语境中，男性才是既需要被改造又不可能被改造的单一性别。长久以来，出于双性同体理想与女性主义思潮的密切关系，很多女性主义者所宣扬的正是女性相对于男性的优越，并试图通过将优越的女性特质加诸男性之上而达到改造男性、寻求两性和谐的目的。然而在卡特看来，强迫男性接受改造不但不会达成两性之间的和解，反而会激发男性的强烈反感乃至对抗。如果父权中心主义给女性造成的压迫是一种暴力，那么女性对男性进行强制性的同化过程同样是一种暴力。正如双性人指责叙述者强奸了安娜，而事实是叙述者被安娜强奸一样，两性之中任何一性对另一性的强迫都不是正当的。双

---

① Angela Carter, "Reflections", *Burning Your Boats*: *Stories*, London: Chatto & Windus Ltd., 1995, p. 87.

性同体并不是人类之存在最为圆满和谐的理想状态；恰恰相反，它是并且只能是一个虚空的乌托邦。

这种将女性主义理论中的概念延伸至自然领域的审视使卡特的创作在某种意义上呼应了女性主义批评领域中刚刚兴起的一股潮流——生态女性主义批评。生态女性主义理论将女性与自然联系在一起，尝试探索对女性的贬低和对自然的贬低这两种普遍存在的社会现象之间的特殊关系，反对以人类中心主义和父权中心主义为代表的二元式思维方式对女性与自然界的统治和压迫。由于两性之间的二元对立和人类与自然之间的二元对立存在千丝万缕的联系，那么消除这两种二元对立中的任何一种势必有益于消除另一种。从理想的角度考虑，如果能够通过双性同体式的改造将女性的优秀特质加诸男性之上，从而消除两性之间的二元对立，那么人类与自然之间的二元对立关系也势必得到缓和。自然因此可以避免遭受人类的压迫和摧残，以自由自在、蓬勃繁盛的方式生存。

《倒影》对这种理想进行了打击。卡特并不否认女性与自然之间密切的内在联系，否则她的作品不会常常将这两个主题并置而观；她所不赞成的是将消除二元对立等同于消除男性与女性之间的个体差异性。通过改造男性而达成的二元对立的消解是否真的能够带来人类与自然之间的和谐？卡特对此更是怀有谨慎的疑虑。在卡特看来，强迫某一种群按照别的种群的理想来生活是对个体差异性的抹杀和蔑视。对男性个体差异性的抹杀导致男性的激烈反抗，对大自然生物多样性的抹杀导致生命力的丧失，最终同样会导致自然的激烈反抗。自然深受灾难，正是因为人类总是从自身的利益角度出发去改造自然。为了满足肉体上的舒适和精神上的愉悦，人类粗暴地干预大量物种的进化过程，培育对自己有利用价值的物种，消灭没有利用价值的物种，最终使地球上的其他自然物都不得不仰仗人类的利益生存繁衍。无论动物还是植物，都被人工化了，丧失了最基本的自由。人类希图通过改造自然获得完美的世界，却恰恰造成了自然的异化。自然本身与人类为它制造的镜像之间发生了背离。当人类规定自然必须为自己的理想和利益服务时，貌似丰饶的大地就会在实质上变成一片消除了多样性的废墟；而这种"人工的自然"仅仅是仿效自然，仅仅是自然的能指，而不必指向自然本身。长久以来，人类的文化所热衷于谈论的正是自然在人类眼中的投射以及这种投射所激发的各种人类情感。无论这种人工的自然看上去有多么艳丽夺目、它所激发的人类情感有多么澎湃美好，活生生的自然物及其利益都被隔离于这种讨论之外，继而被无情地忽略了。

在小说的结尾，迅速枯萎衰老的双性人临死前喃喃地说："脐带断了。"① 此语颇具象征意味，不仅对现代社会中人类与自然之间的关系被割裂做了贴切描述，也对女性解放运动中矫枉过正的夺权行动可能带来的后果发出了警告。强迫某一种群按照别的种群的理想来生活必然会制造出一个单一、扁平、可憎的世界。那样的世界不仅令人厌恶，而且不堪一击，最终必将倾覆于被改造者的反抗之中。

---

① Angela Carter, "Reflections", *Burning Your Boats*: *Stories*, London: Chatto & Windus Ltd. , 1995, p. 95.

三 荒原①

被改造者的反抗在安杰拉·卡特接下来的一部作品《新夏娃的激情》中迅速得到了印证。在这部小说所呈现的意象当中，无论是象征着理性秩序的花园还是象征着欲望与野心的森林都消失了。卡特似乎要让读者想象一下未来的世界：当理性倒坍、欲望膨胀到不可控制的地步的时候，人类会面临怎样的命运。在这一主题思想的指导下，小说描绘了一个极具魔幻现实主义风格的美国。在空间方面，小说有两个最主要的意象：一个是犹如地狱的城市，另一个是苍白干涸的沙漠。

在主人公伊夫林最初的想象中，纽约应当是一个"干净、坚固、明亮的城市，处处都是高耸入云的大楼，象征着人们对科技的向往"；美国身为一个历史颇为短暂的国家，"在欧洲城市里作祟的鬼魂在此找不到可以栖身的角落"。② 可以说，这也是普通读者对当代美国的一般想象。科学技术的先进和发达、物质财富的极大丰富、消费社会的完备建立、资产阶级道德和精神的广泛传播……这些都使美国成为体现资

---

① 以下部分内容基于笔者的论文《生态网络的割裂与重建——评〈新夏娃的激情〉》，最初发表在 2010 年第 12 期的《理论界》上（第 122～125 页），后收录于《生态女性主义：性别、文化与自然的文学解读》一书，社会科学文献出版社 2010 年出版。由北京林业大学人文社科振兴项目（BLRW200958）、北京林业大学科技创新计划项目（RW2010－9）资助。

② 安杰拉·卡特：《新夏娃的激情》，严韵译，南京大学出版社，2009，第 8 页。

本主义制度优越性的范本。然而，在卡特的笔下，纽约变成了一个地狱般的罪恶之城。这个被伊夫林称为"屠宰场"的地方黑暗、肮脏，充斥着暴力，遍地都是垃圾和在战斗中死去的人的尸体，皮光油亮的老鼠横行无忌。黑人正在哈林区兴建防卫围墙，开着坦克招摇过市。而将自己称作"愤怒的女人们"的女权主义战士则在街头狙击任何一个"在小戏院门口张贴的色情电影海报前流连太久"的男人，并派出沾染梅毒的妓女"免费用自己染病的身体给嫖客上一课"。①这些颇为魔幻的描述显然偏离了 20 世纪六七十年代美国的社会现实。

卡特的描述在很大程度上来源于她在美国旅行期间的心得。1969 年夏天，卡特和她的第一任丈夫在美国做了短暂的旅行。正是在这一年的 6 月 27 日，纽约的格林威治村爆发了"石墙酒吧造反"（Stonewall Rebellion），该事件激发了同性恋权利运动的诞生。孙宏教授指出："石墙酒吧造反不是一个偶然发生的孤立事件，正是民权运动以及随之而来的第二波女权主义运动的崛起，激发了许多其他美国群体为自己争取权利的斗争。"② 事实上，黑人权利运动、妇女解放运动和反越战运动都在风起云涌地开展，弱势群体对自身处境的不满以及对权利的要求成为当时美国社会政治的主旋律。在这种情形下游历美国的安杰拉·卡特因此对革命有了很深的感触，她曾在一次

---

① 安杰拉·卡特：《新夏娃的激情》，严韵译，南京大学出版社，2009，第 16 页。

② 孙宏：《"石墙酒吧造反"前后同性恋文学在美国的演变》，《外国文学研究》2006 年第 2 期。

访谈中提及《新夏娃的激情》中对美国城市的描写，声称如果读者知道当时美国的情况，就会发现她"对暴动的描写并不是那么遥不可及"。①

　　像那些声讨社会体制的革命者一样，卡特在小说中向资本主义制度的有效性提出了质疑：高度发达的资本主义工业文明是否具有发展的可持续性，并为人类应许一个公正和光明的未来？她的回答显然是否定的，因为如果资本主义制度真的行之有效，那么代表该制度最高成就的美国应当成为上帝的乐园，而不是小说描写的地狱。卡特在此依然坚信人类必将背离理性的秩序，正如她借小说中炼金术士之口所断言的："理性的时代结束了。"② 然而与此同时，卡特却也向革命者们提出了不合时宜的疑问：革命是解决问题的有效办法吗？小说尖锐地指出，给城市造成混乱的不仅有体制本身的缺陷，那些原本属于弱势群体的"他者"肆无忌惮地反攻是更为重要的原因。无论是身为女性的"母亲"还是身为残疾人的零，尽管自己曾经是生存在主流社会边缘的"他者"，一旦掌权之后他们对异类的迫害反而较自己经受的迫害有过之而无不及。也许正是因为自己曾是"他者"，这些新掌权的迫害者才会以"对'他者'的仇恨和恐惧为自己处世哲学的核心"。③ "母亲"强奸

　　① Olga Kenyon，"Angela Carter"，*The Writer's Imagination*，Bradford：University of Bradford Print Unit，1992，p. 31.

　　② 安杰拉·卡特：《新夏娃的激情》，严韵译，南京大学出版社，2009，第 11 页。

　　③ Sarah Gamble，*Angela Carter：A Literary Life*，Basingstoke：Palgrave Macmillan，2006，p. 155.

了伊夫林，并强行阉割了他，自己最终却因为革命失败而发了疯。零奴役并虐待他的妻子们，令她们对男性的性能力顶礼膜拜，自己却是一个不孕不育者。在他们的身上，读者看到了《倒影》中强行改造另一族群的双性人的影子，因为他们不仅同样野蛮残暴，而且同样色厉内荏。小说将母亲与零的领地都安排在沙漠之中。这个空间意象既象征着这些迫害者本身的软弱无力，也暗示着他们的改造就像双性人的改造一样剥夺了世界的生机，使无论自然界还是人类的精神世界都变得贫瘠了。

在谈到《魔幻玩具铺》中芬恩赋予维多利亚女王雕像的称号"荒原女王"时，帕特里夏·史密斯（Patricia Smith）曾指出，卡特在此使用的是大写的"荒原"（The Waste Land）而不是小写的，表明这里暗示的应当不是一般意义上的荒原，而是 T. S. 艾略特的《荒原》。史密斯接着用许多证据表明，《魔幻玩具铺》的创作受到了以艾略特为代表的现代主义诗歌的影响。[1] 事实上，这种影响一直延续到《新夏娃的激情》。无论在混乱的城市中还是在贫瘠的沙漠里，小说在意象的使用上处处呼应着现代主义诗歌意义上的"荒原"。有阅读经验的读者能够将小说的许多意象与波德莱尔、叶芝、庞德、艾略特和阿波利奈尔的作品联系起来。例如，路边被老鼠和苍蝇分食的腐尸、疯疯癫癫的炼金术士以及沙漠中坠亡的信天翁分别与波德莱尔在《腐尸》、《痛苦之炼金术》和《信天翁》等诗作

---

[1] Patricia Juliana Smith, " 'The Queen of the Waste Land': The Endgames of Modernism in Angela Carter's Magic Toyshop", *Modern Language Quarterly*, 2006, 67（3）: 339.

里的描写相呼应，而双性人特里斯特莎则与《荒原·火诫》中有关双性人特瑞西亚斯那个"长着带有皱褶的乳房的老年男子"的描写相呼应。[1]

通过在小说创作中使用现代主义诗歌中的元素，安杰拉·卡特这一时期的创作着力破坏和颠覆旧的秩序，响应了现代主义文学的"非理性主义"思潮。然而，非理性主义和反理性主义"反的是理性'主义'，而不是理性"，"因此同样是理性的，甚至比理性主义更加理性"，卡特的小说所传达的非理性主义主题也包含着某种对新秩序的向往。[2] 与《魔幻玩具铺》彷徨的结尾不同，在《新夏娃的激情》的结尾，卡特让怀有身孕的夏娃离开倒塌的现代城市，穿过如子宫一般幽暗的山洞，独自从海上驾船前往新的世界。就像艾略特在《荒原》的结尾将救赎的希望寄托于"水"一样，某种新的秩序将在一个以海洋为象征、蕴含着原始生命力的地方建立。

在《新夏娃的激情》之后，花园与森林的意象在卡特的小说中逐渐减少，即使出现也仅仅作为事件发生的地点而鲜具深刻的象征意义。其他更为重要的意象开始占据小说的主要位置，继续帮助卡特完成她对两性问题及社会问题的严肃探索。

---

[1] 〔法〕波德莱尔：《恶之花》，郭宏安译，广西师范大学出版社，2002。T. S. Eliot, *The Waste Land*, ed. by Michael North, New York：W. W. Norton & Company, Inc., 2001, p. 13。

[2] 刘象愚等主编《从现代主义到后现代主义》，高等教育出版社，2002，第30页。

第二节 食物、食人与厌食症

在 20 世纪西方汹涌的理论思潮当中有这样一种声音，认为人类的思想史已经进入了一个"身体转向"的时代，西方长久以来将灵魂、意识与理性作为人的主体的历史将被改写，身体与身体的动物性才是哲学应当重点关注的人的本质。这一观念上接尼采，下至后结构主义者，衍生出欲望机器、快感、性政治等众多重要的哲学概念，包括吉尔斯·德勒兹（Gilles Deleuze）、乔治·巴塔耶（Georges Bataille）、罗兰·巴特、福柯等著名哲学家在内的众多学者都是它的拥护者。

既然以人的动物性为主要研究对象，饮食与性就成为身体哲学非常关注的话题。如果身体不仅仅等同于一具血肉之躯，而是与力、欲望和政治紧密地联系在一起，那么为身体提供能量的食物与身体所竭力追求的快感也就不可避免地具备了隐喻的功能。在福柯理论的影响下，许多女性主义研究者表现出对身体哲学的极大兴趣。在她们看来，对"饮食男女"的控制正是父权话语的体现，以食物和性为切入点重建女性的话语则是颠覆父权体系的有效途径。而在这一颠覆和重建的过程中，性总是被予以大部分的关注。许多女性主义批评家的研究均围绕着女性身体和女性性欲展开，食物被视为一个相对而言无关紧要的议题被放在了一边。与学术界对食物的漠视形成对比的，是 20 世纪的女性作家在作品当中对饮食活动描写的极大热情。从弗吉尼亚·伍尔夫到玛格丽特·阿特伍德的作品，食物都是有助于塑造人物、推动情节、表达意义以及建立话语的重要武器。

在安杰拉·卡特笔下活色生香的文本之中，食物所具备的重要意义更加凸显了出来。随着卡特创作的逐渐发展成熟，食物这一意象在她的小说当中呈现出种类多样、层次丰富、内涵深刻的面貌。它不仅构成了"卡特式小说"中一个标志性的重要景观，而且为小说主题的表达与小说中女性话语的建构做出了不可磨灭的贡献。

一　60 年代：厌食症

在安杰拉·卡特的早期作品当中，女主人公的形象往往是苍白孱弱和营养不良的。《魔幻玩具铺》中的梅拉尼是个瘦弱的 15 岁少女；她的玛格丽特舅妈"脸色苍白，脸颊和薄嘴唇都没有血色"，有一种"病态的瘦"。[①] 这些女性人物或多或少都对食物抱持一种抗拒甚至厌恶的态度，她们身上都投射着卡特本人的影子。少女时期的卡特曾经患过厌食症，在不到一年的时间里，她的体重从 15 英石锐减到 6 英石。[②] 在卡特 1974 年发表于《新社会》（*New Society*）杂志的评论文章《肥胖是丑陋的》（"Fat is Ugly"）中，她以自身经历为例，剖析了年轻女孩罹患厌食症的深层社会和心理原因。卡特首先指出，正是少女面对父权社会要求女性"以瘦为美"的审美取向所产生的无助感导致了厌食症的发生。拒绝进食的行为既是现有体制对女性压迫的结果，又是女性对现有体制"自杀式"的反

---

① 安杰拉·卡特：《魔幻玩具铺》，张静译，浙江文艺出版社，2009，第 45 页。

② 英石（Stone）：英制重量单位，1 英石相当于 6.35 千克或 14 磅。

抗。因此，厌食症"既是叛逆的又是自我毁灭的，既是无力的又是英雄主义的"。①

卡特进一步将厌食症与女性对自己身体的感知联系在一起，她颇为深刻地观察到，"厌食症与女性的身体处于绝望的冲突之中。女性总将身体看作一个被动的容器和自身无力感的来源。而同时，她又将自己的身体——性欲——看作一种无比强大、大举进犯的力量"。② 由于青春期营养的匮乏会直接导致女性月经初潮以及随之而来的性成熟的推迟，厌食实际上是少女潜意识中对自身欲望的抗拒，也是对自己成年后很可能被迫进入的、由父权主导的两性关系的抗拒。卡特因此总结道，"消瘦（emaciation）也就等同于解放（emancipation）。尽管这是个虚假的等式，但是对于困惑的自我而言，它提供了一种从身体的陷阱中挣脱出来的方法"。③ 从这个角度观察，梅拉尼害怕面包布丁，"怕吃太多会发胖，会没人爱她，她会到死都是个处女"，实际上表达的是青春期少女面对即将到来的两性关系及性爱的未知领域既向往又害怕、既憧憬又抗拒的矛盾心理状态。④

---

① Charlotte Crofts, *Angrams of Desire*：*Angela Carter's Writing for Radio*，*Film and Television*，Manchester：Manchester University Press，2003，p. 84.

② Angela Carter, *Shaking a Leg*：*Collected Writings*，New York：Penguin Books，1997，p. 50.

③ Angela Carter, *Shaking a Leg*：*Collected Writings*，New York：Penguin Books，1997，p. 50.

④ 安杰拉·卡特：《魔幻玩具铺》，张静译，浙江文艺出版社，2009，第 4 页。

　　到了 1972 年，卡特的长篇小说《霍夫曼博士地狱般的欲望机器》中又一次出现了厌食的青春期少女的形象：市长 17 岁的女儿玛丽·安有一种"养在橱柜里的植物所具有的蜡质般的纤弱感"。[①] 除了茶以外，她在出场期间没有喝过任何饮料，也没有吃过任何食物。然而值得注意的是：首先，这个人物并不是小说的主角，她在出场之后不久就死去了；真正的女主人公阿尔贝蒂娜是一个拥有古铜般肤色、结实肉感的亚裔少女。对于曾在同一部小说中塑造过两位厌食的女主角的卡特而言，这暗示着她在人物偏好方面的转变。其次，玛丽·安与她苍白的前辈们有着很大的区别。与幻想着性爱的天真的梅拉尼不同，玛丽·安很快在梦游的过程中与主人公德西德里奥发生了性关系。如果说卡特在 60 年代塑造的女性形象仍带有青春期的困惑和青涩的话，从玛丽·安开始，她在 70 年代塑造的女性人物似乎开始跨越性成熟这个生理和心理上的双重门槛，并开始探索自身的肉体和欲望。

　　这种探索在卡特最具争议的长篇小说《新夏娃的激情》中到达了巅峰。双性人特里斯特莎在苍白和纤弱的程度上超越了之前所有厌食的女性人物，带上了一股濒死的气息。小说中多次将其描述为"披着尸衣""从未活过"，或是"来自墓穴"，并将其安排在一座玻璃制成的陵墓里居住。[②] 卡特在采访中谈到玻璃陵墓这个意象时说："如果你会丢石头，你就绝

[①] Angela Carter, *The Infernal Desire Machines of Doctor Hoffman*, New York: Penguin Books, 1972, p. 53.

[②] 安杰拉·卡特：《新夏娃的激情》，严韵译，南京大学出版社，2009，第 3、129、134 页。

不会住在这种地方——这是一个代表心理脆弱感的意象"。① 然而，与卡特之前创作的青春期少女不同，这种脆弱感的形成并不是为了抗拒女性的欲望。恰恰相反，它以一种极端的方式完整地呈现了父权文化视阈中的女性美和女性欲望。特里斯特莎对女性美的极致表达正是来源于他身为男人的事实：正因为他能够按照男性的欲望来塑造自己，以至于"把自己变成了欲望的神殿"，他所呈现的女性形象才尤具震慑心魄的美感。② 与此同时，这种美感也正是他凄凉孤独、饱受折磨，甚至无法获得平静死亡的根本原因。如果说厌食及由此带来的消瘦曾经具有某种反叛和解放意义的话，这种意义在男扮女装的特里斯特莎身上已经荡然无存。他那虚幻而病态的女性美也仅能作为一种象征，指向被父权文化扭曲的审美取向，并且自始至终带着一股垂死的气息。

从梅拉尼到特里斯特莎，卡特一直坚持批判父权社会在审美领域对女性的压迫。然而，随着卡特创作技巧的丰富和成熟，她似乎逐渐抛弃了以厌食症作为批判手段或者作为女性体验的表达手段这种写作方式。20 世纪 70 年代初以后，卡特笔下以青春期少女为主人公的作品越来越少，其女性人物的年龄逐渐增长，例如：她的最后一部长篇小说《明智的孩子》里的双胞胎姐妹出场时就已年届七十。与此同时，这些女性人物的体型越来越庞大，例如：《马戏团之夜》的女主人公飞飞身

---

① Angela Carter, "Angela Carter", *Novelists in Interview*. ed. by John Haffenden, London: Methuen, 1985, p. 86.

② 安杰拉・卡特：《新夏娃的激情》，严韵译，南京大学出版社，2009，第 139 页。

高体壮，男主人公华尔斯曾一度揣测她是个男人。更重要的是，这些女性人物几乎全都保持着极好的胃口。厌食症是女性青春期的特殊标记，随着个体的成熟它会慢慢消失。与之相似，将厌食症与女性的欲望相联系的手法也是卡特创作生涯青春期的独特标记。随着其创作的成熟，她必将寻找新的表现手法，挖掘更为深刻的意义。

二　70年代：食物、食人、性与权力关系[①]

从70年代开始，安杰拉·卡特逐渐将兴趣从具象的食物转向食物的意象所承载的抽象意义，并使该意象在创作中得到了极大的丰富和发展。总体说来，卡特对整个食用过程中所蕴含的象征意义的挖掘可分为三个理论层面。这三个层面不分时间先后，往往互相交织，共存于同一部作品当中。

在第一个理论层面上，食物不再充当权力关系的中介物，而是作为无权者功能的表征出现。也就是说，无权者本身成为强权的食物，"食用"象征着无权者被剥夺和被压迫的过程。当这种权力关系被置于性别领域中审视的时候，食用就意味着父权暴君对女性在性方面的侵犯和掠夺。在《新夏娃的激情》一书第二章中，伊夫林与妓女蕾拉的同居生活就充斥着食与性互相映照、互为隐喻的意象和象征。例如，蕾拉在描述自己在妓院所从事的性表演时，将自己的角色介绍为"充当巧克力

---

① 以下内容基于笔者的论文《食物、食人、性与权力关系——安吉拉·卡特20世纪70年代小说研究》，发表在《解放军外国语学院学报》2012年第2期。

夹心饼干的夹心或者摩卡夹层蛋糕的内馅儿"。① 而当伊夫林凝视蕾拉镜中性感的影像时，他将她描述为"一块盛装打扮的肉"；这种女性与食物的隐喻关系使伊夫林如此痴迷，以至于他"总是想方设法在最后关头占有她"。② 无论在男性观众主导的公共场所还是在父权暴君统治的家庭领域，女性总被视作可以随意攫取和享用的消费品，与从熟食店和餐馆里购买的食物别无二致。如同不停地吃能够证明食用者的好胃口一样，不断地侵犯女性也能够证明男性的权力。更重要的是，伊夫林每日纵情享用的大餐都是由蕾拉靠卖淫赚钱购买的。从更深层次的意义上讲，伊夫林也的确是在"吃"蕾拉。卡特似乎是在强调，在父权文化中，女性既充当食物的提供者，又充当食物。这两种身份的叠加加剧了女性失权的地位。父权对女性在性方面的掠夺一定伴随着经济方面的掠夺。

在第一个理论层面对食物功能和价值进行思考的基础上，卡特在第二个理论层面上借用人类学的研究成果对"食用"过程与权力关系之间存在的象征意义做了进一步的探讨。人类学研究发现，世界各地的原始部落普遍存在这样一种认识："吃动物或人的肉，除了可以获得该动物或人体质上的特性之外，还可以将其道德和智力上的特性据为己有。"③ 卡特据此

---

① 安杰拉·卡特：《新夏娃的激情》，严韵译，南京大学出版社，2009，第 25 页。

② 安杰拉·卡特：《新夏娃的激情》，严韵译，南京大学出版社，2009，第 30 页。

③ 〔英〕詹姆斯·弗雷泽：《金枝》，赵昭译，陕西师范大学出版社，2010，第 541 页。

指出，沦为食物并不一定意味着个体权力的丧失，食用反而象征着食用者对被食用者权威的继承以及对其身份的认同。将个体物化为食物的理念依然存在，但食用的目的已经发生了根本性的改变。

在《霍夫曼博士地狱般的欲望机器》中，这一理论层面通过"食人"的意象得到了淋漓尽致的发挥。小说有三处涉及食人的情节，都对身份认同有所暗示。在第一处，由于精通英语，男主人公德西德里奥帮助河之族的土著人摆脱了商人的欺骗。这使他备受尊敬，同时也将他置于极大的危险之中：由于土著人无法通过学习掌握英语，他们决定根据一个古老的传说，将拥有这种语言技能的德西德里奥分而食之，从而"吸收他那具有魔力的品德"。① 在这里，食用者与被食用者之间没有任何压迫性关系。相反，食用不仅代表知识和智慧的传承，甚至还代表不具备某种权威（如语言）的人对具备这种权威的人所产生的强烈认同欲望。

"食人"因此具备了既对立又统一的双重象征意义，既意味着崇敬和模仿对象，又意味着消灭对象。这种双重的象征意义取得了评论家们的共识：例如，林登·皮奇援引鲍德里亚的话评价说，食人族所食之人一定拥有某种价值，"将某人吞下是表示尊敬的记号，被吞下的人常常是神圣的"②；茱莉亚·西蒙（Julia Simon）认为"合并的欲望表达着认同他者与毁灭

---

① Angela Carter, *The Infernal Desire Machines of Doctor Hoffman*, New York: Penguin Books, 1972, p. 91.

② Linden Peach, *Angela Carter*, New York: St. Martin's Press, 1998, p. 34.

他者的欲望。"① 丽贝卡·芒福德则将食人与乱伦联系起来，指出两者"都来自存在的欲望，想要将他者咽下、与他者融和，并将其变成自我的投射物"。② 芒福德对食人这一话题浅涉即止，转而讨论小说的风格问题，却没有意识到她的论断实际上暗示了食人这一行为的另一种特质，即自恋性。小说第二次涉及食人的时候，故事情节是围绕虐待狂伯爵展开的，他被和自己长得一模一样的土著首领俘获并烹食，这一情节充分地阐释了食人者的自恋性质。由于虐待狂的自我是缺失的，他只有在经历痛苦的时刻才能感觉到自身的存在。痛苦越大，他的自我认同感越强。因此，伯爵如想获得完满的自我认同，必定需要经历致死的痛苦；与此同时，伯爵又是自恋的，他对自身肉体的爱超越了他对身外万事万物的爱。在这两种条件下，被和自己形貌相似的人烹煮吃掉几乎就成了虐待狂伯爵所能想象到的到达狂喜的最完美方式。被食用者是食用者自我的投射和延伸，食用者在食用的过程中获得自身的完满和快乐。

当小说第三次涉及食人这个意象时，"食用代表对自我的完善"这一意义得到了进一步的升华：食用代表了对旧的个体的毁灭以及新的个体的重生。在人马部落的传说中，人马的先祖神骏被妻子新牝和妻子的情人黑弓手所杀。为了掩盖罪行，新牝与黑弓手将神骏的尸体烹食。吃完后不久，新牝怀孕

① Julia Simon, *Rewriting the Body: Desire, Gender and Power in Selected Novels by Angela Carter*, New York: P. Lang, 2004, p. 43.
② Rebecca Munford ed., *Re-visiting Angela Carter: Texts, Contexts, Intertexts*, New York: Palgrave Macmillan, 2006, p. 189.

生产，诞下神骏，重生的神骏拥有了比以前更为高超的智慧和更为强大的力量。

将小说涉及食人这个主题的三处情节进行总结，可以看出其中的发展规律：如果说土著人食用德西德里奥是对食用者的完善，而土著人首领食用伯爵是对食用者和食物双方的完善，那么新牝与黑弓手食用神骏实际上是对食物的完善。这种出人意料的发展规律说明：当"食人"这个主题被一再深入挖掘的时候，该主题所蕴含的许多含混而矛盾的特性就逐渐显现出来了。食人打破了食用者与食物之间惯常存在的黑白分明的二元对立关系：谁是主体？谁主宰谁？食用者永远是食用者吗，还是也可以变成食物？以人可以作为食物这样的逻辑来考虑，这些问题的答案就不是永恒不变的，而会因为视角的不同产生极大的差异。对偏好含混与矛盾的安杰拉·卡特而言，除了创作风格和手法上的考虑，选择在小说中不断表现食人现象与该主题的这些特性是分不开的。

然而，尽管卡特在创作过程中倾向于强化叙事主题的含混性，但是如果说这一时期的叙事中所有的含混和矛盾都是她自觉而有意地造成的，则未免有失公允。事实上，从食用的象征意义所蕴含的第一个理论层面到第二个理论层面，作为食物的人这个意象的内涵产生了互相矛盾的双重标准：当作为食物的是女性时，该意象代表了权力的丧失；而当作为食物的是男性时，该意象则代表了对权威的继承、对身份的认同以及对自我的完善。这种意象内涵上的分歧暗示着卡特这一时期创作中的矛盾心理：她一方面谴责父权对女性的压迫，另一方面又总是容易受到父权语境的影响，未能另辟蹊径，建立起属于自己的女性话语。进入 70 年代以后，安杰拉·卡特逐渐开始尝试在作品中颠覆传统的父权话语，建立起自己的女性话语，但是她从未主张对传统两性关系的全盘破坏，而是认为对压迫性制度的颠覆最终应当带来的既有女性的解放也有男性的解放，两性最终应当达成和解。从卡特划时代的短篇小说集《染血的房间及其他故事》开始，独特的女性话语出现了，而小说中食物与性和权力之间的关系也逐渐呈现出"解放"与"和解"的主题。

卡特在《虐待狂女人》中花费一个章节细致地讨论了"肉"这个主题。卡特认为，食肉者和肉彼此的地位永远是不平等的，它们之间存在着"无法弥合的误解的深渊"。[1] 只要身为肉，就无法主宰自己的命运，只能顺从地听命于食肉者的安排。而且，由于肉常常来自于食草动物，肉本身无法变成食肉者，也就失掉了反戈一击的能力。卡特颇有深意地说："这也就是为什么我们喜欢吃食草动物，因为无论情况如何，它们都吃不了我们。"[2] 卡特的这番论断显然绝非"就吃论吃"，而是指向她一贯感兴趣的两性之间的权力关系。父权文化总是将女性置于无知而顺从的肉的位置，并假设女性没有能力反抗。仅从这一点上看，食物仍然作为无权者功能的表征，似乎与第一理论层面中的观点没有什么区别。然而，如果说卡特之前只

---

[1] Angela Carter, *The Sadeian Woman*, London: Virago Press, 1979, p. 138.

[2] Angela Carter, *The Sadeian Woman*, London: Virago Press, 1979, p. 139.

是指出了这种压迫性的权力关系的话，在此她已经开始寻找颠覆这种关系的方法。经第二理论层面中对食人主题的探索，卡特顺理成章地聚焦于食用者与食物两者地位的掉转及两者之间二元对立关系的破解。

在《染血的房间及其他故事》中，精灵王、吸血鬼、狮子、老虎和狼等传统的食肉者接连在故事中出现，但是他们与他们的食物之间的关系却发生了极大的变化。第一，肉掀起了反抗，取代食肉者占据了两者当中较为重要的位置，甚至在很大程度上决定了食肉者能否存活下去。第二，对于食肉者与肉两者地位的此消彼长，爱情起到了重要的推动作用。因为爱情，食肉者或者被剥夺了霸权，或者消失了魔力，皆从具有控制性的主导地位沦落成了"凡人"。但是，权力的削弱使他们最终获得了真正的自由和幸福，而这种自由和幸福在食肉者与肉的压迫性二元对立关系当中是无法存在的。例如，在《狮先生的求婚》中，远走伦敦的美女过着锦衣玉食的生活，留在家中的野兽却因为思念饿得奄奄一息。美女醒悟过来，回家拯救野兽并将他变成一个真正的男人。被救活的野兽苏醒后的第一句话就是："我觉得我能试着来点儿早饭了，如果你愿意跟我一起吃的话。"① 如果两性关系是食肉者与肉的关系，那么男人和女人平等地坐在一起吃早饭的景象是无法想象的。食肉者交出了权力，收获的是平等的爱情。

---

① Angela Carter, "The Courtship of Mr. Lyon", *Burning Your Boats*: *Stories*, London: Chatto & Windus Ltd., 1995, p. 153.

卡特在《虐待狂女人》中继续指出，"覆着皮的肉体等于肉欲，脱下皮的肉体等于肉食"。[①] 卡特认为，在父权文化的语境中，是否对肉体进行修饰或伪装与两性关系的实质有着莫大的关系。在《染血的房间及其他故事》中，频繁出现的"穿衣"与"剥皮"这两个意象就被赋予了深层次的意义。在这些故事中，男性往往以衣冠楚楚的面目出现，衣服这张皮掩盖下的男性肉体却饱含汹涌的欲望。在男性欲望面前，女性总是被迫脱下衣服，去掉一切肉体的修饰，变成男性的砧板上一块赤裸裸的肉。

对于这种食肉者与肉之间的不平等关系，解决的方法有两种：第一，肉拿起刀奋力反抗，杀掉食肉者，获得解放；第二，肉与食肉者获得相同的地位，两者达成和解。卡特对第一种方法给予了充分的认可，短篇小说《染血的房间》、《精灵王》和《狼人》均以食肉者死亡、被囚禁和被压迫的女性重获自由而告终。然而，卡特真正感兴趣的还是第二种方法。在卡特看来，男性也是父权体制的受害者。他们原本与女性一样生来就拥有蓬勃生长的正常欲望，父权体制赖以存在的二元对立体系却将男性强硬地归于理性范畴，男性身上与情感、直觉和欲望相关联的部分因此被二元对立体系径自摒弃。正常的男性欲望在阳性理性沉重的伪装之下遭到了扭曲，不得不以压迫女性和征服自然的暴力形式释放出来。在小说集中，无论作为狼人、老虎还是狮先生，男性人物在最初面对女性的时候总显

[①] Angela Carter, *The Sadeian Woman*, London: Virago Press, 1979, p. 138.

示出暴戾、冷酷、狡猾或者残忍的特征。然而，当女性以真实而平等的爱情感召他们的时候，男性全都自愿而迅速地卸下了伪装，迫不及待地回归真实的自我。与此同时，女性也释放出被父权体制压抑已久的本能，展现出活泼澎湃的欲望和生命力。

《老虎的新娘》结束时，老虎新郎伴随着深沉的低吟轻轻舔去新娘身上的人皮，露出里面光滑美丽的皮毛。在《狼孩爱丽丝》的结尾，爱丽丝舔舐着狼人伯爵的伤口，将他脸上的血污舐去，露出他男子汉的面孔。在《与狼为伴》的结尾，女孩大笑着爬上床，将狼的衣衫丢进火里，因为这样他就再也无法变成人形了。男女两性的本真曾经被扭曲被遮盖，此时在爱情的驱使下显露出来。食肉者与肉之间不复存在压迫性的等级关系，男女两性站在了平等的位置上。二元对立体系当中的男性话语被颠覆，卡特独特的女性话语建立了起来。不可否认，这种女性话语在许多女性主义者看来过于温柔和理想化，但是与那些主张彻底毁坏传统的两性关系，却不提供任何建构的话语相比，卡特提出的不啻为一种更为乐观和积极的解决方案。在卡特看来，正常的男女两性关系不是前者吃掉后者，或者反而被后者吃掉，而是男女两性在爱情的驱使下去掉一切伪装，互相吮吸、舐舐，灵肉合一。食用的意义最终归结到两性的相互理解、融合和爱。

三　80 年代及以后：食物与亲子关系

从 80 年代开始，安杰拉·卡特将自己对食物的一贯兴趣转向了新的领域——亲子关系。无论从哪方面来看，这都是一个颇具逻辑性的选择。就卡特本人而言，她此时已既是一位妻子又是一位母亲；就卡特的创作历程而言，从 60 年代的青春期出发，经历了 70 年代的成熟期，她的创作已经进入 80 年代的沉淀期。卡特在儿子刚刚诞生之际撰写了评论文章《艾莉森吃吃的笑声》（"Alison's Giggle"，1983），其中对男作家与女作家在创作中关于性爱可能造成何种后果的态度做了比较。她认为男人较为关注性爱的过程，而女性则更担心性爱行为造成的怀孕与产子，"性与生产之间的联系从未轻易地被女人遗忘"。①因此，前一时期关乎两性之间爱与融合的创作主题在这一时期顺理成章地转而向亲子关系倾斜。

事实上，由于食物与家庭之间存在着内在的密切关系，引导食物的意象向家庭回归是女作家发乎自然的选择。首先，女性是家庭食物的提供者：仅以人生最初的阶段为例，母亲的乳汁就是婴儿获得营养的首要来源。其次，女性是家庭食物的加工者：在父权文化的语境当中，处理和加工食物并将其变成一日三餐的任务是由女性担当的。最后，女性的文化传统在加工食物的过程中得以传承：厨房不仅是女性的领地，还是妇女们聚集在一起交流信息、分享情感的场所，更是年长女性向年轻女性传授烹饪技艺、其他家务本领以及道德规范的学校。哈丽雅特·布洛杰特（Harriet Blodgett）在分析 20 世纪女作家的作品时指出，正是食物意象与家庭中的女性之间这种紧密联系使"女性的想象力因其经验而与食物联系在一起，女性将食物视

---

① Angela Carter, *Nothing Sacred: Selected Writings*, London: Virago Press, 2000, p. 203.

作摹仿与隐喻的灵感来源"。①

　　在卡特20世纪80～90年代创作的三部重要作品《黑色维纳斯》、《马戏团之夜》和《明智的孩子》中，女性体验具体化为母亲的体验或者女儿的体验，母女关系、母子关系和父女关系取代包含性爱意味的两性关系成为小说重点讨论的关系。值得注意的是，卡特所谓的亲子关系并不总是单纯由血缘决定的亲子关系，还包括存在于一切类似于家庭的组织结构中将其成员联系在一起的亲密关系。卡特对这一类亲子关系产生了浓厚的兴趣，并在上述三部作品中塑造了许多失去父母、身世不详的孤儿形象，她们辗转于各种团体与组织之间，将与自己毫无血缘关系的人作为父母或者兄弟姐妹。对卡特而言，父母与孩子之间的关系不再拘泥于生理上的定义，而是升华至拥有"母性"的哺育者与弱小的受哺育者之间的关系，家庭也就因而基于一种"动态的构建"。②

　　于是，这一时期卡特小说中有关食物的意象不再是指抽象的身份认同或者两性之间的权力关系，而是象征着"父母"与"孩子"之间相互的牺牲和分享。从某种程度上讲，食物的意象又恢复了其在卡特早期小说中具象的本来面目，只不过

---

①　Harriet Blodgett，"Mimesis and Metaphor：Food Imagery in International Twentieth-Century Women's Writing"，*Papers on Language and Literature*，2004，40（3）：263.

②　Sarah Gamble，"'There is No Place like Home'：Angela Carter's Rewriting of the Domestic"，*Literature Interpretation Theory*，2006，17（3－4）：298.

它所象征的意义内涵发生了转变。当食物被置于家庭这一语境当中的时候，它在维系家庭成员之间关系方面起到的作用远远大于它对个体的成长经验和性经验所具备的意义。毕竟，从其最本质的定义来看，食物不仅是维持一个家庭正常运转的基本要素，也是衡量亲子关系和家庭温暖最朴素的指标。具体而言，在上述三部作品中，食物的象征意义体现出两方面的特点：当亲子关系中包含自我牺牲和无私分享时，食物代表了爱和哺育；而当自我牺牲和无私的分享缺失时，食物则往往带来毒害甚至杀戮。

小说集《黑色维纳斯》中的故事《厨房的孩子》（"The Kitchen Child"）为食物的意象与亲子关系之间的象征关系提供了最初的范例。小说讲述了一个在厨房里成长的孩子如何帮助母亲赢得爱情，最终与母亲一起走入幸福家庭生活的故事。这篇故事篇幅很短，颇不起眼，鲜有评论家问津。然而，它实际上为理解长篇小说《马戏团之夜》与《明智的孩子》当中的食物意象提供了相当重要的线索。

《厨房的孩子》的首要贡献是自此卡特才真正开始塑造体态丰腴的正面女主人公形象，而在80年代之前，她笔下几乎不存在类似形象。不必说她早期作品中的女主人公是苍白而厌食的，即使是70年代作品中的女性也大多身材苗条，像《新夏娃的激情》中的"母亲"那样魁梧的女人是被当作可悲的邪恶人物进行刻画的。在《厨房的孩子》里，读者第一次在卡特的笔下看到了可爱可敬的胖女人形象。这位"像'肥胖'（obese）这个词里的'o'一样圆"的女厨师身上洋溢着对工作和生活的执着与热情，遭遇不幸命运而能勇敢地面对，无论穷通皆抱有乐观豁达的态度。① 在《马戏团之夜》里，女主人公飞飞在很大程度上延续了这些宝贵的特质；在《明智的孩子》里，欠思姐妹的养母阿嬷则几乎就是上述女厨师的翻版。健硕的身体似乎为这些女性应对人生的坎坷做好了准备，为她们付出爱和给予哺育创造了条件。

将食物与亲子关系中的爱和哺育联系在一起则是《厨房的孩子》的又一个重要创举，只不过在此卡特使用了一种颇为曲折的表达方式，首先将食物与宗教之爱联系了起来。卡特曾在故事中借主人公之口满怀感情地赞美道："一个伟大的厨房难道不是具有神圣的意味么……那操作台就是圣坛，当然，是圣坛。在那里，我母亲永远躬身表达自己的敬意，她的上唇挂着一圈汗珠，脸颊上火烧般透着红光。"② 鉴于在此之前卡特笔下的食物意象往往与性和色情相联系，这一与宗教的联系是个颇为有趣的变化，甚至带有些许乔治·巴塔耶③的色彩。巴塔耶认为，人类对死亡的恐惧促使人类产生了自我意识，将人类与动物区分开来。自此之后，人类就进入了与兽性做斗争的漫长历史。作为兽性的主要表现，性以及吃喝排泄等

---

① Angela Carter, "The Kitchen Child", *Burning Your Boats: Stories*, London: Chatto & Windus Ltd. , 1995, p. 294.

② Angela Carter. "The Kitchen Child", *Burning Your Boats: Stories*. London: Chatto & Windus Ltd. , 1995, p. 295.

③ 乔治·巴塔耶（Georges Bataille, 1897 – 1962），法国评论家、思想家、小说家。他博学多识，思想庞杂，作品涉及哲学、伦理学、神学、文学等多个领域，颇具反叛精神。代表作有《内心体验》《可恶的部分》《文学与恶》《色情史》等。

肉体的其他本能需求是人类首先执意否定的东西，于是人类设立了禁忌将它们掩埋起来。然而，这些本能仍然像潮涌一样不断返回，深深地吸引着人类。这种矛盾反而使性超越了其本身，变得辉光笼罩，充满魅力。人类的性也就与动物的本能产生了差异，于是色情诞生了。"色情是性，但不仅仅是性，是被改造的性和被改造的'自然'，它包含着人类的喜悦和不安，恐惧和战栗。"①色情因此成为人类个体体验神圣性的一条途径。巴塔耶接着认为，另一条途径便是宗教。宗教与色情一样，其出发点均来自人类对自身兽性的压制。同巴塔耶一样，卡特也将注意力放在了对身体本能的挖掘上，通过食物的意象将色情与宗教并置而观。直到《厨房的孩子》，色情与宗教通过食物而达成的纽带仍然被巧妙地暗示着：女厨师恰恰是在埋头于操作台前、"躬身表达敬意"的时候遇袭而受孕的。

然而，卡特并没有像巴塔耶那样沿着主体对神圣性的体验一路深究下去；她将食物与宗教联系在一起，更多的是要强调其抚慰和救赎的作用。因此，卡特所谓的神圣，与其说是宗教的神圣，不如说是爱的神圣。在《厨房的孩子》中，最终主人公母子二人能够获得幸福的结局，其原因与其说是女厨师的虔诚，不如说是她数十年如一日付出的博大母爱得到了应得的回报。在卡特最后的两部长篇小说中，食物所象征的亲子之爱以其不计利害、博大无私的特点展现出了惊人

---

① 汪民安编《色情、耗费与普遍经济：乔治·巴塔耶文选》，吉林人民出版社，2003，第 14 页。

的抚慰和救赎力量。在《马戏团之夜》里，飞飞用热牛奶和面包安抚了饱受凌辱的迷娘，不仅帮助后者迅速恢复了体力，而且使她走上了自新的道路。在《明智的孩子》里，每当欠思姐妹陷入困顿的境况，佩瑞格林总是带着丰富的食物出现，帮助她们渡过困境，为她们带来欢笑。卡特曾经写道："母亲之所以是母亲，是她做了母亲做的事。"①哺育者之所以能为受哺育者带来爱与温暖，正是他/她有充分的提供食物的意愿和能力。

与之相反，当哺育者与受哺育者之间的关系发生错位或者遭遇危机，爱与温暖消失了，食物的意象就变得丑陋起来。在稍后于《厨房的孩子》出版的短篇小说《福尔里弗斧子杀人案》中，女主人公丽兹·博登的父亲和继母自私冷漠，视女儿为家庭的累赘。这样的家庭所享用的食物显然与佩瑞格林给欠思姐妹带来的美味核桃蛋糕大不相同，他们食用的是"热过的剩箭鱼"；尽管食物寒酸，博登太太还是"吃完了所有剩下的，并用面包擦净了盘子"。② 这顿过期的海鲜直接导致了她的食物中毒，丽兹却因为几乎没怎么吃饭而逃过一劫。充当哺育者的父母本应以满足受哺育者的需求为自己的首要责任，丽兹的父母的选择却是首先满足自己的需求，对孩子的处境毫不关心。本应象征爱和哺育的食物变成了毒药，食用则变成了对哺育者的惩罚。小说还暗示，食物中毒也有可能是丽兹人为

---

① Angela Carter, *Wise Children*, London：Vintage，1992，p. 223.

② Angela Carter, "The Fall River Axe Murders", *Burning Your Boats*：*Stories*, London：Chatto & Windus Ltd.，1995，p. 311.

造成的。如果这种猜测成立，食物又充当了受哺育者对失职的哺育者进行报复的工具。

　　这些象征意义在《明智的孩子》里得到了延续。尽管萨丝绮亚与《马戏团之夜》里的飞飞一样都是胃口极佳的女人，但是她对食物的热爱与飞飞有着全然不同的出发点。在萨丝绮亚的身上，读者看到的不是对食物的热爱背后涌动着对生活的热爱，而是无限膨胀的贪婪和占有欲；这种贪婪和占有欲闪烁着菲利普舅舅之流父权暴君饕餮的影子。作为长辈，萨丝绮亚通过在食物里"下了某种爱情灵药"，引诱了她的侄儿崔思专，与之发生了乱伦的关系。[①] 作为女儿，她也从未打算尽自己的本分，反而在父亲的生日蛋糕里下毒，想要结果他的性命。像丽兹·博登一样，萨丝绮亚这个人格扭曲的人物身上体现着扭曲的亲子关系。卡特反复暗示，萨丝绮亚作为哺育者时行为不端正是由于她此前作为受哺育者时很少获得温暖。扭曲的亲子关系制造出扭曲的受哺育者，而当她成长为哺育者时，这种扭曲的关系往往被延续了下去。食物变成了毒药和迷幻剂，失掉了它在饱含着爱的亲子关系中的那种温情。

　　食物的意象贯穿安杰拉·卡特创作的始终。它们反映着她不断成长变化的心境，辅助她塑造人物、推进情节、构建话语、形成风格，并且使她的作品在某种程度上与当时正在兴起的"身体转向"思潮产生了应和。如果说花园与森林的意象反映了卡特对周遭世界和人类命运的审视，食物的意象则反映

---

　　① Angela Carter, *Wise Children*, London: Vintage, 1992, p. 183.

了她对两性关系和女性自身的思索。鉴于两性关系和女性自身的问题原本就是卡特小说创作的中心议题，卡特逐渐发现仅凭一种意象并不能满足这种思索需要达到的高度；于是她开始借助更多的意象来探索这个议题。

第三节　玩偶、镜子与舞台

在西方现代文艺理论中，"凝视"（Gaze）是一个非常重要的概念，包括萨特、拉康和福柯在内的众多学者都对这一概念进行过研究。萨特将凝视与人的存在联系起来，指出凝视之中蕴含着权力，而人与人相互注视实际上就是在进行权力争夺。在凝视中，原本自为的人被异化成了他人目中的存在。拉康在早期论文《助成我的功能形成的镜子阶段——精神分析经验所揭示的一个阶段》中以镜像为比喻探讨凝视这一概念，强调自我的主体本身是支离破碎的，只有当他看到镜中自身完整的影像时才能获得前所未有的统一感和整体感。这个影像看似是对自我的反映，其实却仅是一个实质匮乏的虚像而已。拉康在晚期研究中重新审视镜子这个意象，发现人不仅可以成为观者，也可以成为客观世界凝视的对象，这一发现再次对自我主体性的存在提出了质疑。如果说拉康与萨特的相似点在于两人都关注凝视中自我的主体性问题，福柯与萨特的相似之处则在于两人都对凝视过程中的权力关系很感兴趣。在福柯的专著《规训与惩罚》中，他借助杰里米·边沁创造的"全

景敞式结构"① 进行分析，指出凝视能够确保权力实现自动高
效的运转，是规训社会的有效工具。

在福柯理论的影响下，20 世纪后半叶以来蓬勃发展的视
觉文化研究极其关注凝视中隐藏的权力运作。当这种研究延
伸至女性主义批评的领域时，劳拉·马尔维（Laura Mulvey）
的凝视理论出现了，并且名噪一时。马尔维试图从精神分析
的角度入手，对电影当中的女性影像以及男性对女性影像的
观看进行研究。马尔维认为，父权社会的无意识深深地影响
了电影的表达，而弗洛伊德与拉康的精神分析理论则可以作
为"一种政治的武器"，对这种无意识进行揭示。② 结合弗洛
伊德关于窥视欲的分析和拉康关于镜像及"入迷"的分析，
马尔维揭示了男性观众在观看好莱坞电影时产生愉悦感的真
正渊源："男性是行动者，观众们通过他们的视角体验故事，
拥有操控事件发展能力的男性是观众的理想自我；女性是展
示者，她们并不推进故事发展，而是忙于在男性角色面前展

---

① 全景敞式结构（Panopticon），英国哲学家和社会理论家杰里
米·边沁（Jeremy Bentham）在 18 世纪后期设计的结构，外观
呈环形，一间间狭小而独立的牢房依圆环排布，全部面朝这个
环形建筑的中央。建筑的中央修建有一座监视室或瞭望塔，在
执行监管时，管理人员只需坐在监视室里就可以看到四周任何
一个牢房里的情况。这个设计的核心理念即使一位"观察者"
（-opticon）看到建筑的"全景"（pan-）。边沁认为这一建筑
结构可以被广泛地应用于医院、学校、贫民收容所以及精神病
院等众多场所，但是该结构最为人熟知的应用还是在监狱当中。

② Laura Mulvey，"Visual Pleasure and Narrative Cinema"，*Screen*，
1975，16（3）：6.

示自己。"① 由此可见，好莱坞电影隐含着这样一套机制：男性是主动的，女性是被动的；男性观看，女性被看。马尔维的研究在当时产生了很大的影响，从影视批评到文学文本批评的诸多领域都使用了她的理论。然而，正如《西方文论关键词》指出的那样，马尔维的研究也存在着一些缺陷，"比如她忽视了观看群体性别不同可能造成的观影感受的不同，也没有能够就是否存在女性作为观看主体的可能性给出结论等"。②

　　作为马尔维的同时代人，安杰拉·卡特对"凝视"也抱有强烈的兴趣。事实上，她对一切与外貌和影像有关的事物都抱有强烈的兴趣。这种兴趣在卡特的小说和批评文章中都能得到大量的例证：她最重要的批评专著《虐待狂女人》中专门辟出一个章节来分析好莱坞女明星的形象所具备的象征意义，而她最后也是最重要的两部长篇小说均以表演者为主人公。卡特研究凝视，实际上是在研究男性如何通过观看女性达到消费女性的目的。这使她的创作从表面上看与马尔维的研究产生了异曲同工的效果。然而，与马尔维将男性等同于凝视者、女性等同于凝视的对象物这样简单的划分不同，卡特致力于展示一个两性关系错综复杂的凝视世界。在这个世界中，不仅男性会凝视女性，女性也会凝视男性、凝视其他女性并进行自我凝视。更重要的是，卡特指出权力关系并非仅仅体现在性别方面，而是源自观看与被观看这个二元对立体系，并且由凝视这

---

① 陈榕：《凝视》，《西方文论关键词》，外语教学与研究出版社，2006，第358~359页。

② 陈榕：《凝视》，《西方文论关键词》，外语教学与研究出版社，2006，第359页。

一过程本身决定。为了在小说创作中表达对凝视这一理论概念的思考，卡特使用了三个至关重要的意象：玩偶、镜子与舞台。

一　玩偶

以玩偶这一意象来象征女性的做法在文学史上并不鲜见，其内涵也曾被当代女性主义批评家们广泛地讨论过。苏珊·古芭就曾在其著名的评论文章《"空白之页"与女性的创造力问题》中指出，从奥维德笔下的皮格马利翁①开始，西方文学中的男性就一直在营造"男性本位的创造神话"，以逃避由于"自己是从女人的身体里被创造出来的"而蒙受的羞辱。②在这样的神话中，男性将女性视同玩物，对其进行彻底的物化和异化；女性在两性关系中丧失主体性，沦落到被观赏和被利用的位置。女性变成一件"文化的产物"、一件"艺术品"，却永远也"不能成为雕塑师"。③玩偶的意象与"处女膜之纸"的意象联系在了一起，共同成

---

① 皮格马利翁（Pygmalion），希腊神话中的塞浦路斯国王，善雕刻。他用神奇的技艺雕刻了一座美丽的象牙少女像，抚爱和装扮她，为她起名加拉泰亚，并向神乞求让她成为自己的妻子。爱神阿芙洛狄忒被他打动，赐予雕像生命，并让他们结为夫妻。奥维德在《变形记》（*Metamorphosis*）中讲述了这个故事。

② 〔美〕苏珊·古芭：《"空白之页"与女性的创造力问题》，张京媛主编《当代女性主义文学批评》，北京大学出版社，1992，第 162 页。

③ 〔美〕苏珊·古芭：《"空白之页"与女性的创造力问题》，张京媛主编《当代女性主义文学批评》，北京大学出版社，1992，第 163 页。

为供男性以"阴茎之笔"宣泄创造力、其自身却无知无能的对象物。作为一位女性主义作家，安杰拉·卡特自然对这一意象产生了兴趣。然而，她并不满足于仅仅将玩偶当作一个简单的意象来使用。对卡特而言，她更感兴趣的问题在于女性与玩偶之间的象征关系是如何建立起来的，男性的凝视在建立的过程中起到了怎样的作用，女性何以在男性的凝视中丧失主体性并被物化成客体。她力图在创作中解答的正是这些问题。

卡特的小说中最早出现玩偶这一意象的当属长篇小说《魔幻玩具铺》。在这部小说中，玩偶被赋予了双重的意义。首先，它象征着寄人篱下的女主人公。当梅拉尼首次参观木偶剧场时，一个面朝下伏在地上的木偶女孩引起了她的极大恐慌，因为这个姿势似乎表明"有什么人在玩她的时候厌烦了，松手丢开了她，自己走了"。① 玩偶所传达的被遗弃的无助感使梅拉尼深深地感到，"那个玩偶就是她"。② 然而与此同时，玩偶也象征着父权暴君向女主人公实施的压迫。准确地说，玩偶成了父权用以向女性实施压迫的工具和中介。例如，菲利普舅舅总是以肢体暴力来对待妻子和妻弟们，但对于梅拉尼，他除了发出过几句粗暴的责骂之外，并没有在实质上采取任何凌辱的行动，这些行动都是假玩偶之手完成的。在排演木偶戏《勒达与天鹅》的场景中，"矮胖、家常、又很古怪"的木偶

---

① 安杰拉·卡特：《魔幻玩具铺》，张静译，浙江文艺出版社，2009，第71页。

② 安杰拉·卡特：《魔幻玩具铺》，张静译，浙江文艺出版社，2009，第71页。

天鹅本身最初并不具有任何威胁性，它甚至有些令梅拉尼发笑。① 然而，当梅拉尼正式进入角色，并为自己是否能扮演好勒达而感到担忧时，她突然幻想"天鹅身上的一扇活板门就会打开，然后全副武装的主人、用发条控制的袖珍菲利普舅舅就会跑出来对她拳打脚踢"。② 正是这一幻觉使她"感觉不再是自己"；她跳出自身，冷眼旁观，听凭木偶天鹅强奸了这个名叫梅拉尼的女孩，"她的自我痛苦地分裂了"。③

许多年后，卡特在一次采访中承认她在创作《魔幻玩具铺》时还并不真正清楚自己究竟要表达什么，"但是尽管如此，我还是将那只天鹅设置成了一个人造的物件、一只玩偶，有个男人在它身后拉着绳子。"④事实上，这种处理方式将玩偶视为两性权力关系中介物，与卡特在此阶段对食物方面意象的处理方式颇为相似，都呈现出其早期创作的特点。值得注意的是，玩偶的双重象征意义只是在它被放置在舞台上、处于被凝视的表演环境时才显现出来，当它作为单纯的艺术品出现时这些象征意义并不存在。换言之，只有在被男性观赏时，玩偶与女性地位之间的象征关系才建立了起来。这意味着，男性的凝视充当了两性权力关系的催化剂，

---

① 安杰拉·卡特：《魔幻玩具铺》，张静译，浙江文艺出版社，2009，第 177 页。
② 安杰拉·卡特：《魔幻玩具铺》，张静译，浙江文艺出版社，2009，第 177 页。
③ 安杰拉·卡特：《魔幻玩具铺》，张静译，浙江文艺出版社，2009，第 177 页。
④ Anna Katsavos, "An Interview with Angela Carter", *Review of Contemporary Fiction*, 1994, 14（3）: 12.

它不仅使女性将自身视为像玩偶一样无知无能、逆来顺受的物品，而且还要进一步利用玩偶剥夺女性的自尊，将其彻底贬低到比物品更无价值的地位。正是这种剥夺与贬低造成了女性自我的分裂。

20世纪70年代以后，随着卡特对身体、性欲和色情等话题的兴趣与日俱增，她重新审视了玩偶承载的双重象征意义，发现当女性沦落到类似玩偶且不如玩偶的无权地位时，她们本身已经不具备任何实质意义，只是充当男性向其中灌输意义的器皿而已。在这种认识的指导下，卡特在长篇小说《霍夫曼博士地狱般的欲望机器》中塑造了大量泥塑木雕般呆板的女性形象。例如，"无名之屋"（House of Anonymity）这一节中描绘了这样一群被囚禁在铁笼里的妓女，她们缺乏神智、宛如雕像，"一部分是钟表，一部分是蔬菜，还有一部分是野兽"。[①] 在男主角德西德里奥的眼中，这些妓女中没有一个是真正的女人，她们都是"女性这个概念难以分辨之精髓"的体现，是"修辞意义上的形象"。[②] 卡特试图通过这样的描述表达，在男性的凝视之下，失掉权力的女性既不是女人也不是人；她们成为性玩具，成为男性欲望的投射物。在如何看待女性这一困境方面，卡特与古芭和其他许多女性主义批评家们达成了共识。

然而，在如何帮助女性摆脱这一困境方面，卡特与她们产生了差异。古芭在《"空白之页"与女性的创造力问题》中写

① Angela Carter, *The Infernal Desire Machines of Doctor Hoffman*, New York：Penguin Books, 1972, p. 132.

② Angela Carter, *The Infernal Desire Machines of Doctor Hoffman*, New York：Penguin Books, 1972, p. 132.

道，为了避免成为男性欲望的投射物或者男性灌输灵感的器皿，女性可以"通过不书写人们希望她书写的东西来宣告自己。不被书写就是一种新的女性书写状况"。① 女性摒弃了男性话语，用无瑕的身体默默地表达自己的意愿，借以对父权进行反抗。也就是说，古芭提倡女性以拒绝男性书写或凝视的方式来摆脱被物化的命运。卡特却另辟蹊径，提出了另一种方式。她发现，当女性被彻底物化之后，"被凝视"本身也具有了某种权力。既然被凝视者是凝视者欲望的投射物，那么所投射的欲望越强烈，凝视者就越不能容忍投射物离开自己的视野，而被凝视者也就因此越有能力左右凝视者的行动。也就是说，被凝视者往往以其人之道，还治其人之身，通过凝视达到对凝视者的控制。

　　卡特的这一发现在《霍夫曼博士地狱般的欲望机器》里的那群妓女身上就已初现端倪：由于德西德里奥并没有施虐或受虐的倾向，当他凝视妓女们时，他的心中没有激起任何欲望，因此表现得相当冷静；而伯爵则青筋暴露，眼珠狂转，犹如鬼魂附体。尽管伯爵是施虐的和压迫的一方，他投射的欲望却使他本人成为被凝视所折磨的受害者。在随后出版的短篇小说《紫姬之爱》中，卡特将凝视给凝视者带来的折磨描摹得更加细致入微。妓女紫姬常常在榨干了一位顾客的钱财之后将他锁在房间的壁橱里，"强迫他观看自己将随意路遇的乞丐领

_____

① 〔美〕苏珊·古芭：《"空白之页"与女性的创造力问题》，张京媛主编《当代女性主义文学批评》，北京大学出版社，1992，第 178 页。

上她那奢华的大床，却分文不取"，以此来对壁橱里的凝视者进行折磨。① "男人们将欲望投射在她身上，实际上是自己嫖了自己。"② 同样的情况在《新夏娃的激情》中零的身上亦有体现，他在凝视银幕上特里斯特莎的眼睛时突然丧失了性功能，这实际上也象征着凝视者的欲望对自身的吞噬，体现了男性凝视者色厉内荏的本质。被凝视者释放了凝视者的欲望，这种欲望反过来吞噬了凝视者自己。

二 镜子

安杰拉·卡特在处理玩偶这一意象及其与女性之间的象征关系时，创作与批评的焦点集中在凝视者身上，男性的凝视在凝视者与被凝视者之间引发的权力斗争与变化是文本着力解决的问题。然而，当镜子这一意象出现时，女性作为被凝视者的心理活动开始占据了创作与批评的中心。

旅日期间，卡特曾经写过一篇类自传体的短篇小说《镜与身体》（"Flesh and the Mirror"），后来收录在小说集《烟火》中。在这篇被萨拉·甘布尔描述为"卡特所有叙事中最错综复杂、矫揉造作"③ 的小说中，叙述者是一个旅居东京的英国女人，在与自己的东方恋人发生龃龉之后独自在城内游

---

① Angela Carter, "The Loves of Lady Purple", *Burning Your Boats*: *Stories*, London: Chatto & Windus Ltd., 1995, p. 46.

② Angela Carter, "The Loves of Lady Purple", *Burning Your Boats*: *Stories*, London: Chatto & Windus Ltd., 1995, p. 46.

③ Sarah Gamble, "'There is No Place Like Home': Angela Carter's Rewriting of the Domestic", *Lit Literature Interpretation Theory*, 2006, 17: 284.

荡，遇到了一位陌生男子。该男子将她带入一间镶满镜子的旅馆房间与她做爱。当她和恋人重聚时，她发现两人已经无法再回到原来的恋爱状态了，这段插曲使她重新审视了自己以及自己与恋人的关系。

镜子作为小说的中心意象首先表达的是女性叙述者心理上的疏离感。作为在亚洲城市里逗留的英国女人，叙述者对这个城市产生了格格不入的陌生感；叙述者的东方恋人与叙述者之间日趋冷淡的关系又进一步加深了这种陌生感。这使叙述者感到，游荡在此地的并不是她本人，而只是一个影子、一个玩偶："我一直是个自己牵动绳子的木偶。这木偶在镜子的另一侧移动，我在镜子的另一侧移动。"① 然而，读者能够从字里行间感受到叙述者并不排斥这种疏离感及其造成的自我分裂，甚至对此还颇为欢迎，因为它给了叙述者超然于事外的能力。无论外面的世界有多么陌生和险恶，叙述者的自我都不会受到伤害，因为代替自我游荡在外的只是一个镜像。叙述者因此称赞道："镜子是女人的同谋。它帮助我逃离我或她能够表演却不能观看的行为。当我打破镜子，我就能找到自己的样貌。"②

---

① 原文为 "all the time I was pulling the strings of my own puppet; it was this puppet who was moving about on the other side of the glass. And I was moving about on the other side of the glass"。下文曾提到 "Mirrors are ambiguous things"，故猜测这里反复使用 "on the other side of the glass" 有特意使语义含混的作用。Angela Carter, "Flesh and the Mirror", *Burning Your Boats*: *Stories*, London: Chatto & Windus Ltd. , 1995, p. 69.

② Angela Carter, "Flesh and the Mirror", *Burning Your Boats*: *Stories*, London: Chatto & Windus Ltd. , 1995, p. 70.

这里的"她"指的是自我的镜像，"能够表演却不能观看的行为"则指的是困在男性凝视中女性的一举一动。也就是说，当女性身处男性的凝视之中时，她与自我达成了某种心照不宣的协议。既然女性已经被视为无知无能的玩偶和假人，何不索性将计就计？隐去真身，施放虚像，让镜像去承受凝视的破坏性后果。人格分裂因而成为女性自我保护的手段，镜子以一种凄凉的方式保全了女性的自我。

然而，当叙述者与陌生男子在镜子的映照下做爱时，对镜中自己身体的一瞥彻底地断送了这种自我保护。这面揭示真相的镜子"拒绝与我合谋，就好像它是我见过的第一面镜子一样。它毫不掩饰地映照出下面的拥抱。它所展现的一切都是必然"。[1] 镜子迫使叙述者观看自己正在被男性观看着的肉体，并进一步意识到自己为逃避现实而穿上"花里胡哨的戏装"只不过是自欺欺人的把戏罢了；只要身处两性关系之中，叙述者就根本无法躲过被凝视和被利用的命运。[2] 镜子不仅映照出了男性对女性的凝视，而且使女性真切地感知到了自我在这一凝视过程中的分裂和丧失。即使女性说服自己保持一种超然的态度，她最终仍不得不面对自我主体性的分崩离析。这种阐释在某种意义上与拉康晚期的镜像理论暗合，对女性能否在父权社会中保持完整的自我提出了怀疑。

经过将近十年的思索，卡特在 1979 年出版的《染血的房

---

① Angela Carter, "Flesh and the Mirror", *Burning Your Boats*: *Stories*, London: Chatto & Windus Ltd. , 1995, p. 70.

② Angela Carter, "Flesh and the Mirror", *Burning Your Boats*: *Stories*, London: Chatto & Windus Ltd. , 1995, p. 71.

间》中，再次使用镜子这一意象，并将其与女性对自我的认
知联系在一起。本文第二章第二节曾引用过一段女主人公的自
述①，将其与《镜与身体》中叙述者的自述进行比较有助于解
析卡特小说中镜像所反映的女性自我认知的发展。《染血的房
间》中的女孩酷似《镜与身体》中的叙述者，也通过镜子观
看到了处于男性凝视中的自己，觉察到自己有被物化以致丧失
自我的可能。这种认知在稍后的新婚之夜得到了加深：女孩与
叙述者一样被迫在一个镶满镜子的房间里脱掉衣服，向男性展
示自己的身体。然而读者却发现，与十年前卡特笔下的女孩相
比较，此处的女主人公变得更加成熟世故了。如果说男性的凝
视曾经使十年前的女主人公惊慌失措、几乎崩溃的话，现在这
种凝视只能使她惊，不能使她惧了。展示的过程结束之后，女
孩并没有像叙述者那样"飞快地穿好衣服，天一亮就逃走"②，
反而"像匹准备参加比赛的赛马一样微微发抖"。③ 这种反应

---

① 该段自述为："我发现他正从镀金的镜子里看着我，神情好似鉴
定家在检查马肉，或者更像市场上的主妇在检查案板上的一块
肉。我从未注意到他竟有这样的目光，那里面全然是肉欲的贪
婪……我看见了镜中的自己。我突然像他看着我那样看着自己：
我脸色苍白，脖子上的青筋像细线一样延伸出去，那条残酷的项
链似乎已经与我融为一体。在我这无知而充满限制的人生中，我
头一次感觉到自己具有堕落的可能，这让我屏住了呼吸。"
Angela Carter, "The Bloody Chamber", *Burning Your Boats*：
Stories, London：Chatto & Windus Ltd. , 1995, p. 115。

② Angela Carter, "Flesh and the Mirror", *Burning Your Boats*：*Stories*,
London：Chatto & Windus Ltd. , 1995, p. 71.

③ Angela Carter, "The Bloody Chamber" , *Burning Your Boats*：
Stories, London：Chatto & Windus Ltd. , 1995, p. 119.

当中包含着害怕的成分，但更多的是打算直面应对男性挑衅的跃跃欲试之情。事实上，正是镜中的凝视促使女孩抛弃了自己之前对婚姻抱有的一切幻想，理性地省察了自己在与丈夫的关系当中所处的地位，为最后的成功获救做好了准备。

两位女主人公在看到自己在镜中的映像后有着不同的反应，导致两篇故事的不同结局。《镜与身体》中的叙述者由于无法忍受两性关系中自我的不完整，不得不与恋人分手。躲开了男性凝视的叙述者逐渐弥合了自己与城市之间的鸿沟，得到了心灵上的短暂平静。《染血的房间》中的女孩却勇敢地在婚姻中追寻着被丈夫压制的自我，并最终战胜了丈夫，获得了自我的成长。读者能够发现，20世纪60年代末的女主人公仍在为男性世界中的女性能否保持自我完整性而感到忧心忡忡。正如古芭所倡议的那样，她试图通过拒绝男性的书写和凝视来保持自我的完整性，这促使她不断地逃避。与之相较，70年代末的女主人公则变得热衷于投身两性之间的较量，并对保持自我颇具信心。即使是像《染血的房间》中的新娘这样缺乏性经验的年轻女性，她在面对男性凝视时所萌生的第一个念头也不再是逃跑，而是迎着男性的目光而上。

镜子象征着女性对身处男性凝视中的自身角色的觉醒。这种觉醒最初颇为微弱，而且充满了困惑和不安：女性为自己的弱势地位感到担忧，她们试图逃避却总是受制于男性目光的威慑力。渐渐地，女性发现男性的凝视并没有想象中那么可怕，女性的自我也并没有想象中那么脆弱。本能的觉醒逐渐转化为理性的省察，女性开始认真考察审视两性之间的权力平衡与变化。从某种意义上讲，镜子为女性提供了一条通往清醒自我认识的有效途径。像对待玩偶的意象一样，安杰拉·卡特并不赞成将镜子的意象单纯地解读成男性权力压迫的象征，而是努力挖掘其中在理论上有益于女性的可能性；换言之，尽管这些意象常常被解读成象征着凝视所带来的恶果，她却努力挖掘其中在理论上有益于被凝视者的可能性。这种挖掘最终导向了另一个重要意象：舞台。

三　舞台

一个发人深省的问题将安杰拉·卡特引向舞台这一意象：既然凝视的破坏力如此之大，那些以"被观看"为生计和事业的表演者，尤其是女性表演者又应当如何处理自我以及自我与观众之间的关系？事实显然证明，她们并非都像"无名之屋"中的妓女那样被摧毁了自我，变成了泥塑木雕般的假人。那么，她们是如何在凝视当中生存下来的？

按照马尔维的理论解释，在观看电影表演时，男性观众将自己带入男性角色，充当观看者和行动者，银幕上的女性演员则充当被观看者和展示者。她们不具有任何能动性，只能听凭男性观众将欲望投射在自己身上。对女电影演员而言，这份职业的确十分影响她们的自我认知。而对在舞台上进行现场表演的女演员而言，这种影响更大，因为她们无可避免地要面对台下男性观众真实的目光。这种状况使女性表演者不得不面临两种选择：其一，接受女性在男性的凝视中成为弱者的事实，屈辱地忍受被动的地位，以促使人格分裂的方式保护自我；其二，试图从表演与观看的过程中找到有益于自己的解决之道，改变被动的命运，主动掌握权力。

从前面关于玩偶与镜子意象的讨论可以看出，卡特最初打算让自己笔下的女性人物做出第一种选择。例如在《新夏娃的激情》中，演员特里斯特莎就做出了类似的选择。然而值得注意的是，造成特里斯特莎人格分裂的并不只是其职业的特性，还有其性别的错位。这导致他/她与伊夫林/夏娃之间的凝视关系变得异常错综复杂：起初，作为生理上的男性，特里斯特莎乔装成女性在银幕上扮演角色，接受银幕下斯时为男性的伊夫林的凝视。伊夫林将"她"视为欲望的投射物，一边看电影一边与女孩性交，"以精子对你小小致敬一番，特里斯特莎"。① 当男性的伊夫林通过阉割手术变成了女性的夏娃，并在零那里看到特里斯特莎的电影海报时，不知情的夏娃将特里斯特莎视为女性感染力的象征，"我的守护圣人，我的护卫天使"。② 当特里斯特莎的男儿身最终被揭穿时，同样历经磨难的夏娃凝视着被零捆绑虐待的特里斯特莎，终于体会到了他所承受的不幸，开始明白自己曾经痴迷的影像不过是"电影院编造的廉价感官神话"。③

像马尔维指出的那样，特里斯特莎之所以感到痛苦，很大程度上是需要扮演与自我相差甚远的角色，并且对别人如何理解这些角色完全无能为力。然而卡特敏锐地发现，将被

---

① 安杰拉·卡特：《新夏娃的激情》，严韵译，南京大学出版社，2009，第 1 页。
② 安杰拉·卡特：《新夏娃的激情》，严韵译，南京大学出版社，2009，第 98 页。
③ 安杰拉·卡特：《新夏娃的激情》，严韵译，南京大学出版社，2009，第 140 页。

凝视所造成的痛苦简单地归咎于男性对女性的压迫是难以自圆其说的。正如表演者中有男性也有女性，台下的观众中亦是两性兼有，于是在舞台上下形成了由四种关系组成的凝视网络。正如特里斯特莎与夏娃之间的凝视关系所揭示的那样，在这个凝视网络中并不是每条线索都象征着男性对女性的压迫；事实上，它们各有各的象征意义。循着这些线索细究下去，卡特找到了马尔维理论的症结：凝视者的权力并不来自于性别，而是来自于凝视这个位置所给予的特权。马尔维将凝视者等同于男性、被凝视者等同于女性，这其实是在致力于打破男女之间二元对立关系的同时，反而建立起了凝视与被凝视的二元对立关系。正如男性在两性关系中占据更为重要的一方那样，凝视者也必然在凝视的二元对立关系中占据更为重要的一方。这种立论方式并不能为消除压迫铺平道路，只是换了种说法来表述压迫关系而已。卡特决心用创作解开马尔维理论的症结，通过赋予被凝视者权力提供一条真正通往消解二元对立的道路。

卡特的长篇小说《马戏团之夜》颇受好评，其中的女性表演者做出了有别于上述选择的第二种选择。事实上，在上述对玩偶意象的阐释中，被凝视者的权力已经得到了初步的挖掘。作为凝视者欲望的投射物，被凝视者左右着凝视者；凝视者的欲望越强烈，被凝视者的权力就越大。然而，这毕竟还是一种极其被动的获取权力的方式。被凝视者有没有可能主动地控制凝视者？《马戏团之夜》为解答这一问题做出了尝试。

《马戏团之夜》是一部"以凝视为核心议题"的小说，高空杂技师飞飞则位于这一议题的中心。① 像卡特小说中其他所有以表演为业的女性人物一样，飞飞穷其一生都困扰于自己被凝视者的身份。作为一位舞台明星，她无时无刻不处于别人的目光之中："飞飞的照片随处可见，商店里满是被冠以'飞飞牌'的吊袜带、长筒袜、扇子、雪茄和剃须膏……"② 在某种意义上，自从飞飞像特洛伊的海伦一样问世的那一刻起，她就不可避免地成为被物化的女性象征，永久地被置于凝视之中了。"被人观看"对她而言并不是一个需要克服的难题，而是生来就需接受的既定事实。在这种情形下，如果飞飞想要享有独立而自由的人生，她必须从凝视者那里夺取一定的权力，从凝视的过程中获得一定的益处，改变自己的被动地位。

飞飞首先选择尽可能多地从凝视中获取物质利益。尽管飞飞与其养母丽兹对于世人把被凝视的女演员等同于物品的成见都是完全承认并接受的，但是在对待从凝视中获取物质利益这件事情的态度上，她们仍然有着明显的差异。丽兹主张飞飞尽好自己作为物品的本分，遵循市场规律，合理地换取劳动所得，因为"面包师没法从你的私处烤出面包来"。③ 飞飞则认为，自己只是一件"闪闪发亮、美丽动人却一无是处的东西"④，无论穷人还是富人，在她身上花钱简直不可理喻。不过既然他们

---

① Margaret E. Toye, "Eating Their Way Out of Patriarchy: Consuming the Female Panopticon in Angela Carter's Nights at the Circus", *Women's Studies*, 2007, 36 (7): 501.

② Angela Carter, *Nights at the Circus*, London: Vintage, 1984, p. 8.

③ Angela Carter, *Nights at the Circus*, London: Vintage, 1984, p. 185.

④ Angela Carter, *Nights at the Circus*, London: Vintage, 1984, p. 185.

情愿如此虚掷钱财，那么她就要在最大限度上将这些钱财化为己有。正像她对食物保持着极其旺盛的胃口一样，飞飞对金钱也是贪得无厌的。

许多研究者都试图对飞飞的贪婪进行美化，例如唐炯就在其论文中将贪婪解读成飞飞与父权斗争的策略，认为她"煽动了男性的消费欲望"，却能够在男性即将消费她的那一刻"积极思考出对策"并顺利脱身。① 然而事实上，飞飞远非唐炯所认为的那样游刃有余。无论是从"怪女人博物馆"还是从罗森克鲁兹先生那里逃脱，飞飞都是冒险行动，侥幸得手。她从俄国大公处的逃脱尤其值得注意，唐炯所谓的"积极思考出对策"也许是指飞飞诱使大公射精以便分散他的注意力这件事，但是关于飞飞最终的逃脱在小说中是这样描述的："她将手里的玩具火车丢在伊斯法罕式的地毯上，走运的是，它的四轮稳稳地着地了……在大公意识涣散的那几秒钟时间内，飞飞慌乱地跑下站台，打开一等车厢的门，笨拙地爬进了火车。"② 小说在这里使用了电影拍摄中的蒙太奇手法，将玩具火车与真实火车的形象幻化交叠在一起，飞飞从大公官邸中逃出的详细过程被语焉不详地一带而过了。也就是说，飞飞这个人物本身并没有取得丝毫的胜利，"她和大公的主客体地位便发生了变化"更是无从谈起③；她的成功逃脱是文本意义上

---

① 唐炯：《经典的重构：论〈马戏团之夜〉的互文性手法》，《福建师范大学学报》（哲学社会科学版）2010 年第 3 期。

② Angela Carter, *Nights at the Circus*, London：Vintage, 1984, p. 192.

③ 唐炯：《经典的重构：论〈马戏团之夜〉的互文性手法》，《福建师范大学学报》（哲学社会科学版）2010 年第 3 期。

的逃脱，是叙事的逃脱。卡特似乎在暗示，如果飞飞试图通过从男性凝视中获取物质利益的方式从男性那里夺取权力，这将是一条充满风险的道路；改变女性被动的社会地位也许首先应当从改变女性被动的叙事地位开始。

事实上，以掌控叙事来达到对凝视者的控制才是飞飞这个被凝视者夺取权力的有效策略。飞飞意识到，女演员最大的悲剧并不在于自己总处于别人的目光之下，其实被人观看是她们的生计之所在，被人遗忘才更值得焦虑。她们的悲剧在于这些目光如何解读她们，而对此她们完全无能为力。正因如此，从小说的一开始，飞飞就一直通过操纵叙事为自己涂抹神秘的色彩，阻碍凝视者对她进行解读。她那著名的广告宣传语向观众提问道："她是真实的还是虚构的？"[1] 她想方设法与观众保持着若即若离的关系，既保证自己一直处于凝视之中，又竭力保持着自尊："看着我！她将自己展示于观众的眼前，身上有一种大气、高傲又略带嘲讽意味的优雅感，仿佛是一件无与伦比的礼物，只可远观不可亵玩。看啊，但不许摸。"[2] 当男主人公华尔斯作为男性凝视者的代表试图按照自己的想法解读飞飞并为她定位时，他却先被飞飞与丽兹讲述的故事迷惑住了，迅速陷入两个女人编织的叙事网络之中。他不仅始终没弄清楚飞飞的真实身世，反而走上了一条导致自我丧失的道路。直至小说结尾，即使是在已经脱胎换骨的华尔斯眼中，飞飞仍是一个充满神秘感的女人，而小说本身则在飞飞那一声"老天，我

---

① Angela Carter, *Nights at the Circus*, London：Vintage, 1984，p. 7.

② Angela Carter, *Nights at the Circus*, London：Vintage, 1984，p. 15.

竟然愚弄了你！"的快乐叫喊当中结束。①

　　卡特曾经承认自己在创造飞飞这个人物时受到了"不可靠的叙述者"这一理念的影响。② 也就是说，通过叙述自己，人物在真实的自我之外又创造了一个虚构的自我。当飞飞发问道："她是真实的还是虚构的？"她的答案其实是："她既是真实的又是虚构的。"马加利·科尔尼埃·迈克尔认为，"飞飞将自己作为凝视的客体展示于人前。然而，由于这客体是她自己创造的，她同时又是主体。因此，该允许自己被观众消费多少这件事由她自己说了算。"③ 以这种方式，卡特将权力赋予了被凝视者，在某种程度上为马尔维所提出的女性被凝视者所遭受的压迫提供了解决之道。

　　然而，在《马戏团之夜》里，被凝视者能够得到真正解放的途径并未由飞飞这个人物站立的舞台所反映，而是由另一个特殊的舞台体现了出来。这个舞台就是西伯利亚的全景敞式女子监狱。全景敞式监狱这一意象是卡特对福柯理论的文学化创造。边沁将其定义为"精神对精神的权力"，在此基础上，福柯进一步论证道：

　　　　在任何一种应用中，［全景敞式监狱］都能使权力的行使变得完善。它是通过几种途径做到这一点的。它能减

---

① Angela Carter, *Nights at the Circus*, London：Vintage，1984，p. 294.

② Angela Carter, "Angela Carter", *Novelists in Interview*, ed. by John Haffenden, London：Methuen，1985，p. 82.

③ Magali Cornier Michael, "Angela Carter's Nights at the Circus：An Engaged Feminism via Subversive Postmodern Strategies ", *Contemporary Literature*，1994，35（3）：500.

少行使权力的人数，同时增加受权力支配的人数。它能使权力在任何时刻进行干预，甚至在过失、错误或罪行发生之前不断地施加压力。在上述条件下，它的力量就表现在它从不干预，它是自动施展的，毫不喧哗，它形成一种能产生连锁效果的机制。除了建筑学和几何学外，它不使用任何物质手段却能直接对个人发生作用。①

同福柯一样，卡特笔下的伯爵夫人显然也认为通过凝视来控制罪犯是一种颇为理想的权力规训手段。全景敞式监狱使她能够凭借一己之力管辖数以百计因杀夫罪而入狱的女犯人：这些女犯人在宽敞明亮的牢房里无处可躲，只得接受她创造的"冥想疗法"，并最终通过冥想认识到自己的罪过和"责任"。② 事实上，伯爵夫人如此满意于自己修建的监狱及其整套规训系统，以至于她是带着欣赏艺术的满足感执行监视职责的。对伯爵夫人而言，环绕着她的一间间牢房"仿佛一个个小剧场……演员们独自坐着，受困于自身的一览无余"。③ 她本人则坐在中央监视室里不断转动着转椅，随意挑选自己愿意注视的犯人。监狱变成了舞台，伯爵夫人成为唯一的观众。作为一个同样背负着杀夫罪名的女人，伯爵夫人向与她同病相怜的其他女人提供的所谓帮助和改造给这些女人带来了更大的痛

---

① 〔法〕米歇尔·福柯：《规训与惩罚：监狱的诞生》，刘北成、杨远婴译，生活·读书·新知三联书店，1999，第231页。

② Angela Carter, *Nights at the Circus*, London：Vintage, 1984, p. 212.

③ Angela Carter, *Nights at the Circus*, London：Vintage, 1984, p. 211.

苦，因为这些痛苦被堂而皇之地展现了出来并被津津有味地欣赏着。

马尔维将凝视者等同于男性，被凝视者等同于女性，并将凝视所带来的压迫等同于父权对女性的压迫。卡特则通过在文学中实践全景敞式监狱揭示出一个事实：凝视者的权力并不来自于性别，而是来自于凝视这个位置所给予的特权，任何坐在凝视者位置上的人都有可能对被凝视者进行压迫。在福柯看来，这恰恰体现了全景敞式机构的优越性，因为"任何社会成员都有权来亲眼看看学校、医院、工厂、监狱的运作情况"。① 然而，这一理念之中蕴含着一个悖论：如果"任何人都可以来到中心瞭望塔行使监视功能"，那么被凝视和被规训的罪犯也有这样的机会。② 当伯爵夫人在监视室里"盯啊盯啊盯着她的犯人时，这些犯人也在盯着她"。③ 凝视的双向性为被凝视者的凝视提供了这样一种可能：当这种凝视演变为一股力量时，它不再是权力规训的手段，而会成为将被规训者从权力下解放出来的手段。最终，女犯人与女狱卒联合了起来，"带着强大有力、团结一致的谴责目光转向伯爵夫人"。④ 在这咄咄逼人的目光之下，这位昔日的压迫者被绑在监视室的转椅上，"除了自身罪恶的幽灵之外再也无可监视"。⑤ 表演者走下

① 〔法〕米歇尔·福柯：《规训与惩罚：监狱的诞生》，刘北成、杨远婴译，生活·读书·新知三联书店，1999，第233页。
② 〔法〕米歇尔·福柯：《规训与惩罚：监狱的诞生》，刘北成、杨远婴译，生活·读书·新知三联书店，1999，第233页。
③ Angela Carter, *Nights at the Circus*, London：Vintage, 1984, p. 210.
④ Angela Carter, *Nights at the Circus*, London：Vintage, 1984, p. 218.
⑤ Angela Carter, *Nights at the Circus*, London：Vintage, 1984, p. 218.

舞台，以反观观众的方式剥夺了观众观看的权力，凝视终结了。

从玩偶、镜子到舞台，安杰拉·卡特细致地分析了处于凝视之中的女性可能遭遇的各种问题。这些问题归根结底是女性的自我认同问题：当男性以看待物品的眼光来看待女性时，女性应当如何看待自己？总是处于别人的目光之下会影响女性的自我认知吗？女性能够获得独立而自由的自我吗？卡特在小说创作当中融入了自己对拉康、福柯和马尔维凝视理论的批判性解读，富有创意地运用意象对上述问题进行了回答。像食物的意象一样，玩偶、镜子与舞台的意象背后隐藏着卡特对于两性关系和权力关系的思索；像花园、森林与荒原的意象一样，玩偶、镜子与舞台的意象背后隐藏着卡特对于现代社会人类之处境，尤其是女性之处境的思索。这些意象不仅在卡特的小说中建立起一个个令人目眩神迷的幻境，而且在每一个幻境中都留下了发人深省的理论回音。

第二章　重构童话：安杰拉·卡特依据经典童话进行的文体实验

　　安杰拉·卡特作为一位熟读哲学理论、深受色情文学与哥特传统影响的作家，却采用童话这一文体进行创作，这确实是一个出人意料的选择。卡特对童话故事的兴趣由来已久，在她20世纪60年代创作的作品当中已有不少与童话有关的引文。从70年代开始，卡特不仅为多部童话集担任编辑并撰写导言，而且自己还创作了不少配有插图的儿童故事书。如同卡特对哥特风格的兴趣一样，她对童话的兴趣既发乎自然，又带有文本策略方面的考虑。罗娜·赛奇曾将卡特对童话的钟爱与伊塔洛·卡尔维诺（Italo Calvino）对寓言和民间故事的钟爱相提并论，认为追逐幻想的童话叙事并不是"逃避主义的和堕落的"，而是"为模糊不清的现实主义氛围提供了一剂解毒剂"。[①] 当然，这种"解毒"依旧是从女性主义的角度入手而完成的。肖瓦

---

　　① Lorna Sage，"Angela Carter: The Fairy Tale"，*Angela Carter and the Fairy Tale*，Detroit: Wayne State University Press，2001，p. 66.

尔特曾经盛赞戈兰茨出版社（Gollancz Press）的莉兹·考尔德（Liz Calder）和弗拉戈出版社（Virago Press）的卡门·卡利尔（Carmen Callil）这两位女出版商与卡特结下的深厚友谊，因为她们之间的成功合作对这一时期的女性主义创作起到了很大的推动作用。[①] 而与卡特有关的大部分童话集和儿童故事书都是在上述两个出版社出版的，例如《佩罗童话故事集》（*The Fairy Tales of Charles Perrault*, Gollancz, 1977），《月影》（*Moonshadow*, Gollancz, 1982），《顽皮的女孩与邪恶的女人》（*Wayward Girls and Wicked Women*, Virago Press, 1990）以及两部《弗拉戈童话故事集》（*The Virago Book of Fairy Tales*, 1990；*The Second Virago Book of Fairy Tales*, 1992）等。在两个以女性主义为指导思想的出版社出版如此大量的童话故事书，这显然不是一个未经深思熟虑的决定。

在编辑和撰写童话的过程中，卡特发现童话这一文学体裁具备许多特质，可以为她的创作提供了一个富有活力的实验场所。这一发现使卡特萌生了以经典童话为对象、通过改编和重构这些经典童话来创作带有强烈个人风格的现代小说的念头。1979年，安杰拉·卡特的短篇小说集《染血的房间及其他故事》出版。文学批评界针对该书撰写了许多专著和论文，对其的热衷显而易见。国内的许多研究者正是从阅读这部小说集才开始熟悉卡特的，因此对它的细读和评论几乎成为入门研究的必修课。正如拉什迪所言，《染血的房间及其他故事》真的

---

① 〔美〕伊莱恩·肖瓦尔特：《她们自己的文学》（增补版），外语教学与研究出版社，2004，第 326～327 页。

会 "成为卡特最有可能流传的作品"。① 对读者而言，该小说集的吸引力也许来自它对著名童话的戏仿和颠覆。然而对于批评界而言，它的吸引力则来自于它对卡特的创作生涯所具备的意义。安杰拉·卡特对童话这一文体的思考贯穿 20 世纪 70 年代，与她对萨德及其创作的思考如影随形地交织在一起，而《染血的房间及其他故事》是她完成了理论思索、明确了创作方向之后进行的第一次文学尝试，在她的创作生涯中具有里程碑式的意义。

总的说来，经典童话提供的这个文学框架不仅有助于卡特设置意象，塑造人物，而且有助于她磨炼创作技巧，进一步完善自己以互文性为中心的女性主义文本策略。更重要的是，卡特在这个框架里进行的成功实验使她彻底摆脱了文坛父辈对其作品曾有的干扰，从而真正确立了自己的特色和风格。换言之，《染血的房间及其他故事》是卡特结束创作成长期、走向创作成熟期的分水岭，该小说及其后的小说已经可以被命名为 "卡特式的小说" 了。

第一节　顽童的童话世界：《染血的房间及其他故事》

作为一个历史悠久、内涵丰富的文学体裁，童话一直吸引着创作者和研究者的目光。20 世纪后半叶，随着欧美女性解放

---

① Salman Rushdie, "Introduction", *Burning Your Boats*: *Stories.* London: Chatto & Windus Ltd. , 1995, p. xi.

运动的蓬勃发展，许多女性主义作家和文学批评家开始将童话这一创作和研究的领域当作反抗父权的重要战场，借此对父权话语进行颠覆。正如许多论文和专著中阐述的那样，女性主义文学创作和评论与童话之间密切的联系是有因可循的。① 早期童话主要依靠口头讲述来传播，讲述者往往由女性担当，产生了如"鹅妈妈"（Mother Goose）这样的女性讲述者形象。然而，当这些在民间流传的童话故事被作家有意识地记录下来时，它们所传达的意义就发生了变化。由于童话是儿童最早接触到的文学形式，而收集整理童话故事的大多是男作家，童话成为主流社会父权意识形态向儿童灌输价值观、塑造道德感的阵地。因此，对于女性童话研究者们而言，以女性主义的视角重新解读这些童话，挖掘其中的意识形态，就成为她们顺理成章的选择。

女性研究者们对童话的教化作用达成了共识，却对如何颠覆其中的父权话语产生了分歧。一些女性主义者相信，父权假童话之手迫使女性进入僵化的性别角色，使她们的自我认同发生了永久的错位。安德里亚·多尔金就曾忧心忡忡地指出：

> 不是我们构造了童话世界，而是那个古老的世界构造了我们。在我们还是孩子、还远远不是男人或者女人的时

----

① 关于女性主义文学创作和评论与童话之间的联系，可参考玛丽娜·沃纳（Marina Warner）、玛利亚·塔特（Maria Tatar）、杰克·宰普斯（Jack Zipes）、克里斯蒂娜·巴奇丽加（Christina Bacchilega）等人的著作。上海华东师范大学的戴岚博士于 2009 年出版了专著《女性创作与童话模式——英国 19 世纪女性小说创作研究》，其中也对英国 19 世纪女性小说的创作与童话之间的联系进行了研究。

候，我们就把这世界一口吞下，把它的价值和对它的认识
当作文化上的真理牢牢印在脑中。童年的童话伴随我们长
大，我们咀嚼过它们，但它们仍停留在胃中。这是我们真
正的身份。①

玛利亚·塔特欣赏多尔金"停留在胃中"一语的表现力，
却对她的论点不以为然。在塔特看来，阅读童话的过程是一个
动态的过程。读者并非被动地等待自我的身份被固定下来，而
是通过童话从记忆中唤起过去的某种"文化经验"。② 在这个
过程中，读者与童话交谈，并对其重新进行诠释。塔特指出：

> 几乎没有哪篇童话仅指定一种单一的、不经质疑的意
> 义。大多数童话都如此富有可塑性，以至于它们能够包容
> 各式各样的诠释。它们从与读者进行的活跃交谈中获取自
> 身的意义，而这种交谈是由读者一方发起的。正如童话
> 《小红帽》不存在确定的版本一样，对小红帽的故事也不
> 存在确定的诠释。③

将阅读童话的过程视作读者与文本之间互动的过程，这本

---

① Andrea Dworkin, *Woman-Hating*, New York：Dutton, 1974, pp. 32 –
33.
② Maria Tatar ed. , *The Classic Fairy Tale*：*Text and Criticism*, New
York：W. W. Norton & Company, 1999, p. xiii.
③ Maria Tatar ed. , *The Classic Fairy Tale*：*Text and Criticism*, New
York：W. W. Norton & Company, 1999, p. xiii.

身就消解了将任何童话文本指定为不可更改的"官方文本"并借此对儿童进行教化的努力，主流意识形态在童话当中构筑的话语体系自然也就随之崩塌。实际上，童话产生于社会底层，其主要受众为弱势群体，长期以来被视为一种"难登大雅之堂"的文学形式。这些因素都促使童话游走于文学的边缘地带，很容易成为一股对抗主流意识形态的异己之声。因此，女性主义童话研究实际上是从颠覆童话中的父权话语入手，最终旨在对本体论进行解构。

与玛利亚·塔特相仿，安杰拉·卡特也将阅读童话的过程视作交互性的动态过程。她借用电子计算机专业术语，把童话的基本特征称作"用户友好型的"，认为其只有在保持文本开放的前提下才能够延续下去。[①] 卡特十分重视童话的口头传统，关注人们在阅读和聆听童话时与文本之间产生的强烈互动关系。例如，在多个场合卡特都提到过童年时期祖母为自己朗读童话故事的经历：每当讲到狼吞吃小红帽的情节时，祖母都会扮作狼扑向她，而她本人则会乐不可支。阅读不仅仅是获取信息和交流信息的过程，而且变成了某种"野蛮的游戏"。[②]这种对作者、读者和文本之间互动关系的强调显然与卡特互文性的文本策略是一脉相承的。与其他文学体裁相比，童话作为互文材料的来源，也许是文体实验更为理想的培养皿。与作家的个人创作不同，童话不仅基本结构有章可循，其内容也为大

---

① Angela Carter ed. , *The Virago Book of Fairy Tales*, London：Virago Press，1990，p. xxi.

② Angela Carter，"Angela Carter"，*Novelists in Interview*，ed. by John Haffenden，London：Methuen，1985，p. 83.

多数读者所熟悉。读者无须大量的阅读经验就能够在重构后的文本中较为轻松地辨认出互文材料的出处，这就使小说的主题能够通过互文性得到顺畅的表达。

因此，卡特对经典童话的改编和重构并不仅仅是出于一种嘲弄和戏仿的目的，尽管许多作家确实以此为目的改编童话并且产生了极大的影响。[①] 对卡特而言，童话文体提供的是一种媒介，她通过这种媒介创造了新的事物。如她本人坦承的那样："我并不是要为这些童话另撰版本，也不是要写出什么'成人的童话'……而是要摄取其中隐含的意思，并以此为起点创作我的新型故事"。[②] 评论家们普遍认为，正是童话不同于其他文体的这些特征为卡特提供了一个机会，使她成功地在众声喧哗的对话场中找到了自己应当占据的叙事主体的位置，变成了"自己故事的主人公"。[③]

这种角色的转变在短篇小说集《染血的房间及其他故事》中得到了充分的体现。像卡特的所有其他作品一样，这部小说

[①] 例如，近年来两位日本女作家以桐生操为笔名出版了《令人战栗的格林童话》一书，引起颇大争议。她们假托弗洛伊德精神分析学的一些理论片段，以此为依据对经典的格林童话进行改编，在书中加入了大量血腥和色情的内容。此书在中国出版后遭到童话研究界的强烈反对，最终被迫从书店下架。其实尽管这部小说集没有什么深层次的理论内涵，但是它从现代的角度重新审视经典文学的思路实际上与现代童话研究是一脉相承的，纵有哗众取宠之嫌，但罪不及遭此"棒杀"。

[②] Angela Carter, "Angela Carter", *Novelists in Interview*, ed. by John Haffenden, London: Methuen, 1985, p. 84.

[③] Sarah Gamble, *Angela Carter: A Literary Life*, Basingstoke: Palgrave Macmillan, 2006, p. 162.

集是她与几位文学史上的重要人物争辩的产物，也可以视之为她针对其作品所做的文学评论。第一位是法国作家和民间故事收集者夏尔·佩罗（Charles Perrault）。《染血的房间及其他故事》收录了十篇故事，除了《精灵王》（"The Erl-King"）以歌德（Johann Wolfgang von Goethe）的叙事诗《魔王》（"Der Erlkönig"）、《狮先生的求婚》（"The Courtship of Mr. Lyon"）和《老虎的新娘》（"The Tiger's Bride"）以法国女作家德·比蒙特夫人（Jeanne-Marie Leprince de Beaumont）的《美女与野兽》（"Beauty and the Beast"）为灵感源泉之外，其余的故事均以夏尔·佩罗的童话为改编的前文本。卡特在 1977 年翻译了佩罗的童话集并为译本写了序言，对佩罗童话的熟悉也许是她选择这些童话作为改编基础的一个原因。更重要的是，佩罗是欧洲最早开始收集和整理童话故事的童话研究者之一，他收集这些曾在欧洲农村以口头讲述的方式广为流传的故事，并且按照自己所处社会的道德规范对它们加以改编。经过佩罗整理后的童话有一个突出的特点，就是每篇故事之后都附带一首或多首由佩罗本人总结的"说教词"（Moralités），向以女性为主的读者灌输"理性的推论和道德的算计"。① 在卡特看来，童话故事最初的形态是活泼自由的，经过了男性作家有意识的改编之后，父权意识形态才融入其中；既然是这样，那么找到这种改编的源头就有助于挖掘和颠覆父权的意识形态。佩罗的说教词为女性读者限定了种种清规戒律，其居高临下的态度是如

---

① Maria Tatar ed. , *The Classic Fairy Tale*：*Text and Criticism*，New York：W. W. Norton & Company, 1999, p. 4.

此不加掩饰，故事本身与说教词的内容又是如此自相矛盾，的确很容易成为现代女性主义批评的标靶。

第二位卡特与之争辩的人物布鲁诺·贝特尔海姆（Bruno Bettelheim）不仅代表他自己，也代表着两类群体，这两类群体在某种意义上与他的思想有相通之处。在着手创作之前，卡特不仅重新阅读了童话的原文本，而且阅读了许多童话研究方面的文献，布鲁诺·贝特尔海姆的《魅力之用：童话的意义和重要性》（*The Uses of Enchantment：The Meaning and Importance of Fairy Tales*，1976）是其中非常重要的一部。贝特尔海姆在童话研究界享有盛名，其主要贡献是以弗洛伊德的精神分析学理论来解读童话故事。由于贝特尔海姆曾经亲身经历过两次世界大战和种族灭绝的大屠杀，他非常关注心理创伤，以及文学能够为人类带来的精神上的抚慰作用。[①]《魅力之用》的主旨是研究儿童成长过程中童话在他们心理上起到的作用。在贝特尔海姆看来，这种作用在大多数情况下都是积极的，它帮助儿童发现自我、渡过难关、得到安慰、获得经验并且处理好自身与外部世界以及自身与父母之间的关系。"童话暗示，尽管人们会身处逆境，一个美好的、值得过的生活就在咫尺之间。"[②]

---

① 布鲁诺·贝特尔海姆生于 1903 年的维也纳。在二战期间，由于是犹太人，他先后被关押在达豪（Dachau）集中营和布痕瓦尔德（Buchenwald）集中营，于 1939 年被释放，随后作为难民赴美，在芝加哥大学获得教职。

② Bruno Bettelheim, *The Uses of Enchantment：The Meaning and Importance of Fairy Tales*, London：Penguin Books, 1976, p. 24.

　　卡特与贝特尔海姆之间的歧见实际上是她与两类不同群体之间的歧见。贝特尔海姆建立在弗洛伊德精神分析学基础上的童话研究极大地忽略了女性的感受，尽管他本人并非一个持性别歧视观点的人，但是这种研究方法使他仍未能摆脱历代男性童话研究者以男性价值为主流价值观的窠臼。因此，卡特对他的反对在很大程度上也是对历代男性童话研究者的反对。另外，与安德里亚·多尔金相仿，贝特尔海姆也将童话对儿童自我定位的影响看作是决定性的，在这一点上他又与激进的女性主义文学批评家产生了交集；他们的差异只不过在于，贝特尔海姆强调童话对自我塑造的益处，而激进的女性主义批评家往往强调童话的洗脑作用而已。卡特认为，童话原本依靠口头流传，故事内容经常发生变化，贝特尔海姆没有考虑到这一点，而是将其视作固定的文本，过于高估了童话在象征意义上的影响力。卡特引用历史学家罗伯特·达恩顿（Robert Darnton）对法国口头文学进行研究的成果解释说：

　　　　当这些故事非常露骨地描述食人、乱伦、人兽交、杀婴等行为之时，你很难说它们真的蕴含了什么潜在意义……我当然觉得童话故事的意象是颇为引人入胜的，也能够用很多种方式来解释。但是，《染血的房间及其他故事》里有很多故事的确是我与贝特尔海姆"激烈争吵"的结果。①

---

① Angela Carter, "Angela Carter", *Novelists in Interview*, ed. by John Haffenden, London: Methuen, 1985, pp. 82 – 83.

事实证明，卡特在文本内部与贝特尔海姆争吵得的确非常激烈，这一争吵的激烈程度与卡特在文本之外与激进的女性主义批评家争吵的激烈程度不相上下。只不过这后一种争吵针对的已不仅仅是作为媒介的童话文体的作用问题，而是针对卡特意欲利用这一媒介所表达的主题。

作为《虐待狂女人》在文学实践领域的姊妹著作，《染血的房间及其他故事》浸淫着卡特对萨德及其作品的思考，因此萨德理所应当地成了对这部小说集影响最大的人物。开篇及题名故事《染血的房间》将男主人公设置为一位侯爵，显然即为卡特对萨德的致敬。《虐待狂女人》的核心理念在于破除父权文化加于女性身上的种种神话，因此小说集的主题也是"去除神话"。在这个主题之下，该书关注的焦点就集中于性关系与阶级关系和权力关系之间的紧密联系、女性在两性关系中的身份和地位、父权意识形态控制下的婚姻和家庭、女性对独立自我的追寻以及女性对自身性欲的发掘和认可等话题。对于现代女性主义作家而言，这些话题经常进入她们的视野，但是像卡特这样以童话为基本框架来讨论这些话题的作家并不多见。卡特曾在一次访谈中论及她看待经典童话的方式："我使用的是这些传统故事的潜在含义，而这些潜在含义具有极其浓烈的性意味。"① 正是这一不同寻常的选择招致了激进女性主义批评家的反对，以帕特里夏·邓克为首的女性主义者们向卡特重构童话的尝试发起了攻击。邓克认为：

---

① Kerryn Goldsworthy, "Angela Carter", *Meanjin*, 1985, 44: 6.

卡特仍在这些故事原有结构所形成的拘束衣当中改写它们。在某种程度上，她重新塑造的人物依然会以抽象的方式存在，她们的身份也仍然会被角色所规定。因此，仅将古代的非人格叙事转变为内在告解式的叙事，就像她在许多故事中所做的那样，并没有改变原作深刻、僵化、性别歧视的色情心理，反而解释、放大和复制了这种心理。①

邓克的理论立足点有二：其一是传统童话在父权意识形态中植根太深，根本不可能被注入真正的女性主义观点；其二是由于童话这一文体所给予的故事框架总是从男性的视角出发而建立的，因此无论采用何种叙事方式，故事中的女性总处于男性的凝视之中，无法摆脱其被物化和被色情化的命运。如前所述，邓克的第一条理由已经被许多女性主义者认为是过虑了；而她提出第二条理由，却是将批评的准星对准了错误的位置。《染血的房间及其他故事》之所以被视为安杰拉·卡特确立自身叙事主体位置的作品，正是她在其中运用了新颖的创作手法，选取了独特的女性视角，以及表达了纯粹的女性体验。

小说集共收录了十篇故事，这十篇故事既可以被分别当作独立的小说来阅读，它们之间亦存在错综复杂的交互关系，以致可以将它们分门别类、按照不同的系列来阅读。例如，读者既可以按照小说中出现的不同主要形象将小说分为"以人为主人公"（《染血的房间》）；"以猫科动物为主人公"［《狮先

---

① Patricia Duncker, "Re-imagining the Fairy Tales: Angela Carter's Bloody Chambers", *Literature and History*, 1984, 10 (1): 6.

生的求婚》《老虎的新娘》和《穿靴子的猫》（"Puss-in-Boots"）]；"以精灵或幽灵为主人公"[《精灵王》《雪孩》（"The Snow Child"）和《爱之宅的女主人》（"The Lady of the House of Love"）] 以及 "以狼为主人公" [《狼人》（"The Werewolf"）、《与狼为伴》（"The Company of Wolves"）和《狼孩爱丽丝》（"Wolf-Alice"）] 这几个系列，亦可以按照小说由之改编的经典童话将其归入以童话《蓝胡子》、《美女与野兽》、《穿靴子的猫》、《白雪公主》、《睡美人》和《小红帽》为前文本创作的小说系列。

　　如果将整部小说集视为一首乐曲，这些故事在总体上回响着一个共同的旋律：女性对父权意识形态的反抗以及对独立自我的追寻。这首乐曲有三个突出的声部：第一声部是开篇故事《染血的房间》，其中年仅 17 岁的女主人公竭力摆脱父权暴君的控制和压迫并寻找独立的自我，代表的是女性意识那弱小而倔强的萌芽。第二声部是由《狮先生的求婚》和《老虎的新娘》组成的 "狮虎系列小说"，这一系列小说在塑造具有威力的、野兽般的男性形象方面仍然回响着第一声部的强音，其中女主人公的自我意识却变得更加强烈，能够与男性展开某种程度的较量，为最终的高潮和尾声做好准备。第三声部是由《狼人》、《与狼为伴》和《狼孩爱丽丝》组成的 "狼人三部曲"，在此系列中女主人公逐渐拥有了清醒的自我认识，并以欲望为武器征服了男性，最终与男性达到了灵肉合一的和谐状态。在这主要的三个声部之间还穿插着风格各异的插曲：例如，《穿靴子的猫》因其具有喜剧性的风格充当了一段诙谐的小调，《精灵王》则因重复了《染血的房间》中弱小女性反抗父权暴君这一主题而成为对第一声部和声式的再现。如果换个角度，从小说集所体现的主题来分析，这三个声部又涵纳着两个重要的主题。由于《染血的房间》既是开篇故事又是标题故事，它承载了小说集的一个主题"蓝胡子与夏娃"，讲述年长的父权暴君与求知欲旺盛的年轻女性之间的斗争。由于均以野兽为小说的主人公，第二声部和第三声部合起来又可以被视作承载了小说集的另一个重要主题"小红帽与野兽"，讲述兽性与人性之间的斗争。

这些构思精妙的安排设计使整部小说集在结构上类似于一个拼贴组合玩具，每个部分都可以单独存在，组合在一起又能呈现出新的效果。更重要的是，除了横向的联系之外，这些故事在纵向上也存在一种发展的趋势。卡特并不是随意安排了这些故事的顺序，而是像撰写学术论文一样，在小说集内部有意做了某种起承转合的设置。随着篇章的推进，故事中的女性人物形象不断发展，最终变得成熟，而她们与男性之间的关系也逐渐趋于平衡。

因此，如果真的要找出卡特在以童话文体为框架创作小说方面存在的问题，邓克所指责的应当不在重要问题之列；事实上，她质疑的恰恰属于卡特完成得较好的方面。《染血的房间及其他故事》可能存在的问题在于其他方面：首先，对女性体验和女性叙事的强调使小说集失掉了探索更多文本可能性的机会。卡特在1979年以前使用以男性价值观为主导的文学基本框架进行互文性创作，她所使用的互文材料往往会喧宾夺主，淹没了她试图表达的女性主义思想。在《染血的房间及其他故事》中，卡特逐渐展现出对文本的控制能力。几乎所有的小说都选取了以女性为主导的叙事视角，并将女性的感官体验和心理体验置

于重要的位置。女性对自己身体的探索、女性在男性凝视中的感
受、母亲与女儿之间的情感、姊妹之间的情感等女性主义研究中
的重要问题都在书中得到了充分的审视和表达。尤其在小说集的
后半部分，男性形象备受压抑，几乎到了微不足道的地步，因而
并不存在什么"解释、放大和复制了原故事色情心理"的问题。
为此，该小说集被普遍认为有助于卡特确立她的叙事主体地位。
然而，如果换个角度考虑，卡特对女性主义理念的强调也许使她
失掉了钻研更为复杂和深刻的小说创作技巧的机会。将某种理念
定位为小说创作的主要推动力，这一举动本身就等于闭塞了通往
更多可能性的渠道。

　　其次，由于将女性主义理念定位为小说创作的主要推动
力，卡特花费过多心思考虑如何使文本有助于最终的理论诉
求，以至于在一定程度上削弱了小说的文学性。在创作每一篇
小说时，卡特既要探究经典童话的内涵，在女性主义的语境中
重新解读它们，又要保证小说本身是全新的创造——不仅不是
对原故事的简单改写，而且充满艺术上的美感和理论上的深
度。这本身是一件难度很大的工作，因而并不是每一篇故事都
圆满地达到目的。另外，传统童话故事的内涵有许多相似之
处。例如，《蓝胡子》和《小红帽》旨在告诫女性要抵御诱
惑、安守妇道，切勿好奇心过强；《蓝胡子》和《美女与野
兽》讲述的都是女性如何进入婚姻的故事；《小红帽》和《美
女与野兽》则聚焦于男主人公的身份定位，讨论他究竟是迫
害者、拯救者还是平等的同伴。童话原文内涵的丰富性与卡特
小说结构的丰富性重叠在一起，使小说集呈现出令人眼花缭乱
的总体效果，但是也造成了一些缺陷。由于时时需要考虑改写

童话原文，以及这篇作品如何与其他小说产生丰富的交互关系，本该集中在所述故事当中的注意力被分散了，于是常常使小说的功能性作用超乎其文学性作用。《狮先生的求婚》、《狼人》和《狼孩爱丽丝》等小说都不同程度地存在这一问题。

然而总体而言，卡特仍在经典童话提供的实验场所中完成了一项出色的文体实验。她将自己对女性主义思想的领悟注入这个古老的文体，并以精巧的结构将沉思的结果呈现出来。梅娅·马基嫩（Merja Makinen）指出，卡特的"童话故事写给生活在 20 世纪后半叶的人们，这些故事强烈地意识到了自身虚拟的存在，一旦某个角色被建构，文本自身就开始质疑它了"。① 也就是说，尽管文本是基于传统童话文体这一培养皿，从其中生长出来的却已是现代主义小说了。在一定意义上，卡特改变了童话的阅读方式，将父权话语主导下以灌输道德观念为主的阅读方式转变为邀请女性读者进入文本的开放性阅读方式。除了使用暗示、拼贴、戏仿等互文性的创作技巧之外，小说还大量地运用了许多富有新意的现代主义创作手法，例如设置多义的象征，采取多角度、多层次、多人称的叙述方法等。另外，小说既在许多方面表达了对口头文学传统的敬意，又在模仿这种口头传统的同时抽丝剥茧，将童话原作中渗透的父权意识形态揭示出来。这些技巧和手法都使阅读《染血的房间及其他故事》的女读者与 17 世纪那篇童话原文的女读者迥然不同，她们不再被动地等待作者的耳提面命，而是主动地参与到文本当中去。她们带着强

---

① Merja Makinen，"Angela Carter's 'The Bloody Chamber' and the Decolonization of Feminine Sexuality"，*Feminist Review*，1992，42：5.

烈的代入感和批判意识进入文本，如同表演者进入一场演出。

安杰拉·卡特就像一个玩抛球魔术的小丑，童话原文、女性主义思想、现代主义小说技巧以及其他互文材料等素材像五彩斑斓的橡皮球一样在她手里回环跳跃。其间也许会有一两只球失了手，但整场演出仍令人目眩神迷。下面以文本细读的方式解读这部小说集中最为突出的两个主题系列故事，观察这些经过重构的小说如何在童话原文的基础上完成了对原文中父权话语的颠覆，对女性体验的揭示，以及对女性主义理念的传达。

第二节　蓝胡子与夏娃

《蓝胡子》堪称童话故事中的一个异类。布鲁诺·贝特尔海姆甚至认为它根本不是一篇童话，而是佩罗自己杜撰了这个故事。因为它不仅没有为儿童提供任何抚慰和帮助，而且除了那把染血的钥匙之外"没有任何具有魔力的或者超自然的元素"，反而充满了哥特式的恐怖意象。① 故事的大意如下：蓝胡子是一位富商，当他向邻居家的两个女儿求婚时，由于惧怕他凶恶的相貌，女孩们最初没有答应。蓝胡子于是展开殷勤的攻势，举办豪华的宴会和娱乐活动，小女儿最终动了心，应允了婚事，这对新婚夫妇随即前往男方的城堡定居。婚后不久，蓝胡子因公事外出，临走前将城堡里所有房间的钥匙交给妻子保管，并再三叮嘱她万不可使用其中的某一把。俟丈夫走后，

---

① Bruno Bettelheim, *The Uses of Enchantment*: *The Meaning and Importance of Fairy Tales*, London：Penguin Books，1976，p. 169.

　　新娘邀请家人与众多宾客于城堡内欢宴，自己却受到好奇心的驱使，用那把不可使用的钥匙打开了禁忌的房间，并且惊恐地发现房间里陈列着蓝胡子几位前任妻子血迹斑斑的尸体。慌乱之中新娘失手将钥匙掉在了地下，沾染了血迹。这时蓝胡子突然回到家中，新娘努力擦拭钥匙上的血迹却根本无法擦掉，被丈夫发现。生死攸关之际，新娘请求姐姐从窗口眺望远方，向她报告自己的哥哥们是否前来的消息。就在蓝胡子举刀向妻子砍去的一刻，新娘的哥哥破门而入将蓝胡子击毙。最后，女孩继承了蓝胡子所有的遗产，再次结婚，过上了幸福的生活。

　　幽闭的城堡、强大的恶棍、可怕的秘密以及处于危险境地的女主人公——《蓝胡子》的这些主题特征使故事读上去确实极像一篇哥特小说。然而耐人寻味的是，尽管人们在解读哥特小说时往往关注"主人公如何逃脱危险的境地"，男性童话研究者以往却从未采用这个角度解读《蓝胡子》，反而将注意力全部放在其中所谓"性"方面的寓意上。这种倾向显然是受到了佩罗本人的影响。佩罗在故事附带的"说教词"中写道："好奇心啊，尽管迷人/会带来无尽的悔恨。/这样的例子不胜枚举/女人屈服于好奇心，它却只制造转瞬即逝的快感。/一旦满足，不复欢乐/却代价高昂。"[1] 从佩罗训诫年轻女性读者的一贯意图出发推测，他提到的女性好奇心

① Charles Perrault, "Le Barbe bleue", *Histoires ou Contes du temps passé, Avec des Moralités*, Paris: Barbin, 1697. Translated by Maria Tatar. Maria Tatar ed., *The Classic Fairy Tale: Text and Criticism*, New York: W. W. Norton & Company, 1999, p. 148.

所针对的应当是对性的好奇。而女性对性的好奇，尤其是结婚之后对性的好奇往往会导致妻子对丈夫的不忠。佩罗之后的男性童话研究者们几乎全都遵循着这样的一套逻辑，以"令人吃惊的诠释信心"将《蓝胡子》的寓意解读成女性在婚姻中的不服从或对丈夫的不忠及其导致的危险后果。[①] 例如，贝特尔海姆认为，"女性不应探寻男性的秘密。尽管在好奇心的驱使下，她这么做了，但是这会为她带来严重的后果"。[②]

　　而女性主义童话研究者们认为，这种解读源自父权文化中一个历史悠久的传统，即对女性好奇心的压制。女性探索原本由男性主宰的领域，如同夏娃偷吃智慧之树上的果子，是不可饶恕的罪。面对每一个好奇心旺盛的女人，男人都会如上帝一般告诫道："你们不可吃，也不可摸，免得你们死"。（《创世纪》2：16）事实上，许多女性主义童话研究者都将蓝胡子的妻子与夏娃并置而观，认为"蓝胡子就像天父一样禁止人们涉足知识，而那划为禁地的房间就是智慧之树；法蒂玛就是夏娃，因为不愿服从和充满好奇为自己招致了灾祸"。[③] 好奇心驱使女性僭越男性主宰的界域，由此获得的知识则能够帮助女

---

① Maria Tatar ed. , *The Classic Fairy Tale: Text and Criticism*, New York: W. W. Norton & Company, 1999, p. 141.

② Bruno Bettelheim, *The Uses of Enchantment: The Meaning and Importance of Fairy Tales*, London: Penguin Books, 1976, p. 300.

③ 佩罗版本的《蓝胡子》中的女主人公是没有名字的，仅被称作新娘（the bride）。但是在后来流传的许多改编版本中，为了便于称呼，女主人公被赋予了法蒂玛（Fatima）这个名字。Marina Warner, *From the Beast to the Blonde: On Fairy Tales and Their Tellers*, London: Chatto & Windus, 1994, p. 244。

性摆脱男性的控制，获得自我意识的觉醒，这正是男性权威所惧怕的。因此，建立这一传统的深层原因是男性企图让女性停留在无知的"纯洁"状态，从而为自己永远掌握权力解除后顾之忧。这种对权力的把持充斥社会的各个领域，尤其在与女性关系密切的婚姻与性的范畴，男性更加要求绝对的权威，即来自女性的绝对忠诚和服从。

作为以童话《蓝胡子》为基础改编成的一篇小说，《染血的房间》对父权文化的这一传统进行了近乎条分缕析式的系统反驳。小说揭开父权暴君构陷女性的阴谋，解除了童话本身及随后的男性诠释强加在女主人公身上不公正的"责怪受害人的逻辑"①；并且试图通过强化蓝胡子的新娘与夏娃之间的联系，直指这种逻辑在西方文化中的源头。与创作《与狼为伴》时对童话原文结构的重新组织有所不同，安杰拉·卡特在《染血的房间》中遵循了《蓝胡子》的基本结构，却在故事的方方面面都对原文进行了富有新意的改造。依照故事情节的发展对其进行细读，从中可以参透卡特的构思。

卡特所做的第一件工作是调整了故事的叙述视角，将童话原文中的第三人称叙事转换为第一人称叙事，从女孩本人的角度开始讲述故事："我还记得那天晚上，我怎样躺在车厢的灯光下，满怀甜蜜的兴奋和喜悦。"② 对于敏感的读者而言，女主人公以倒叙的方式回忆人生中的重大时刻或者重要的场所，

---

① Maria Tatar, *The Hard Facts of the Grimms' Fairy Tales*, Princeton：Princeton University Press, 1987, p. 159.

② Angela Carter, "The Bloody Chamber", *Burning Your Boats：Stories*, London：Chatto & Windus Ltd. , 1995, p. 111.

这样的开头很容易使人想起达芙妮·杜穆里埃（Daphne Du Maurier）的小说《蝴蝶梦》（*Rebecca*，1938）那个著名的开头。事实上，《染血的房间》与《蝴蝶梦》有许多的相似之处，例如侯爵的城堡之中也有一位恰如丹弗斯太太的女管家，对初来乍到的女主人公心怀不满、神情冷淡。于是，从故事的一开始，像《蝴蝶梦》中的丽贝卡一样，《染血的房间》的女主人公仿佛已被不祥的预言所笼罩，即将与有着复杂婚史的男人结婚并由此揭开一个家族黑暗的秘密。

对于女主人公应允婚事的原因，童话原文给出了一个带有责备意味的答案：她贪恋金钱、爱慕虚荣，被蓝胡子的财富征服了。在这个前提下，女孩违背命令打开密室就成了一种忘恩负义的举动。蓝胡子给了她所有其他房间的钥匙，任她享用其中的金银珠宝，她却仍然不能满足，乃至辜负了丈夫的信任。由于贪婪、虚荣和不知感激本身已经是不小的罪过，女主人公在打开密室之前就失掉了读者的同情，她注定要遭受的可怕惩罚也就变成了咎由自取。而卡特为这场婚姻的缔结找到另一个原因，那就是在生活的逼迫下女性不得不采取自我保护措施。女孩的父亲早年战死沙场，唯留她与寡母相依为命，生活相当拮据。当"像克罗伊斯①一样富有"的侯爵向女孩求婚时，女孩出于对母亲的体恤才应允了婚事，并非出于自私的目的。② 如此改写，小说的开篇就被赋予了一

---

① 克罗伊斯（Croesus），古代吕底亚王国的末代国王，以富有著称。
② Angela Carter，"The Bloody Chamber"，*Burning Your Boats*：*Stories*，London：Chatto & Windus Ltd.，1995，p. 112.

种现实主义的沉重感：待嫁的女儿与母亲依依惜别，母亲再三追问女儿"是否爱那个男人"，女孩具有技巧性地回答道"我肯定我愿意嫁给他"，母女两人似乎都十分清楚这桩买卖婚姻的本质。尽管"贫穷的鬼魂自此之后将从我们寒酸的桌上消失"，两人虽然为此而如释重负，却也难以不带着迟疑的情绪。①

　　从小说对侯爵的描述来看，这种迟疑不是没有理由的。与童话原文中的蓝胡子相比，侯爵不仅相貌丑陋，而且更像个令人恐惧的恶棍。尽管他拥有庞大、黝黑、"狮子般"的形体，走起路来却如同"穿着天鹅绒制成的鞋子，像踩在一层厚雪铺成的地毯上面"那么轻盈。②他不仅行事诡异，而且身上总带着一股淫邪的气质，"沉重、肉感、镇静"，好似一朵"长得像眼镜蛇头一般的百合花，人们只在葬礼上才使用它"。③更重要的是，与年仅 17 岁的处女新娘相比，第四度结婚的侯爵显然拥有过于丰富的性经验，这也许是最能够将女孩置于危险境地的因素。故事刚开始，尚未进入主要情节，卡特就摒弃了童话原文谴责女主人公的理由，并重新唤起了《蓝胡子》暗藏的哥特式主题：年轻的女主人公即将踏上危机重重的旅程，她的女性监护人却无法同往，爱莫

---

① Angela Carter, "The Bloody Chamber", *Burning Your Boats*: *Stories*, London：Chatto & Windus Ltd., 1995, p. 111.

② Angela Carter, "The Bloody Chamber", *Burning Your Boats*: *Stories*, London：Chatto & Windus Ltd., 1995, p. 112

③ Angela Carter, "The Bloody Chamber", *Burning Your Boats*: *Stories*, London：Chatto & Windus Ltd., 1995, p. 113.

能助，她只得独自面对恶棍，以及种种主要来自性方面的威胁。

　　然而，《染血的房间》毕竟不是一篇传统意义上的哥特小说，而是一部推陈出新、富于变化、使用了现代主义创作技巧的作品。小说的局限性全知视角使读者只能透过女主人公的眼睛来观察世界，并且很容易认同于她的眼光；但是读者逐渐觉察到她的叙事当中存在某些矛盾之处，未免使她的话似乎不那么可信。例如，当女孩答应与侯爵结婚时，侯爵"脸上的肌肉纹丝不动，只是发出了一声逐渐消散的、长长的叹息"。这并不是一个令人愉快的意象，女孩却立即想到："我觉得他是多么想娶我啊！"① 当提到侯爵带她去欣赏歌剧的情景时，女孩叙述道："你是否晓得，在听到《爱之死》②的唱段时我心里那种充盈和痛楚，我觉得自己真的爱上他了。"③ 紧接着，女孩却开始描述侯爵赠予她的一份不祥的结婚礼物：那是一条红宝石项链，据传制造于法国大革命后的恐怖时代，当时在那些侥幸逃过断头台的贵族中形成一种时尚：他们往往在自己脖子上铡刀原本应当砍下的位置系上一条红色的缎带。侯爵的祖母却为了显示奢华高贵和桀骜不驯，用红宝石项链代替了自己脖子上的红色缎带。当女孩佩戴着这串"两英寸宽、令人室

---

① Angela Carter, "The Bloody Chamber", *Burning Your Boats*: *Stories*, London: Chatto & Windus Ltd., 1995, p. 113.

② 《爱之死》（"Liebestod"）是瓦格纳的歌剧《特里斯坦与伊索尔德》（*Tristan und Isolde*）中的著名选段，出现在第二幕男女主人公在花园幽会的场景中。

③ Angela Carter, "The Bloody Chamber", *Burning Your Boats*: *Stories*, London: Chatto & Windus Ltd., 1995, p. 114.

息的红宝石"时，不由觉得这简直是"一件异常贵重的割喉利器"。① 除了拥有一段不吉利的历史，这条项链还与卡特的早期小说《魔幻玩具铺》中菲利普舅舅为妻子制作的项链遥相呼应，那条紧紧缠绕在玛格丽特舅妈颈上的项链款式繁复，极大地妨碍了她喘气和进食，是父权暴君对女性进行控制的象征。

女孩自称当时曾体会到的喜悦与读者从她的描述中得到的印象产生了错位，使读者的不安愈加强烈，女孩却似乎没有意识到她正在走向险境。然而她真的没有意识到自己已经陷入厄运了吗？在观赏歌剧的情节中，女孩有一段重要的自述：

> 我发现他正从镀金的镜子里看着我，神情好似鉴定家在检查马肉，或者更像市场上的主妇在检查案板上的一块肉。我从未注意到他竟有这样的目光，那里面全然是肉欲的贪婪……我看见了镜中的自己。我突然像他看着我那样看着自己：我脸色苍白，脖子上的青筋像细线一样延伸出去，那条残酷的项链似乎已经与我融为一体。在我这无知而充满限制的人生中，我头一次感觉到自己具有堕落的可能，这让我屏住了呼吸。②

---

① Angela Carter, "The Bloody Chamber", *Burning Your Boats*: *Stories*, London: Chatto & Windus Ltd., 1995, p. 114.
② Angela Carter, "The Bloody Chamber", *Burning Your Boats*: *Stories*, London: Chatto & Windus Ltd., 1995, p. 115.

　　通过观察丈夫对自己的凝视，女孩突然认识到自我在两性关系中的位置：正如那条装饰她身体的项链，她自己也是由男性所有、可供男性炫耀的物质财富。读者发现，这一认识令她心惊肉跳，却并未使她张皇失措。她尽管一再强调自己的无知，但是敏锐地观察到自我被物化的可能，这一点就表明她并不愚蠢。小说将女主人公设置为"不可靠的叙述者"（unreliable narrator），因而使叙述本身呈现出映像般的效果，读者不能确定自己看到的是事实还是事实投射在人物心理上的映像。在这个新的叙事框架中，童话原文中以男性为主导的叙事被摒弃，站在道德制高点上、以不容置疑的态度一味指责女性的男性声音也不复存在了。更重要的是，既然女孩为自己在两性关系中的位置感到担忧，她在好奇心驱使下进行的探索就不再仅仅针对男性私人的秘密。正如凯瑟琳·曼利（Kathleen E. B. Manley）所言，女孩"不仅对紧锁的房间感到好奇，她还对婚姻本身感到好奇"，"好奇心帮助她迈入成年期"。[①] 换言之，女孩所追寻的是她作为独立女性的自我，以及她在婚姻中的主体位置。

　　毫无疑问，从丈夫的角度来看，妻子对自我的追寻是危险的，必须予以压制。然而，侯爵用以压制的方法却十分不同寻常。在这对夫妇到达城堡后的第一个晚上，侯爵在四壁镶满了镜子的卧房里"缓慢地、娴熟地、戏弄地"以一种"来自妓

---

① Kathleen E. B. Manley, "The Woman in Process in Angela Carter's 'The Bloody Chamber'", *Angela Carter and the Fairy Tale*, Detroit: Wayne State University Press, 2001, p. 86.

院的仪式"将女孩的衣服脱光。① 当女孩从丈夫的眸子里看到自己赤裸的映像时，她感觉自己"像一件降价的货物，被买主拆开了包装"，这使她"浑身颤抖"；侯爵此时却微笑着说道："期待是快感最重要的组成部分"，随即转身离去。② 镜子的意象在此又一次充当了女性自我追寻的参照物，由它映射出的男性欲望却显得比上述情节映射出的更加可怕，因为这股欲望不仅要彻底物化女性，还要在物化的过程中践踏她的自尊，以达到男性对女性从身体到心理的绝对控制。丹妮尔·罗默（Danielle M. Roemer）正确地指出，侯爵这个父权暴君的特别之处在于他不但残忍，而且异常冷酷和狡猾；他"是一个傲慢的捕食者，在吞掉猎物之前总要先玩弄一阵以便吊起胃口"。③ 这不禁使读者感觉到，这场婚姻也许本来就是一个精心布置的圈套。

当密室的钥匙这个故事的中心意象出现的时候，读者对侯爵动机的怀疑程度到达了顶点。将钥匙交给女孩的时候，侯爵如此说道：

> 这把钥匙开的只不过是西边塔楼底层的一个小房间，位于储藏室的后面，一条黑暗而狭小的走廊尽头。那里布

---

① Angela Carter, "The Bloody Chamber", *Burning Your Boats*: *Stories*, London: Chatto & Windus Ltd. , 1995, p. 118.

② Angela Carter, "The Bloody Chamber", *Burning Your Boats*: *Stories*, London: Chatto & Windus Ltd. , 1995, p. 119.

③ Danielle M. Roemer, "The Contextualization of the Marquis in Angela Carter's 'The Bloody Chamber'", *Angela Carter and the Fairy Tale*, Detroit: Wayne State University Press, 2001, p. 114.

满可怕的蛛网，如果你敢去探险的话，它们会钻进你的头发里让你害怕。啊，你会发现那是间多么令人乏味的屋子啊！①

这显然不是一个警告，而更像是一篇带有挑衅意味的指南。侯爵不仅知道妻子一定会打开那间密室，而且希望她这么做。玛丽娜·沃纳认为，在这个意义上，蓝胡子式的丈夫形象"扮演着双重的角色"，既是要求其命令必须得到遵守的天父，又是故意挑起女性好奇和欲望的蛇。② 因此，在他设下的圈套面前，女孩像夏娃一样违抗命令就成了必然的结果。

值得注意的是，女孩是在失贞于丈夫之后才得到那把钥匙的，这似乎是安杰拉·卡特有意向男性童话研究者们做出的回答。历来的男性研究者均认为，既然《蓝胡子》是一个关于性与诱惑的故事，那么打开密室的钥匙就象征着失贞和通奸。例如，贝特尔海姆就解释道："打开密室的钥匙暗示着与男性性器官的联系，尤因初次性交时处女膜破裂，血迹会沾染在性器官上。如果钥匙有这样的隐喻意义，就容易解释为什么那血迹是洗不掉的。失贞是无可挽回的事件。"③ 贝特尔海姆接着揣测道："蓝胡子走后城堡里就开起了宴会，我们只能想象新

---

① Angela Carter, "The Bloody Chamber", *Burning Your Boats*: *Stories*, London: Chatto & Windus Ltd., 1995, p. 124.

② Marina Warner, *From the Beast to the Blonde*: *On Fairy Tales and Their Tellers*, London: Vintage, 1994, p. 246.

③ Bruno Bettelheim, *The Uses of Enchantment*: *The Meaning and Importance of Fairy Tales*, London: Penguin Books, 1976, p. 301.

娘与她的宾客之间究竟发生了什么，反正我们知道人人都玩得很尽兴。"① 这种毫无来由的揣测不免带有恶意了。在卡特看来，包括贝特尔海姆在内的众多男性研究者对钥匙的解释都是"过度诠释"。他们总是倾向于在意象当中挖掘对自己有利的证词，却忽视了最明显的事实。在《染血的房间》中，当两人结束了初夜那场"一边倒的战斗"，侯爵嘲弄女孩道："我们不再把染血的床单挂在窗户外面，昭告整个布列塔尼你是个处女了，现在是文明的时代。"② 这仿佛也是卡特对男性研究者们的嘲弄：现在是文明的时代，少女失贞已经不再是需要昭告天下的事件了。

在深入密室进行探险之前，女孩在侯爵的书房中翻阅了几本颇有意思的书籍，这些书籍的名字暗示着她经历了"启蒙"，拿到了"神秘的钥匙"，打开了"潘多拉的盒子"。③ 她已经知晓在这段婚姻当中自己只是丈夫的一件物品，并且也如期踏入了丈夫设下的圈套，发现了男性的秘密。那么，现在她应当如何收场？这是父权社会中一切勇于追求自我的女性所面临的困境。有趣的是，佩罗在童话原文中给了女主人公一个幸福的结局，这在女性主义研究者看来是个有些奇怪的决定。沃纳因此将《蓝胡子》称为"人之堕落的故事里夏娃顺利脱了

---

① Bruno Bettelheim, *The Uses of Enchantment*: *The Meaning and Importance of Fairy Tales*, London: Penguin Books, 1976, p. 301.

② Angela Carter, "The Bloody Chamber", *Burning Your Boats*: *Stories*, London: Chatto & Windus Ltd., 1995, p. 122.

③ Angela Carter, "The Bloody Chamber", *Burning Your Boats*: *Stories*, London: Chatto & Windus Ltd., 1995, p. 120.

罪、潘多拉的故事里无人责怪潘多拉的那个版本"。① 佩罗设置这样的结局，原因之一是当他向 17 世纪的都市少女讲述这个故事的时候，他尴尬地意识到故事血腥而野蛮的内容与他试图传达的道德理念产生了矛盾。因此，在对女性的好奇心发出警告之后，佩罗又在另一条说教词中宽慰读者道："这故事已过去了许多年/如今的丈夫不会这样可怕/总是要求妻子做不可能做到的事。"②

　　另一个也许更加重要的原因是，原童话中蓝胡子的妻子之所以能够逃脱，并不是她自己奋斗的结果，而是依靠她兄弟们的拯救。在佩罗看来，即使女主人公犯了错，只要她仍在男性的控制之下，使她免于严厉的惩罚就在可容忍的范围之内。然而，如同《与狼为伴》坚持改写了格林兄弟在《小红帽》中写下的那个结尾一样，《染血的房间》同样不能接受将男性的拯救作为女性获得幸福的前提。如果女主人公只有靠兄弟们拯救才能获得幸福，她对自我的追寻就只能被迫中断，她会永久地成为男性的一件财产，这不是卡特希望看到的结果。事实上，女孩对自我的追寻就要到达破茧而出的时刻。国内外的研究者多将女主人公的重生归结为母亲的拯救，这个答案虽然从某种意义上说是正确的，但仍不够全面。在女孩的母亲来到之

---

① Marina Warner, *From the Beast to the Blonde*: *On Fairy Tales and Their Tellers*, London: Vintage, 1994, p. 244.

② Charles Perrault, "Le Barbe bleue", *Histoires ou Contes du temps passé*, *Avec des Moralités*, Paris: Barbin, 1697. Translated by Maria Tatar. Maria Tatar ed., *The Classic Fairy Tale*: *Text and Criticism*, New York: W. W. Norton & Company, 1999, p. 148.

前，女孩已经在密室里学习到了她成长过程中最重要的一课。

　　侯爵的密室是一个纯粹的萨德侯爵式的密室，不仅因为这里充满了"拷问台、铁斩头机、阴森的灵柩台、文艺复兴时期工艺的棺材"等"令人毛骨悚然"的东西①，更因为它传达着卡特解读出的萨德精神：父权社会中的男性掌权者对女性失权者进行压迫的实质。女孩在这里见到了丈夫的前三任妻子。读者发现，与童话原文中的妻子相比，女孩并非对丈夫的既往情史一无所知。她不仅十分熟悉丈夫的前妻们，而且还对她们怀有仰慕之情。还在女孩与侯爵初识之时，读者就已读到了她对三位女性充满崇敬的描述，以及她因为即将忝列"这样一群美女组成的画廊"而感到的惴惴不安。② 当女孩在密室里看到她们奇形怪状的尸体时，小说的这一段描写与前文形成了微妙的对应关系。第一任妻子是歌剧演员，女孩年幼时曾观赏过她表演的伊索尔德，"她的声音充满了荣光"，"燃烧着炽热的激情"。③ 在密室里，她的尸体经过了防腐处理，因此十分苍白冰冷，脖子上还留着她丈夫扼死她时留下的蓝色印迹。第二任妻子是著名演员，由于骨骼优美，许多画家和雕塑家争相为她绘画塑像。在密室里，她的头颅销蚀了一切肌肉，只留下一个形状优雅的骷髅。第三任妻子是罗马尼亚的女伯爵，身材娇

---

①　田祥斌：《安吉拉·卡特现代童话的魅力》，《外国文学研究》
　　2004 年第 6 期。

②　Angela Carter，" The Bloody Chamber "，*Burning Your Boats*：
　　Stories，London：Chatto & Windus Ltd.，1995，p. 114.

③　Angela Carter，" The Bloody Chamber "，*Burning Your Boats*：
　　Stories，London：Chatto & Windus Ltd.，1995，p. 114.

小，活力四射。在密室里，她是被放入"铁女人"中折磨致死的。① 女孩发现，每位女性的死亡方式都与她们引以为傲的特点有关。因其拥有富有激情的嗓音，遂使之窒息而死；因其骨骼优美，遂只保留了骨骼；因其充满活力，遂迫其死于狭小幽闭的刑具。女孩不禁想到，自己之所以吸引丈夫，正是因为天真无知。这是她的特点，她必因此而死。这正是安杰拉·卡特从萨德的小说中读出的含义："在视女性为商品的社会，女性如果不愿意销售自己，那么她所不愿意销售的自己就会被强行从她那里夺走。"② 在父权社会中，无权的女性越是珍视哪样品质，它就越容易被男性当作用来打垮她们的武器。

　　然而，女孩并没有被打垮。她清楚地认识到自己"也是她们当中的一分子"，了解到她那三位不幸的姐姐是如何死去的，这使她身上致命的天真无知"像衣服一样一件件脱落下来"。③ 帕特里夏·邓克曾正确地指出，"将母女分开，将姐妹分开，这是父权政治的基石"。④ 佩罗的童话原文为蓝胡子的妻子设置了一个姐姐，她唯一的作用是宣告男性拯救者的到

---

① 铁女人（Iron Maiden），最初名为铁处女（Iron Virgin），是发明于 17 世纪欧洲的一种刑具。其外观有如棺材，但是竖立，一般约 7 英尺高、3 英尺宽。当受害人站立于其中时，刑具内壁上的钉子、尖刺或者铁钩就会穿透受害人的身体，致其疼痛流血而死亡。

② Angela Carter, *The Sadeian Woman*, London: Virago Press, 1979, p. 55.

③ Angela Carter, "The Bloody Chamber", *Burning Your Boats: Stories*, London: Chatto & Windus Ltd., 1995, pp. 130 – 131.

④ Patricia Duncker, "Re-imagining the Fairy Tales: Angela Carter's Bloody Chambers", *Literature and History*, 1984, 10（1）: 7.

来，而这恰恰割断了女主人公与姐姐的联系。在《染血的房间》里，这种断裂的关系在女孩与丈夫的三任前妻之间被弥合了，女孩终于体察到她们作为女性所面临的共同命运。她打消了对男性主导的婚姻的幻想，不再以为"与年长的、性经验丰富的男人进行过某种性仪式之后就能让自己成为一位受人尊敬的上流社会已婚妇人"。① 与此同时，她也终于意识到自己犯下和夏娃同样的罪，二者都是在男人面前"做了他知道我一定会做的事"，这也是所有具有好奇心和求知欲的女性共同犯下的原罪。② 因此，在女孩找到让·伊夫这个男性帮手之前，她密室里的姐妹们已经成为她的启蒙者和同盟军，协助她完成了建立独立的自我所必需的觉醒，这对她最终的获救至关重要。

至此为止，《染血的房间》已完成了针对童话《蓝胡子》及其所传达的父权文化传统所做的大部分反驳，并且表达了一个重要的主题：女性对自我独立性的追寻及其在此过程中的成长。现在小说仍需要一个表达女性主义思想的结尾。于是，读者如愿以偿地看到女孩的母亲像天神一般破门而入，而侯爵这个暴君则"张大了嘴，瞪着双眼，浑身无力"，最终被母亲击毙。③ 研究者们普遍认为这里的母亲形象光彩照人，类似的母亲

---

① Cheryl Renfroe, "Intiation and Disobedience: Liminal Experience in Angela Carter's The Bloody Chamber", *Angela Carter and the Fairy Tale*, Detroit: Wayne State University Press, 2001, p. 97.

② Angela Carter, "The Bloody Chamber", *Burning Your Boats: Stories*, London: Chatto & Windus Ltd. , 1995, p. 140.

③ Angela Carter, "The Bloody Chamber", *Burning Your Boats: Stories*, London: Chatto & Windus Ltd. , 1995, p. 142.

形象在卡特 20 世纪 80 年代以前创作的小说中颇为罕见，这一形象的凸现也是《染血的房间》成为"一篇力作"（tour de force）的重要原因。① 研究者们对母亲的形象基本达成了共识，却对让·伊夫这个人物的塑造产生了争议。女主人公何以选择这样一个目盲而柔弱的"奶油小生"作为丈夫呢？② 国内外的研究者给出了两种答案：一些人认为这体现出女主人公彻底战胜了男权，另一些人则认为这恰恰表明女主人公没能完全战胜男权。

就像小说的开头令人想起《蝴蝶梦》一样，小说的结尾也回响着一部著名的哥特小说兼女性成长小说《简·爱》的声音。在《简·爱》的结尾，简继承了叔叔的大笔遗产，回到穷困潦倒、既跛又盲的罗切斯特身边，为这个昔日的恶棍兼英雄做起了"他的杆与他的杖"。③ 当女主人公变得强大时，夏洛蒂·勃朗特觉得只有变得软弱的男性伴侣才能与之相配。《简·爱》中常借用"激情"一词表达女性反抗压迫、追求自由和独立的怒火，当这股熊熊烈焰亟待喷薄而出却找不到合适的出口时，有意地贬损男性、削弱并打击男性的力量就成了迫不得已的办法。从某种意义上讲，这其实是女性仍不够自信和强大的表现。因此的确可以认为，《染血的房间》的女主人公在终结了与强势男性之间的婚姻之后选择了弱势男性作为伴

---

① Patricia Duncker, "Re-imagining the Fairy Tales: Angela Carter's Bloody Chambers", *Literature and History*, 1984, 10 (1): 10.

② 田祥斌：《安吉拉·卡特现代童话的魅力》，《外国文学研究》2004 年第 6 期。

③ Charlotte Brontë, *Jane Eyre*, ed. by Margaret Smith, Oxford: Oxford University Press, 2000, p. 448.

侣，一方面缘于女性自我意识的觉醒，另一方面也说明这种自我意识还没有强大到可以使女性自信地与任何男性平起平坐，甚至战胜他们的地步。

然而，如果据此认为安杰拉·卡特对女性自我意识的认识依然停留在夏洛蒂·勃朗特19世纪就已达到的水平，则有失公允。如前所述，《染血的房间及其他故事》一书蕴含着内在的发展，依照这部小说集纵向的发展线索，作为开篇故事的《染血的房间》承担的仅仅是刻画女性自我意识萌发的任务，而这种自我意识的发展和壮大则需要由后来的故事表达。这个任务就有待以童话《美女与野兽》为前文本的"狮虎系列小说"和以童话《小红帽》为前文本的"狼人三部曲"来完成了。

第三节　小红帽与野兽①

童话《美女与野兽》的特别之处在于它代表了民间传说和童话故事的一个基本类型："动物新郎"（animal groom 或 animal husband）故事。这一类型的故事往往具有一种峰回路转的模式：男主人公由于未知的原因变成了动物的形状；女主人公出于某种责任被迫下嫁，却在相处中逐渐爱上了面貌凶

---

① 以下部分内容基于笔者的论文《生态女性主义思潮中的温馨小品——论〈与狼为伴〉中的两性欲望与自然之关系》，最初发表于2010年12月的《北京林业大学学报》（社会科学版），后收录于《生态女性主义：性别、文化与自然的文学解读》一书，社会科学文献出版社2010年出版。由北京林业大学人文社科振兴项目（BLRW200958）、北京林业大学科技创新计划项目（RW2010-9）资助。

恶、内心善良的动物丈夫；两人历尽艰辛，终成眷属，男主人公成功地变回人形。在西方传统中，"动物新郎"故事据信最早起源于古罗马诗人阿普列乌斯（Lucius Apuleius）于公元 2 世纪左右创作的《金驴记》（*The Golden Ass*）中的一则故事《丘比特与赛姬》（"Cupid and Psyche"）。在其演变过程中，这类故事逐渐脱离了神话的范畴，在民间传说和童话故事领域衍生出各式各样的版本。现今读者熟知的童话《美女与野兽》是由德·比蒙特夫人在 1757 年创作的版本。而卡特正是以这个版本为基础进行了自己的创作。

如果说《染血的房间及其他故事》中的很多故事都是安杰拉·卡特与贝特尔海姆"激烈争执"的产物，在如何看待《美女与野兽》这篇童话所表达的意义方面，他们的争执尤为激烈。贝特尔海姆认为，以《美女与野兽》为代表的"动物新郎"故事是针对女性读者的"爱的教育"。对于出嫁前的少女而言，性总是呈现出野兽般可怖的面目。如果想要获得幸福，少女必须割断自己对父亲怀有的俄狄浦斯式的依恋，学会牺牲和奉献，了解并爱上丈夫，最终顺利地走入婚姻。"只有婚姻能容许性的合法地位，通过神圣的仪式将性由某种动物性的东西变成一种圣洁的关系。"① 卡特则对这种教育背后的动机深表怀疑，她甚至有些刻薄地指出：

它是一篇为孩子们编造出来的故事，就像我的故事也

---

① Bruno Bettelheim, *The Uses of Enchantment*：*The Meaning and Importance of Fairy Tales*, London：Penguin Books, 1976, p. 283.

是编造出来的一样。①它是精心构造的道德故事，确切地说，它是一篇宣传道德勒索的广告：当野兽说因为美女的缘故他就要死去的时候，在那种情况下美女本该讲出的最合乎道德的话是"那就去死吧"。②

在卡特看来，贝特尔海姆所津津乐道的罗曼蒂克式的爱、牺牲和奉献恰恰是男性在婚姻和家庭中用以压迫女性的借口。如果说《染血的房间》拆穿的是一个长久存在于父权文化传统中的圈套，以《美女与野兽》为基础改写的小说则旨在打破由父权文化精心策划的道德勒索。在这一过程中，小说依然需要表现女性人物不断高涨的自我意识。完成这个任务的两篇短篇小说是《狮先生的求婚》与《老虎的新娘》，常被研究者称为"狮虎系列小说"。这两篇小说处于开篇故事

---

① 卡特在接受约翰·哈芬登（John Haffenden）采访时强调《美女与野兽》并非来自口头文学的传统，而是精心构造的故事，这大大影响了其在读者心理上所起到的作用。其时为 1985 年。三年后的 1988 年，在接受安娜·卡茨沃斯（Anna Katsavos）采访时卡特又一次谈及这个话题，提到自己的一个朋友正在做研究，发现《美女与野兽》确实源自口头文学的传统。然而这时距离《染血的房间及其他故事》成书已过去了近十年，当初影响卡特创作决定的因素已不可更改。这件事一方面说明了卡特对自己感兴趣的问题的确保持着长久的关注，另一方面也验证了作家的认知会随着时间的推移而变化并影响创作这一事实。Anna Katsavos, "An Interview with Angela Carter", *Review of Contemporary Fiction*, 1994, 14（3）：14。

② Angela Carter, "Angela Carter", *Novelists in Interview*, ed. by John Haffenden, London：Methuen, 1985, p. 83.

《染血的房间》与结尾的"狼人三部曲"之间，起到一种桥
梁的作用。

"狮虎系列小说"的内在结构令人印象深刻：两篇故事既
可单独存在，又相辅相成，互为照应，表达同一个主题。这很
像在同一个题目下讲述不同版本的童话故事，既表达了对童话
口头文学传统的敬意，又体现出现代主义的创作风格。在之后
的"狼人三部曲"中，前一篇故事总是起到为后一篇故事铺
垫的作用；与之类似，《狮先生的求婚》也是《老虎的新娘》
的铺垫故事，或者说前者是后者的一个喜剧版本。如果比照
《美女与野兽》的童话原作，读者会发现《狮先生的求婚》几
乎没有对原文的情节进行多么大的改动，只是把故事的背景从
18 世纪转移到了现代而已。小说似乎将更多的努力放在了营
造戏谑的风格之上，将美女与野兽之间的感情描绘得如同肥皂
剧一般夸张，以至于充满了喜剧效果。例如，在小说结尾处美
女动情地呼唤奄奄一息的野兽，终于使魔法破解，野兽恢复了
人形，他却远不是一位英俊的王子，反而"长着一个奇怪的
鼻子，像被人打扁了似的"。① 丽贝卡·芒福德认为，这篇小
说之所以有着"无法避免的讽刺意味"，正是因为它淋漓尽致
地揭示了童话原文蕴含的"情感勒索"式的主题。② 《狮先生
的求婚》中的讽刺意味的确十分明显，但是意犹未尽，因为
如果卡特在此已经完成了对童话主题的揭示，那么《老虎的

---

① Angela Carter, "The Courtship of Mr. Lyon", *Burning Your Boats*：
Stories, London：Chatto & Windus Ltd. , 1995, p. 142.

② Rebecca Munford ed. , *Re-visiting Angela Carter*：*Texts*, *Contexts*,
Intertexts, New York：Palgrave Macmillan, 2006, p. ix.

新娘》就没有必要出现了。

在传统的动物新郎童话中，女主人公的行为有两个主要的动因：第一，她对父亲的爱，这种爱充满了保护的欲望；第二，她在发现了丈夫兽皮之下的人性后对丈夫产生的爱。在女性主义童话研究者看来，女主人公正是遭到了这两种情感关系的绑架。《老虎的新娘》开篇的第一句话是"我父亲在牌桌上把我输给了野兽"，从这句话开始，小说便致力于对这两种情感关系的颠覆。①小说首先指出，与《染血的房间》中的侯爵一样，父亲只是将女儿视为自己的一件财产；只要需要钱，他就会将其卖掉。这首先就颠覆了童话原文中父女之间的情感关系。其次，虽然小说中的野兽在大部分时间里装扮成人的样子，但是女主人公恰恰对野兽的人形不感兴趣，她向往的是野兽本身。在故事的结尾处，女主人公让野兽舐去了自己身上的人皮，露出了"美丽的皮毛"，与之完成了结合。②

美女最终变为野兽的这一创造是《老虎的新娘》最大的亮点，不仅因为它颠覆了原童话标榜的婚姻关系，而且因为它对整部小说集的主题起到了推动作用。如前所述，《染血的房间》只是刻画了女性自我意识的萌发。在《老虎的新娘》中，这种自我意识开始蓬勃地生长了。当野兽向美女提出欲以毛皮、珠宝为交换条件观看其裸体时，美女发表了一番慷

---

① Angela Carter, "The Tiger's Bride", *Burning Your Boats: Stories*, London: Chatto & Windus Ltd., 1995, p. 154.

② Angela Carter, "The Tiger's Bride", *Burning Your Boats: Stories*, London: Chatto & Windus Ltd., 1995, p. 169.

慨激昂的演说，表示自己的身体不是用于交换的商品。在这一点上，她的认识显然要比《染血的房间》里女孩的认识更加进步。这样一个对自己的主体性有着清醒认识的女性却抛弃人形，甘愿成为野兽，这暗示着女性独立的自我意识建立在对自身性欲的认可之上。正如玛丽娜·沃纳所言，"野兽为美女提供了一面镜子，照出了她本性的力量，她需接受这种力量并任其生长"。①

　　事实上，女性性欲正是安杰拉·卡特在整部小说集中不断强化的主题。就像她在《虐待狂女人》中争辩的那样，想要解除父权文化加诸女性身上的种种神话，女性正视自身的欲望并解放这种欲望是唯一的途径。只有如此，女性才能获得真正独立的自我以及与男性平等的社会地位。《老虎的新娘》延续了童话前文本中野兽这个意象与性欲之间的隐喻关系，并在故事的结尾将女性性欲放在了惹人注目的突出位置。然而，小说并没有继续这个话题，而是把深入挖掘女性性欲的任务交给了下一个故事系列——"狼人三部曲"。

　　当安杰拉·卡特决定对童话《小红帽》进行解读和改编时，她所面对的童话并不是一篇，而是三篇。这三篇童话虽有显著的相似之处，却也有各自的特点。如果按照故事出现和开始流传的时间来排序的话，第一篇是夏尔·佩罗整理并创作的《小红帽》②；第二篇是《祖母的故事》（"The Story of

---

①　Marina Warner, *From the Beast to the Blonde*: *On Fairy Tales and Their Tellers*, London: Vintage, 1994, p. 307.

②　"Le Petit Chaperon Rouge"（1697），英译本题为"Little Red Riding Hood"。

Grandmother"），18世纪早期就开始流传，但是直到1885年才由法国人保罗·德拉鲁（Paul Delaru）发掘和整理，得以出版；第三篇是格林兄弟（Brothers Grimm）整理并创作的《小红帽》。①

德拉鲁的故事虽然出现较晚，但是显示出强烈的口头文学特征。在该故事中，女主人公只是一个普通的乡下女孩，并未获得"小红帽"这个绰号。在母亲的吩咐下，女孩带着食物去看望祖母，路上遇到了狼。女孩一路玩耍，狼却很快到达小屋。狼吃掉了祖母，并把祖母身上的肉放在盘子里，把她的血灌在瓶子里，然后躺在床上等待女孩的到来。女孩进屋后，狼首先邀请她食肉饮血，接着又嘱咐她将所有的衣物脱光扔在火里。女孩依言上床，在发现狼的真实身份后，她假托出门解手，将狼拴在她脚踝上的绳子系在了树上，因此得以逃脱。

佩罗给予了《小红帽》这个故事如今最常见的名字，并去掉了口头流传的故事里可能不适合当时读者的内容。在佩罗的故事中，小红帽遇到狼、狼吃掉祖母、狼邀请小红帽上床并与之交谈等情节都与德拉鲁的故事没有什么区别，但是食肉饮血等颇有些惊悚意味的细节消失了。另外，佩罗之作与德拉鲁的故事最大的区别在于对结尾的处理。佩罗并没有打算让女主人公机智地逃脱，而是在小红帽上床被狼吞掉之后就突兀地结束了故事。他随即在故事后面的"说教词"中告诫年轻的女孩们要对狼保持警惕，尤其是那些风度翩翩、花言巧语的家

---

① "Rotkappchen"（1812），英译本题为"Little Red Cap"。

伙，因为"温驯的狼是所有狼里面最危险的"。[1] 显然这里的狼指的是男人。

与前两个故事相比，格林兄弟的版本是真正意义上的儿童读物。首先，故事在情节上增加了猎人这个角色，让他承担了拯救小红帽和祖母的任务。这个拯救的情节在以上两个故事里都是不存在的。贝特尔海姆对此大为赞赏，认为格林兄弟向儿童读者提供了一篇标准童话应当提供的教导和安慰，而佩罗就未能做到这一点。其次，格林兄弟在行文过程中加入了许多针对儿童的说教词，例如妈妈向小红帽叮嘱"记得不要离开大路，进门前要向奶奶问早安"等。[2] 这些说教词所立足的语境与佩罗的说教词所立足的语境显然是不同的。通常格林兄弟版本的《小红帽》后面还会附加另外一个相关的小故事，或者也可以被称作《小红帽》的尾声。在这个故事中，吸取了教训的小红帽又一次遇到狼，这次她镇定地施展计谋，很快将狼干掉了。

《狼人》是"狼的三部曲"中的第一部，也是后两篇故事的准备和铺垫。从人物设置和整体情节上来看，《狼人》与童话原文中的《祖母的故事》最为相像。这两篇故事中都只有

---

① Charles Perrault，"Le Petit Chaperon Rouge"，*Histoires ou Contes du temps passé*，*Avec des Moralités*，Paris：Barbin，1697. Translated by Maria Tatar. Maria Tatar ed.，*The Classic Fairy Tale：Text and Criticism*，New York：W. W. Norton & Company，1999，p. 11.

② Jacob and Wilhelm Grimm，"Rotkappchen"，*Kinder- und Hausmarchen*，7th ed，Berlin：Dieterich，1857. Translated by Maria Tatar. Maria Tatar ed.，*The Classic Fairy Tale：Text and Criticism*，New York：W. W. Norton & Company，1999，p. 13.

女孩、狼和祖母这三位主要人物，并且两篇故事的结尾都是女孩战胜了狼，只不过在《狼人》里，狼就是祖母。此外，《狼人》保留了《祖母的故事》中具有惊悚意味的杀戮等血腥场面，而这些场面在佩罗和格林兄弟的故事里均已不复存在了。金伯利·劳（Kimberly J. Lau）分析《狼人》时指出，古英语中的前缀"wer"或者"were"是阳性的，因此英语文学中的"狼人"（werewolf）通常都是男性，这就使卡特笔下的祖母具备了雌雄莫辨的特征，因此成为一个典型意义上的"阳具母亲"（phallic mother）。① 卡特在批判阅读萨德的著作时也提出了"阳具母亲"的概念，劳在此与她不谋而合。

　　劳的这种看法似乎是一种误读。首先，仅以标题来判断全文的创作意图，证据不足。其次，虽然将卡特对阳具母亲的定义套用在《狼人》的人物身上是一种具有新意的批评方法，但是仅因为祖母是狼人，她就一定是阳具母亲吗？劳接着分析女孩杀死祖母这个情节，认为这使女孩变成了一位颇具颠覆性的新型人物，卡特以该人物形象为基础完成了对童话原文中父权话语的批判。这不禁使读者觉得，劳首先将女孩定位为正面意义上的女主人公，强调她对卡特主要创作意图的贯彻，然后才在此基础上完成对整篇小说的分析。然而，女孩真的是正面意义上的女主人公吗？

　　卡特的确有描写令人不安的场景的爱好，杀戮和乱伦等情

---

① Kimberly J, Lau, "Erotic Infidelities: Angela Carter's Wolf Trilogy", *Marvels & Tales*: *Journal of Fairy-Tale Studies*, 2008, 28 (1): 82.

节在她的小说中较为常见，然而即使是这样，女孩的弑亲行为仍显得非同寻常地冷酷。在卡特的笔下，这个"孩子很强壮，又带着父亲的刀"，她先是"摁住"祖母，在发现祖母的身份以后又"喊得那么大声，所有的邻居都跑了进来"。最终，"尽管老太婆打着摆子，邻居们还是用棍子把她赶进雪地里，赶到林子边上，鞭打这一把老骨头，朝她丢石头，直到她倒下来死掉为止"。① 从女孩冷静而坚决的举动以及周密的计划可以看出，这十足是一场筹划已久的谋杀。读者在阅读这段描述时往往会对祖母产生同情，而不是与女孩达成认同。如果卡特试图通过女孩弑亲这一行为在象征意义上达到颠覆父权话语的目的，那么这段描述不但难以达到效果，而且恰恰对她的创作意图产生了反作用。

事实上，小说的开头部分对结尾的弑亲行为进行过铺垫。小说并没有在一开头就进入女孩与祖母的故事，而是首先营造了一幅寒冷冬日里欧洲农村的日常生活场景。这里荒凉而贫瘠，村民之中弥漫着对神秘事物的恐惧，魔鬼、吸血鬼和女巫都是乡村日常生活的组成部分，尤其是女巫。

　　　　有些老太婆的奶酪总比邻居们的早成熟一点，还有些老太婆的黑猫（哎哟，作孽啊！）一天到晚总跟着她。当他们认出这样的老太婆，他们就会把她扒光，在她身上找记号。她身上会有个多余的奶头，让自己豢养的小妖精吃奶

---

① Angela Carter, "The Werewolf", *Burning Your Boats*: *Stories*, London: Chatto & Windus Ltd., 1995, p. 211.

用。一旦他们找到了这个记号，就会用石头把她砸死。①

扔石头砸死老太婆之事很快在下文出现，而这一行为让读者不可避免地联想到欧洲和北美历史上臭名昭著的猎杀女巫运动。众多人类学家和史学家的研究都已证明，猎杀女巫运动的背后隐藏着父权社会对女性力量的恐惧。② 安杰拉·卡特在此引入猎杀女巫运动的语境，正是为了指出女孩弑亲行为的残忍和荒谬。

尤其重要的是，小说中反复提到的一个意象是女孩随身携带着"父亲的刀"，女孩正是用这把刀制服了狼，并砍下她的一只前爪。这个意象与《染血的房间》中那把"父亲的左轮手枪"遥相呼应。无论是父亲的刀还是父亲的枪，男性的武器都是阳具的象征，并在更深层次的意义上代表着男性的权力。在《染血的房间》中，女性由于力量仍较为弱小，不得不借助一定的男性权力来完成对父权暴君的复仇；而《狼人》中的女孩使用男性权力，却是为了杀死另一位女性以获得所谓的自由。因此，当"父亲的刀"这一意象第一次出现时，小说是这样描述的："好孩子总听妈妈的话……给，带着你父亲

① Angela Carter, "The Werewolf", *Burning Your Boats： Stories*, London：Chatto & Windus Ltd. , 1995, p. 211.

② 有关欧美历史上的猎杀女巫运动，参见下列著作：Deborah Willis, *Malevolent Nurture：Witch-hunting and Maternal Power in Early Modern England*, New York：Cornell University Press, 1995；Wolfgang Behringer, *Witches and Witch-hunts：A Global History*, Cambridge：Polity Press, 2004；Alison Rowlands ed. , *Witchcraft and Masculinities in Early Modern Europe*, Basingstoke：Palgrave Macmillan, 2009。

的猎刀，你知道怎么用它。"① 因为"知道怎么用它"，顺从的好女孩依母之言、执父之刀杀死了祖母。父亲是女孩弑亲的同谋，更准确地说，女孩以父亲的刀作为杀人工具，她本人也就变成了父亲的杀人工具。如同萨德的小说《闺房的哲学》中戴着假阳具强奸并折磨母亲的欧也妮一样，女孩在父亲的指使下消灭了（祖）母亲。如果《狼人》当中确实存在一位"阳具母亲"的话，那么她恰恰是女孩本人。然而，她真的能够获得自由吗？卡特在《虐待狂女人》中清楚地指出，"对她而言，有个看不见的权威已经在远离育婴室与镜子之外的地方为她妥当地安排好了自由。那是个全知全能的父亲，除了全然的自由之外，他无所不允"。② 阳具母亲非但不能成为独立而自由的女性，反而很有可能成为阻碍其他女性追求独立和自由的罪魁祸首，因为她的背后总有父亲那个"全知全能"的影子。

无论在童话《小红帽》的哪一个版本中，狼都代表着需要提防的邪恶势力，而女孩则是纯真的正面角色，善与恶的二元对立关系非常明显。《狼人》搅乱了这种二元对立关系，塑造了既凶狠又无辜的狼与既顺从又冷酷的女孩这两个充满矛盾意味的人物。从某种程度上说，打乱童话原文中的二元对立关系是这篇小说所完成的主要任务，它并没有完整和清晰地表达出某种主题，而且从篇幅来看，卡特似乎也并无此意。小说只有3000 多字，写到"女孩在小屋里住下，茁壮成长"就戛然而止，

---

① Angela Carter, "The Werewolf", *Burning Your Boats: Stories*, London: Chatto & Windus Ltd., 1995, p. 210.

② Angela Carter, *The Sadeian Woman*, London: Virago Press, 1979, p. 131.

似乎还有无尽的故事留在空白之处。① 这一切都使它读上去不像一篇独立的小说，而更像另一篇作品的引子，那就是"狼的三部曲"当中的核心故事《与狼为伴》。将《狼人》与《与狼为伴》连在一起阅读，卡特的创作意图就会明晰地凸现出来。

如果《狼人》与德拉鲁的故事相似之处较多，那么《与狼为伴》则与佩罗的故事相似之处较多。然而有趣的是，在对男性人物的刻画方面，卡特虽然在故事结构上沿用了佩罗的创意，却添加了格林兄弟版本中才出现的"猎人"这一角色。在格林兄弟版本中，猎人作为强有力的"救赎者"不但拯救了祖母和小红帽，而且通过"剖开狼腹"这个意义重大的行为使两位女性得以重生。然而在卡特的笔下，猎人却变成了伪装的狼，使诱惑者、施虐者与救赎者的形象融合在一起。

从结构上看，《与狼为伴》由两部分构成，小红帽在第二部分才正式出场。目前国内对该小说的评论通常仅仅聚焦于后一部分，认为前一部分只提供了少许背景知识，和卡特想要表达的主题思想关系甚微。然而很少有人意识到，在改写一个人尽皆知的童话时，卡特完全可以不加任何介绍直接进入小红帽的故事本身，这并不会引起读者的迷惑。她却并没有这么做，而是特意在正式进入故事之前加上了一段文字。由此可知，这前一部分对于文章主题的表达有着非同一般的意义。这里且将前一部分称为"序言"，将后一部分称为"正文"。

与采用第三人称叙述的正文部分不同，序言以第一人称撰

---

① Angela Carter, "The Werewolf", *Burning Your Boats*: *Stories*, London: Chatto & Windus Ltd., 1995, p. 211.

写，其中的叙述者不时提醒一个不能确定身份的"你"注意；在向"你"讲述的过程当中又不时穿插以第三人称叙述的小故事。读者能够轻易地识别，这种叙述方式正是民间传说口耳相传的叙述方式，女性晚辈往往通过这种方式从年长女性那里获得人生经验的传授。换言之，序言提供的是父权文化中的女性权威对初涉世事的年轻女性进行教诲的语境。可以说，这个叙述者兼女性权威就是由《狼人》中的女孩"茁壮成长"而来的长辈，一个名副其实的"阳具母亲"。

那么，阳具母亲想要告诫女孩们什么呢？首先，森林中的狼十分危险。狼主宰森林，使其变得非常不适宜女性进入。其次，狼的危险性体现在它的伪装上：有一次人们设下陷阱捕获了狼，砍下它的首级和四肢，呈现出的却是一具人的躯体。因而杀掉狼就等于杀掉人，他是男性不可分割的一部分。狼即男性的欲望。有趣的是，在这一点上，《与狼为伴》回应的并不是《老虎的新娘》中表达的性欲和野兽之间的隐喻关系，而是以《美女与野兽》为代表的"动物新郎"故事所表达的隐喻关系，因为序言仍是父权话语主宰的语境。叙述者详尽地讲述了一个有趣的传说：新郎在新婚之夜出门解手，从此变为狼人，一去不回，新娘改嫁他人。多年后前夫复归，看见妻子失贞，前夫一怒之下露出本色，最终被打死。男性的欲望与理性同处一体，不可分割，与男性结合就意味着必须忍受野兽般的欲望。女性权威似乎在此告诫：对于年轻女性而言，她们必须面对新婚之夜的恐怖，即彬彬有礼的新郎突然变成一头性行为上的野兽。理解了这种隐喻，序言末尾的含义就变得一目了然："因此这里的主妇们都会向狼人丢去一顶帽子或是一个围裙作为保护措施，就好像衣服能让他变成人。"① 男性的欲望隐藏在衣冠之下，女性以贞操为自己最珍贵的特质，因此必须多加小心地保护自己。在双方的任何欲望即将冒头的时刻，女性应为男性丢去一件"遮掩的衣衫"，借以说服他克制欲望、尊重理性，从而使女性得以保护自己不被侵犯。

序言部分的铺垫工作完成之后，《狼人》未能表达的主题与未能挖掘的意义在《与狼为伴》的正文部分得到表达和挖掘，而安杰拉·卡特的创作意图也随之逐渐浮现出来。序言部分重点关注的是狼代表的男性欲望，在正文的语境中，女性的欲望则从一开始就蠢蠢欲动。首先，小红帽由童话原文中的儿童变成了情窦初开的少女。

> 她的乳房开始隆起……刚刚开始来月经，生物钟从此每月要敲响一次。她在童贞隐形的五角星里站立、走动。她是一颗未破的蛋，一个密封的器皿；在她的体内有一个魔力的世界，入口处被一层薄膜封严。她是一个封闭的系统；她不知颤抖为何物。她带着刀，无所畏惧。②

《狼人》中"父亲的刀"这一意象再次出现。然而，《与狼为伴》中的小红帽与《狼人》中的女孩不同，她自始至终就没打算使用这把刀。她似乎深知自己的力量源自身体内部，而不

---

① Angela Carter, "The Company of Wolves", *Burning Your Boats: Stories*, London: Chatto & Windus Ltd., 1995, p. 214.
② Angela Carter, "The Company of Wolves", *Burning Your Boats: Stories*, London: Chatto & Windus Ltd., 1995, p. 215.

是源自他人，尤其不是来自父亲给予的工具。另外，在性的诱惑面前，小红帽并非懵懂无瑕。狼伪装的猎人从草丛中跳出的那一刹那，她就几乎立刻倾心于他，而且这种倾心建立在已有的异性评价标准之上："她以前从未见过如此好看的家伙，村里尽是些俗里俗气的小丑。"① 于是小红帽一直采取颇为主动的姿态。在猎人说出先到达小屋的奖品是"一个吻"之后，她"一路磨磨蹭蹭，要确保那个英俊的年轻人赢得他的奖品"。②

童话原文设定了"因为被诱惑，所以遭遇厄运"这个因果逻辑。无论小红帽最终是否成功逃脱，听任欲望膨胀本身都是值得警惕和谴责的行为，因为这种行为一定会带来厄运。在《与狼为伴》中，厄运的确降临了，却并未降临在小红帽身上。当狼走进小屋准备吃掉祖母时，正文部分一直在使用的第三人称叙述突然停止，序言中模拟口头传统的叙述再次出现了：

> 你能从眼睛认出它们，那是掠食野兽的眼睛，暗夜里如伤口般血红、残忍的眼睛；你尽可以拿圣经或者围裙砸它，奶奶，你明白就得这么对付这帮地狱里来的害人精……现在就呼唤基督和圣母，还有天堂里所有的天使都来保护你吧！但这一点儿用都不顶。③

---

① Angela Carter, "The Company of Wolves", *Burning Your Boats: Stories*, London: Chatto & Windus Ltd., 1995, p. 216.

② Angela Carter, "The Company of Wolves", *Burning Your Boats: Stories*, London: Chatto & Windus Ltd., 1995, p. 216.

③ Angela Carter, "The Company of Wolves", *Burning Your Boats: Stories*, London: Chatto & Windus Ltd., 1995, p. 217.

卡特就此用辛辣嘲讽的笔结束了序言中"阳具母亲"的性命。在男性欲望的侵犯面前，笃信父权话语的女性固守自己的贞洁观，以为用宗教的虔诚去感化、用理性的力量去召唤就能使自己得到保护，结果却"一点儿用都不顶"，最终被男性的欲望所吞噬。这也就是为什么，祖母在被吃掉前看到的最后一幕是狼人赤裸而性感的躯体和巨大的生殖器，拿着父亲的刀和枪的阳具母亲反而被这刀和枪结果了性命。序言的语境在祖母的死亡中得到了终结和消解，男女二元对立体系当中的父权话语被颠覆了。

然而，故事至此并没有结束，女主人公的结局才是卡特的真正寓意所在。在狼的要求下，小红帽脱去了衣衫。这一情节在佩罗的故事中也有相似的体现，对此贝特尔海姆极不赞同，认为佩罗将小红帽塑造得简直像个"堕落的女人"。① 然而，卡特赋予这一举动新的意义：小红帽脱去一切束缚和矫饰，大笑着爬上床脱去狼的衣衫丢进火里。序言曾告诉读者，狼一旦被烧掉衣衫就再也变不成人形。男性再也无须伪装，因为女性不再视自己为需要保护的贞洁物，而是同样渴望满足欲望、渴望"与狼为伴"的能动主体。只有在女性把欲望当作敌人的时候，诱惑才会导致厄运。否则，小红帽最终也许就会"在温柔的狼爪子间"沉沉睡去。② 在此，读者也就对卡特选择佩罗版本的基本框架而不是格林兄弟版本的基本框架创作《与

---

① Bruno Bettelheim, *The Uses of Enchantment*: *The Meaning and Importance of Fairy Tales*, London: Penguin Books, 1976, p. 169.

② Angela Carter, "The Company of Wolves", *Burning Your Boats*: *Stories*, London: Chatto & Windus Ltd., 1995, p. 220.

狼为伴》有了新的认识。格林兄弟的版本最终强调男性理性
的救赎：猎人代表了男性的理性，他剖开狼的肚子，扼杀了自
身的欲望，使女主人公在自己的保护下获得重生。男人从此丧
失了本性的一部分，而女人由于这次救赎不得不永远生活在男
人的阴影之下。这种扭曲的两性关系正是卡特所极力批判的。

　　从在父权暴君的控制下挣扎求生的侯爵之妻到与野兽斗智
斗勇的美女直至大笑着征服了野兽的小红帽，《染血的房间及
其他故事》中的女主人公不断成长，对自我的认识愈加清醒，
力量愈加强大，欲望也愈加旺盛。卡特曾经在接受采访时这样
描述《与狼为伴》的女主人公："实际上，是她吃掉了狼。"①

　　然而，当这一系列充满颠覆性的故事接近尾声的时候，读
者看到的并不是将男性赶尽杀绝的血腥战场，而是一幅两性和
谐共处的大团圆画面，充满了脉脉温情。在《与狼为伴》的
结尾，卡特戏仿了圣诞颂歌《圣洁的夜晚》的歌词，她写道：
"雪光，月光，一地杂乱的脚印。一片寂静。一片寂静。圣诞
节到了，这是狼人的生日。"②在童贞女玛利亚生下耶稣基督的
这一天，狼人通过与童贞女小红帽进行性的结合而获得了重
生。此时，窗外一片寂静，屋内满室温馨。如同《虐待狂女
人》的结尾一样，《与狼为伴》的结尾也回到了爱这个主题。
罗娜·赛奇因此推测道，"染血的房间"象征的也许并不是男

---

①　Angela Carter, "Angela Carter", *Novelists in Interview*, ed. by John
　　Haffenden, London: Methuen, 1985, p. 83.

②　《圣洁的夜晚》原歌词是：Holy night, silent night, all is calm, all
　　is bright……；卡特改编后的句子是：Snow-light, moonlight, a
　　confusion of paw-prints. All silent, all silent……。

性的界域，也并非如某些研究者认为的那样象征着"子宫或者坟墓"，而是象征着"人心"。①

　　《染血的房间及其他故事》这部小说集所要表达的主题思想至此已基本呈现，但小说集并未随着《与狼为伴》结束，而是添加了最后一篇故事《狼孩爱丽丝》。《狼人》中的祖母是狼，《与狼为伴》中的猎人是狼，而《狼孩爱丽丝》中的狼就是小红帽本人。这篇小说之所以被称为"狼人三部曲"的终曲，原因即在于此，而实际上它与童话原作《小红帽》的关系已经相去甚远。小说描写了一个由狼群抚养长大的女孩爱丽丝，被人发现后置于某公爵的城堡，该公爵既是狼人，又嗜好吸血。在城堡里，爱丽丝通过对自己镜中影像的认知以及对月经来潮的了解逐渐发现了自我，从蛮荒的状态逐渐走入了文明。最终在她的拯救下，公爵也恢复了人的形貌。无论是从小说着力渲染的狼人、吸血鬼、性和死亡等要素来看，还是从小说中女主人公对自我的追寻和对自己身体的发现这个主题来看，《狼孩爱丽丝》都可以被视为整部小说集的结语和尾声。萨拉·斯基茨（Sara Sceats）认为，如同《染血的房间及其他故事》中的所有其他故事一样，《狼孩爱丽丝》表达着一种"僭越"（transgression）精神，体现了女性向社会生活对她们的设定怀有的蔑视。②

---

① Lorna Sage，"Angela Carter：The Fairy Tale"，*Angela Carter and the Fairy Tale*，Detroit：Wayne State University Press，2001，p. 78.

② Sara Sceats，"Oral Sex：Vampiric Transgression and the Writing of Angela Carter"，*Tulsa Studies in Women's Literature*，2001，20（1）：118.

第三章 对话父辈：安杰拉·卡特的女性主义文本策略

　　安杰拉·卡特的小说以对其他文学作品和文化现象的广泛指涉、借鉴、引用和戏拟而著称。在她的笔下，从莎士比亚的戏剧到波德莱尔的诗歌，从斯威夫特的讽刺到罗兰·巴特的神话，从萨德侯爵的色情文学到梅·韦斯特的性感影像，取自文学、哲学、电影和大众艺术的各种材料以令人眼花缭乱的方式熔于一炉。对此，文学批评家约瑟夫·布里斯托（Joseph Bristow）和特雷弗·布劳顿（Trev Lynn Broughton）曾略带调侃地指出："卡特在创作中涉及的内容如此之广，以至于我们不得不对那些将来要为她的小说做注解的人深表同情。"① 尽管卡特本人确实是一个兴趣广泛、博闻强记的阅读者，并且身兼记者、编剧、小说家和大学教授等数个职位，她在小说中使用大量引文和暗示的方式进行创作却并非有意卖弄学问。对于

---

① Joseph Bristow and Trev Lynn Broughton eds. , *The Infernal Desires of Angela Carter*: *Fiction*, *Feminity*, *Feminism*, Harlow: Addison Wesley Longman, 1997, p. 9.

卡特而言，互文性的创作方式不仅有助于丰富小说的语言和风格，提供主题建构方面的启示，而且其本身就是通往女性主义批评的一条可行之路。

卡特创作的鼎盛时期恰逢西方女性运动的第二次浪潮。在女性主义文学领域，这次浪潮催生了一大批杰出的女性主义作家和批评家，产生了灿若星辰的文学和批评作品，真正地建立了女性文学的理论体系。其革命性的成就一直被后世津津乐道。对当时涌现出来的多位举足轻重的女性主义批评家而言，尽管理论终点各不相同，她们却几乎都从同一个地方入手进行研究：那就是 19～20 世纪的重要女作家及其作品。无论是伊莱恩·肖瓦尔特、埃伦·莫尔斯（Ellen Moers）、佳亚特里·斯皮瓦克（Gayatri Spivak）还是桑德拉·吉尔伯特（Sandra Gilbert）和苏珊·古芭（Susan Gubar），都倾向于优先选择简·奥斯汀（Jane Austen）、夏洛蒂·勃朗特（Charlotte Brontë）、乔治·艾略特（George Eliot）和弗吉尼亚·伍尔夫的作品作为批评的对象文本。以肖瓦尔特为例，尽管她不断呼吁要在上述著名女作家之外挖掘那些长期被埋没的优秀女作家以便延续文学传统，她的研究仍然不免以这些著名作家的作品为主要材料，借以阐释"女性文学传统"的基本特质。女性主义批评家似乎认为，在试图建立女性话语时借鉴男性话语是一件非常危险的事情；进行女性主义批评而不从伟大的女作家处入手，就会有丧失"女性传统"的危险。

在这样的背景下，卡特却特立独行，采取以男作家的作品作为互文材料的创作方式。当她的同辈们顾虑重重、谨小慎微地在女性世界里践行女性主义创作和批评时，卡特像一个涉世不深、尚未囿于成见的顽童一样敏锐地发现了事情的本质：完成具有女性特色的创作和批评是最终目的，而使用何种材料作为对象文本无关紧要，因为它们只是创作和批评所借助的手段而已。

第一节　作者已死：女作者的诞生

20 世纪 60 年代，正当安杰拉·卡特的创作进入发展期时，西方文艺批评界出现了一个相当重要的概念——互文性。互文性强调文本与文本之间的交互关系，由于它不仅表达了文本之间复杂的谱系和网络关系，而且与现当代人文领域的许多重要思潮相关联，这一概念被赋予了很多意义，以至于很难为它下一个明确的定义。萨莫瓦约（Tiphaine Samoyault）将互文性诗意地描述为"对文学本身的追忆"，指出"在忧郁的回味中，文学顾影自怜，无论是否定式的还是玩味般的重复，只要创造是出于对前者的超越，文学就会不停地追忆和憧憬，就是对文学本身的憧憬"。[①]而《西方文论关键词》则认为互文性批评"放弃那种只关注作者与作品关系的传统批评方法，转向一种宽泛语境下的跨文本文化研究。这种研究强调多学科话语分析，偏重以符号系统的共时结构去取代文学史的进化模式，从而把文学文本从心理、社会或历史决定论中解放出来，

---

① 〔法〕蒂费纳·萨莫瓦约：《互文性研究》，邵炜译，天津人民出版社，2002，引言第 2 页。

投入到一种与各类文本自由对话的批评语境中。"①

　　将这两种定义进行比较，前者是在狭义的文本范围内讨论互文性，而后者则将互文性放入了广义的文化语境之中；它们分别反映了互文性研究的两个派别的理念，狭义的一派包含热奈特（Gérard Genette）的"组成"思想和哈罗德·布卢姆（Harold Bloom）的"影响的焦虑"理论等，广义的一派包含巴赫金的"复调"现象和"狂欢化"诗学、克里斯蒂娃（Julia Kristeva）的符号学研究以及罗兰·巴特（Roland Barthes）的文本生产理论等。在文学创作实践中，互文性的写作技巧其实很早就已经出现了，只不过在相关理论未提出之前，这些技巧的表现形式是"引用（citation）、暗示（allusion）、参考（reference）、仿作（pastiche）、戏拟（parodie）、剽窃（plagiat）"罢了。② 在互文性理论研究的影响下，有关创作也可以与之对应地分为狭义和广义两种。前者单纯地在语言层面上使用前文本，后者则在文化和思想的意义上对前文本进行选择和借鉴。然而，这两种创作类别的界限并不像互文性的理论类别之间的界限那样清晰。在大部分情况下，对前文本语言的暗示和戏拟本身就伴随着对前文本精神的指涉。

　　卡特的创作在很大程度上受到了互文性研究的影响，她在1968年以后的小说几乎都可以被称为"互文性小说"。在各种

---

① 陈永国：《互文性》，载赵一凡等主编《西方文论关键词》，外语教学与研究出版社，2006，第211页。

② 〔法〕蒂费纳·萨莫瓦约：《互文性研究》，邵炜译，天津人民出版社，2002，引言第2页。

有关理论当中，对卡特影响最大的当属罗兰·巴特的理论。罗兰·巴特认为："文本不是一串字符，只释放出一个神学角度上的意义，即作者和上帝传达的信息。文本是一个多维的空间，在这个空间里，各种各样的书写相互混合和碰撞，它们中没有一个是原始的写作。"① 也就是说，文本是一个生产的场所，表现的是文本与其他文本之间的关系以及文本与读者之间的关系。作者只负责提供这个场所，其他的作用微乎其微。巴特因此提出著名的论断——作者已死。巴特的这一理论对卡特产生了深刻的影响。在 1977 年的电视采访中，卡特承认"我已经开始将我现在所做的工作视为超乎自身之事，将文本只当作文本来看待，就像巴特所说的那样"。② 事实上，对文本、作者和读者之间关系的思考一直萦绕在卡特的批评和创作之中，并随着时间的流逝而变得愈加丰富和清晰。1983 年，正处于创作巅峰期的卡特写下了评论文章《前线笔记》（"Notes from the Front Line"），对自己之前的创作进行了回顾与总结。文中有一段总结被广为引述，成为揭示卡特创作理念的标志性语句：

> 我在写小说的时候，总是尝试用双脚去思考。也就是说，我走过各式各样的道路，然后提出各种不同的主张，

---

① Roland Barthes, "The Death of the Author", trans & ed. by S. Heath, *Image*, *Music*, *Text*, 1968, pp. 142 – 148, from Philip Rice and Patricia Waugh eds., *Modern Literary Theory* (3rd Edition), New York: Oxford University Press, 1996, p. 121.

② Les Bedford, "Angela Carter: An Interview", *Sheffield University Television*, Feb. 1977.

让读者依据我在小说中提供的元素构建出属于她自己的小说。（阅读活动与写作活动一样具有创造性。大多数智识上的进步都依赖于在旧文本基础上产生的全新阅读体验。我完全赞同用旧瓶装新酒，尤其是当新酒的压力大到能使旧瓶涨破的时候。）[1]

从表面上看，这段论述强调读者的创造性和文本与读者之间的互动关系，是巴特"作者已死"理论的延续。然而，值得注意的是，卡特此处使用的"读者"一词指的是女性读者，而不是泛指所有的读者。这就与巴特的上述理论产生了歧义。巴特将作者等同于上帝，并致力于抹杀两者的身份、消除他们的权威、宣告他们的死亡，这恰恰与同一时期女性主义批评所致力于进行的事业不谋而合。换言之，正当女性主义者试图推翻以上帝为代表的父系权威，在男性作者占据统治地位的话语体系中为自己寻找一个恰当的位置之时，这一话语体系自身绽开了裂缝，作者的权威被读者的创造性取代了。巴特的理论为试图寻求女性身份、重建女性话语的女性主义者提供了一条道路，男性作者的死亡恰恰给予女性作者重生的机会。正如玛丽·伊格尔顿（Mary Eagleton）指出的那样，"正当一群学者宣称'作者的死亡'会成为起源、意义和权力的象征时，另一群学者却从各自的女性主义立场出发寻找着'作者的诞

---

[1] Angela Carter, "Notes from the Front Line", *Critical Essays on Angela Carter*, ed. by Lindsey Tucker, New York：G. K. Hall & Co., 1998, p. 25.

生'，意欲借此重述女性的文学史"。① 卡特运用巴特的理论，正是出于上述目的。而互文性也就成为卡特进行创作的一种文本策略，卡特借助这种策略表达了女性主义的思想。

卡特并不是唯一一个以互文性为文本策略的现当代女作家。事实上，在现代主义批评浪潮的推动下，许多女性作家都尝试着在自己的作品中呈现多个文本的交互关系。例如，托尼·莫里森（Toni Morrison）在小说中使用歌谣和爵士乐等黑人民间文学艺术素材来表现黑人女性的苦难，苏珊·格里芬（Susan Griffin）在《女性与自然》（*Woman and Nature*, 1978）一书中将数学、物理、生物和医学方面的文献与文学描写融合在一起进行生态女性主义批评研究。而卡特不同于这些女作家，她在自己的文本中建立了一个对话场，邀请文坛前辈各抒己见。这些前辈不仅大多是男性，而且往往是其作品被收入文学史正典的著名作家。弗吉尼亚·伍尔夫告诫女性作家应当"有一间自己的屋子"，远离男性的控制和窥视。② 卡特修建了一间自己的屋子，却专门邀请文坛父辈进来高谈阔论，制造了一个"以男性为主的文学和文化的基本框架"。③ 这种做法在当时的女性文学界掀起了轩然大波。罗伯特·克拉克（Robert Clark）因此批评道，"卡特的创作都是披着大男子主义外衣的

① Mary Eagleton, *Figuring the Woman Author in Contemporary Fiction*, Basingstoke: Palgrave Macmillan, 2005, p. 3.

② 〔英〕弗吉尼亚·伍尔夫：《一间自己的屋子》，王还译，生活·读书·新知三联书店，1992，第 2 页。

③ Rebecca Munford ed., *Re-visiting Angela Carter*: *Texts*, *Contexts*, *Intertexts*, Basingstoke & New York: Palgrave Macmillan, 2006, p. 13.

女性主义创作"。①

　　克拉克产生这样的误解不是没有道理的。20 世纪 70 年代初，卡特在小说创作中确实曾有过于重视互文材料、反而使自己的声音被互文材料中的男性声音压倒的倾向。例如，她1972 年出版的长篇小说《霍夫曼博士地狱般的欲望机器》试图在结构上采取"流浪汉小说"的基本模式，完全使用男性视角。该书第五章中出现了一位虐待狂伯爵，几乎就是萨德本人的化身，而主人公只是亦步亦趋地跟随着他，任由他引领和指挥。第七章有关人马部落的叙述显然是对斯威夫特的《格列佛游记》（*Gulliver's Travels*, 1726）中慧骃国的戏仿，小说的这一部分花费大量的笔墨描绘了一个类乎慧骃与耶胡结合体的族群及其怪异的文化习俗，作者与斯威夫特争执的意图甚至在许多时候阻碍了小说情节的发展。卡特本人应当意识到了这个问题，在随后创作的短篇小说集《烟火》中，她减少了小说中互文材料的使用。在该书的 9 篇小说里，有 3 篇都是依据她在日本的真实生活经历写成的。其余几篇虽然涉及《圣经》、古希腊神话以及《鲁滨孙漂流记》（*Robinson Crusoe*, 1719），但是互文材料的密集程度与此前的作品相比有所减弱，而且小说本身试图表现的女性主义主题也较为清晰，例如以《鲁滨孙漂流记》为框架创作的《主人》（"Master"）就已在一定程度上带有女性主义批评的色彩。

　　可以说，20 世纪 70 年代初是卡特的文本策略还未完全

---

① Robert Clark, "Angela Carter's Desire Machine", *Women's Studies: An Interdisciplinary Journal*, 1987, 13（2）：158.

建立起来、创作意图还未完全明朗的一段时期。在当时女性主义文学崛起的氛围下，处于众多女性批评家的重围之中，卡特原本大可改弦易辙，像其他女作家那样追寻女性文学传统。然而，尽管她的女性前辈和同辈们都不断告诫她："女权主义批评在男子中心的批评传统中不可能找到一个可以运用的过去"，她仍然勇敢地将自己的文本策略坚持下去。① 值得注意的是，在《烟火》成书的 1974 年，卡特刚好完成了她为稍后出版的批评专著《虐待狂女人》所做的全部笔记，而该书的发表恰恰标志着其创作成熟期的开始。② 可以说，从 1974 年开始，在以男性为主导的文学和文化的基本框架中完成女性主义批评方面，卡特逐渐摸索出了一条适合自己的道路，并且日益得心应手。短篇小说集《染血的房间及其他故事》是这种进步的例证，其中的作品以为人熟知的传统童话为基本互文框架，放大女性的叙述声音，强调女性的情感体验，圆满地达到了女性主义批评的目的。该书发表后得到好评，其标题故事《染血的房间》荣获切特南文学节奖，这一巨大成功不仅增进了卡特的信心，也有助于确立她在对话场中叙事主体的地位。在此之后，卡特小说中互文材料的多样性和密集程度呈直线上升的态势，并在她的最后一部小说

① 〔美〕伊莱恩·肖沃尔特：《荒原中的女权主义批评》，王逢振等编《最新西方文论选》，漓江出版社，1991，第 260 页。
② 1974 年 8 月，卡特在信中告知友人尼尔·福赛思自己已经完成了与"萨德那本书"有关的所有笔记。Neil Forsyth, "A Letter from Angela Carter", *The European Messenger*, 1966, 4 (1): 11 – 13。

《明智的孩子》中与小说试图表达的主题达到了水乳交融的效果。

丽贝卡·芒福德（Rebecca Munford）曾评论道："对女性主义批评领域中的前辈而言，卡特也许一直像个不守规矩的女儿，但是不守女性前辈的规矩并不意味着她一定是个过于依恋父亲的女儿。"[①] 1979 年以后，卡特逐渐明白，自己建造的房屋里虽然回荡着男性作家的声音，但是她才是这所房子的主人，是她选择邀请哪位作家、哪些作品以及促使哪些文本之间发生关系。自此之后，在卡特的文本所制造的对话场中，她的身份逐渐从倾听者和批评者转向将倾听者、批评者和创造者集于一身的作者。罗兰·巴特取消了男性作家的权威，卡特却以女性读者的身份进入这些男性作家的文本，并在阅读的过程中将自身转变为作者，发出了属于自己的女性声音。与此同时，卡特保持着文本的开放，邀请女性读者参与阅读，并敦促她们在阅读的过程中获得个人独到的体会。这就是她所谓"旧瓶装新酒"一语的实质含义。从这种意义上讲，卡特既承袭了巴特关于"文学是一个生产场所"的理论，又摒弃了"作者已死"的理论。在卡特的对话场中，作者不是法官或者上帝，而是冷静、睿智却不乏幽默感的女主人。法官和上帝的权威被取消了，女主人的文本却依旧是开放而好客的；女作者不但没有死，反而生气勃勃。

---

① Rebecca Munford ed., *Re-visiting Angela Carter：Texts，Contexts，Intertexts*，Basingstoke & New York：Palgrave Macmillan，2006，p. 12.

以《明智的孩子》中的一个片段为例：双胞胎姐妹诺拉和朵拉赴好莱坞出演舞台剧。她们披着查理·卓别林影片中标志性的月光，来到这个"似假还真的国度"，在名叫"雅顿的森林"的汽车旅馆住下，朵拉认识了一位爱尔兰人，号称"南加州的契诃夫"，他酷爱阅读《欢乐之家》①，喜欢唱"芬尼根守灵大伙儿都乐"之类的曲调。② 在不到 1000 字的叙述当中，小说涉及了卓别林、契诃夫、莎士比亚及妻子安娜·哈瑟维等多个历史人物，以及《仲夏夜之梦》《皆大欢喜》《欢乐之家》《芬尼根的守灵夜》等多部文学作品，描绘出一幅生气勃勃的好莱坞文艺圈的讽刺肖像。而这一切又是从朵拉本人的视角观察到的，从而为小说注入了世俗、乐观又不乏戏谑意味的女性经验。卡特如同一位长于烹调的主妇，看似漫不经心，将借自他人之手的食材信手拈来，随意配置，最终呈现在餐桌上的却是独具风味的美味佳肴。

这种内涵丰富的互文性文本策略使卡特的小说在某种意义上成为"一种文艺批评"，这不仅对作者本人的创作技巧和思想深度提出很高的要求，对读者的阅读能力和经验也是极大的考验。卡特本人充分地认识到了自身创作的这一特点，因而时刻对其可能带来的问题十分警惕。在 1985 年一次接受采访时，

---

① 《欢乐之家》(*The House of Mirth*, 1905)，是美国女作家伊迪丝·沃顿 (Edith Wharton) 创作的长篇小说。

② 《芬尼根的守灵夜》(*Finnegans Wake*, 1939) 是爱尔兰作家詹姆斯·乔伊斯 (James Joyce) 创作的长篇小说。
〔英〕安杰拉·卡特：《明智的孩子》，严韵译，南京大学出版社，2009，第 167～171 页。

卡特再次谈到了自己的文本策略：

> 我的小说常常是一种文艺批评，我正开始为此感到担忧。我花了很长的时间去接受博尔赫斯（Jorge Luis Borges）的一个观点——书上写的无非是关于另外一些书籍的事罢了。但我开始琢磨：如果书上写的无非是关于另外那些书籍的事，那么另外那些书籍又是关于什么的呢？这个循环到了什么地方是个尽头呢？①

卡特意识到，文本的开放性不能是无穷无尽的。对话场中的互文素材如果仅仅指向彼此，而不是最终指向某个共同的目的，那么文本就会变成一个循环往复、毫无意义的文字迷宫，犹如套盒一般。如果情况果真如此，那么卡特期望利用互文性达到的女性主义批评就只能流于形式，而不能够在具有实质性的理论上有所建树。这显然不是卡特愿意看到的结果。尽管卡特看重对前辈文本的批判和颠覆，但她并不是一个只对破坏感兴趣的顽童，而是有着更加宏大的计划和更加深邃的思考。在提出"旧瓶装新酒"的概念之后，卡特在《前线笔记》中继续写道，"我正在进行的是去除神话的工作（demythologising business）"。②"去除神话"一词旋即成为研究者们在分析卡特

---

① Angela Carter, "Angela Carter", *Novelists in Interview*, ed. by John Haffenden, London：Methuen, 1985, p. 79.

② Angela Carter, "Notes from the Front Line", *Critical Essays on Angela Carter*, ed. by Lindsey Tucker, New York：G. K. Hall & Co., 1998, p. 25.

创作理念时被广为转引的另一标志性概念。不少研究者将去除神话理解为卡特对古代神话、童话和民间故事的解读，其实这一概念并不是指要革除作为文学体裁的神话，而是与罗兰·巴特的神话理论相关。卡特本人曾在访谈中坦承，自己所谓的神话既有"常规层面上的意思"，也有"罗兰·巴特所指的神话的意思"，即"我们总是不假思索便相信的念头、意象和故事"。①

1957 年，巴特将自己于 1954～1957 年撰写的论文结集出版，题名为《神话》（*Mythologies*）。在这部书里，巴特从索绪尔的语言学理论中发展出一种符号学视角，对当时法国出现的种种流行文化事件加以诠释。他把这些文化中流传的神话（Myth）作为符号来解释，揭示隐藏于日常世界背后的种种观念以及制造这些观念的目的，即文化现象这些"能指"背后暗含的"所指"。巴特将这一揭示的过程称为"解神话"（démystification），并在此概念的基础上提出了解神话的概念。值得注意的是，démystification 是由 mystify 衍生而成的词，意为"化解某种事物的神秘特征"；而 demythologizing 则是由 mythologize 衍生而成的词，意为"去除神话的形式，以便揭示形式背后蕴含的意义"。卡特改造了巴特的用词，将自己创作的重点定位为对社会文化中存在的神话形式的解除，强调了对神话形式的批判。作为一位女性主义作家，卡特所批判的神话大部分是父权神话，即长久以来父权文化强加在女性和两性关

---

① Anna Katsavos，"An Interview with Angela Carter"，*Review of Contemporary Fiction*，1994，14（3）：12.

系之上的种种不合理、不公正的社会制度和道德规范。卡特在借前辈男性作家提供的互文材料所搭建的文本结构中完成对父权神话的批判，揭示了隐藏于两性关系背后的种种压迫性观念以及制造这些观念的目的。正如彼得·蔡尔兹（Peter Childs）指出的那样，"卡特所有的作品都可以被看作是去除神话工程里的组成部分，而这一工程所解除的是围绕着性别和性建立起来的经过驯化的虚构作品，人们对此已习以为常"。①

卡特的互文性文本策略以女性主义批评为中心，却并不止步于女性主义批评。对此卡特本人曾评论道：

> 我总是使用大量的引文，其原因是我倾向于将西欧文化视作一个堆满零件的废料场（scrap-yard），你可以从里面找到材料帮你组装成各种新的工具……文化是一个拼凑而成的东西（bricolage）。所有的元素都存在于想象的边缘，是它们给予我们的经验以现实感，我们也靠它们来衡量自己的现实。②

正如巴特的互文性研究最终扩展到文化领域一样，卡特也同样意识到，互文性不仅能够在父权话语体系上撕开一道裂缝，而且直接打击了认为西方文化具有连贯性、目的性和逻辑性的观念。如果西方文化只是一堆可以被重新组装和拼贴的碎

---

① Peter Childs, *Contemporary Novelists*: *British Fiction since* 1970, Basingstoke: Palgrave Macmillan, 2005, p. 100.

② Angela Carter, "Angela Carter", *Novelists in Interview*, ed. by John Haffenden, London: Methuen, 1985, p. 92.

片，那么人们应当如何对待一直被他们奉若神明的理性、准则和规范？人们又应当如何看待历史，以及在历史经验的基础上获得的现实感？从这种意义上讲，人们需要对西方文明的一些根本性问题重新做出回答。林登·皮奇指出：

> 卡特认识到我们的身份比我们通常所认为的要脆弱得多，而现实也要比我们愿意承认的虚幻得多。英语小说家中像她这样敢于以此为出发点创作严肃文学作品的十分罕见。卡特不是一位追求幻想而逃避现实的作家，更准确地说，她应当被视作一位真正了解现实主义精神实质的作家。这个精神实质就是：直面那些通常被人们当作是现实的必要组成成分的东西，并向它们提出质疑。[①]

在这种意义上，卡特与她的后现代主义同辈们一道，将批判的矛头指向了统治西方文化的逻各斯中心主义。在开放而对读者持欢迎态度的文本环境中，她引导读者摒弃在连贯的故事情节和人物当中习以为常地寻找意识形态的习惯，敦促他们正视现实世界的碎片化和疏离性。正是这种思考使卡特脱离了女性主义作家这个单一的角色，跻身于对人类整体命运进行探寻的严肃作家之列，其作品也最终进入了英国文学的正典。

哈罗德·布卢姆在《影响的焦虑》（*Anxiety of Influence*，1973）一书中指出，每一位诗人对此前的伟大诗人都怀有一种

---

① Linden Peach, *Angela Carter*, New York: St. Martin's Press, 1998, p. 164.

俄狄浦斯情结，因为"诗人总有一种迟到的感觉：重要事物已经被人命名，重要话语早已有了表达"。① 这种境况使文学上的后来者陷入了焦虑的情绪。如同不得不弑父娶母的俄狄浦斯，他必须通过与这些前辈进行斗争，对他们此前创作的文本进行修正和重构，才能够真正开始自己的创作。布卢姆将这一过程比作"势均力敌的强者之间的斗争，是父亲和儿子作为强大的对手相互展开的斗争"。② 布卢姆的理论在当代文学研究领域产生了很大的反响，但是在讨论女性作家创作的时候，这一理论就产生了问题。

首先，"俄狄浦斯情结"是从弗洛伊德的精神分析学那里借来的概念。众所周知，即使是在弗洛伊德的理论里，俄狄浦斯情结也不能恰如其分地解释父母与女儿之间的关系。正如特里·伊格尔顿（Terry Eagleton）指出的，"弗洛伊德在女性性欲……面前所表现出来的困惑最典型地反映了他自己的男性统治的社会性质"，他针对女性的研究带有"贬损的、偏见的态度"。③ 其次，布卢姆本人在《影响的焦虑》中将文学上的后来者（"新人"）在文学艺术创作时迸发出的激情定义为女性化的。这种激情虽然充满活力，但是存在危险，如同斯芬克斯。像俄狄浦斯一样，新人必须损伤一部分激情才能取得最终

---

① 陈永国：《互文性》，赵一凡等主编《西方文论关键词》，外语教学与研究出版社，2006，第213页。

② 〔美〕哈罗德·布卢姆：《影响的焦虑》，徐文博译，江苏教育出版社，2005，第12页。

③ 〔英〕特里·伊格尔顿：《二十世纪西方文学理论》，伍晓明译，北京大学出版社，2007，第136页。

的成就。只要他挣扎着从"无力的女性的果实"中脱身，"哪怕是伤了腿脚或瞎了眼———他就有资格跻身于强者诗人的行列"。① 像弗洛伊德的定义一样，布卢姆的定义也不免带有一定的贬损态度。于是当布卢姆的理论被应用在表述女作家对文坛父辈作品的态度时，这种表述就变得疑问重重。

在给予安杰拉·卡特的创作较大影响的众多作家当中，法国作家萨德侯爵与美国作家爱伦·坡是两位重要的文坛父辈。前者帮助卡特确立了其女性主义理论的立足点，后者则帮助她形成了自身特有的创作风格。在卡特构建的对话场中，他们在很长一段时间里都是座上嘉宾，而不是匆匆到访的过客。那么，卡特对她的文坛父辈怀有俄狄浦斯情结吗？他们之间是否也会产生"势均力敌的强者之间的斗争"？要准确回答这些问题，就必须对卡特的文坛父辈是如何影响她的，她是如何继承了这些前辈的文学遗产，并在此基础上完善了自身的小说创作等方面进行具体分析。

第二节　父辈萨德的影响：女性与色情

萨德侯爵，本名多纳蒂安·阿尔方斯·弗朗索瓦·萨德（Donatien Alphonse François, Marquis de Sade, 1740 – 1814），法国贵族。因其作品中露骨的色情描写及其本人离经叛道的私生活，曾多次被告上法庭，关入监狱和精神病院。以他的名字命名的"萨德主义"（Sadism）已经成为英语当中的一个词，

①　〔美〕哈罗德·布卢姆：《影响的焦虑》，徐文博译，江苏教育出版社，2005，第 14 页。

表示通过施加痛苦和虐待来获得性快感的过程，也被称为"性虐主义"。几乎整个 19 世纪，萨德的作品都一直处于被查禁的状态。直到 20 世纪，萨德才得以逐渐重回文学界的视野，阿波利奈尔（Guillaume Apollinaire）、福柯（Michel Foucault）、乔治斯·巴塔耶（Georges Bataille）和罗兰·巴特等人都曾对他产生极大兴趣。

　　萨德及其创作令卡特十分着迷之处，在于他身上复杂的象征性和多重的矛盾性。虽然萨德饱读诗书，他的创作兴趣却集中在为主流文学所不齿的色情文学上。后人在整理萨德的书籍时发现，这位声名狼藉的作家阅读的竟是卢梭和伏尔泰的著作。这件事显然引起了卡特的注意，因为卡特本人阅读的同样是主流严肃作家的经典作品，她的笔下也尽是怪力乱神。她因此感叹道，"在色情视角的伪装之下，萨德批判的是这个理性的世界"。① 虽然身处崇尚理性的启蒙时代，萨德的作品里却弥漫着虚无主义。在他的笔下，好人总是遭遇厄运，坏人却往往飞黄腾达；善良与美德总是遭到失败和毁灭，罪恶却给人带来财富和快乐。理性的光辉无迹可寻，留下的唯有一腔悲观。这种超越时代的虚无之感使 20 世纪的现代主义诗人、作家和批评家与萨德产生了强烈的共鸣。萨德在世之时恰逢风起云涌的法国大革命。1789 年 7 月 14 日，当示威的人群靠近巴士底狱时，正在监狱内服刑的萨德从窗口向外叫喊，声称犯人在此遭到了杀害。也许正是他的叫喊促使巴黎的公众最终攻占了巴

---

　　① Angela Carter, *The Sadeian Woman*, London：Virago Press, 1979, p. 35.

士底狱。出身于封建贵族阶层，却被这一阶层抛弃和审判，并在关键时刻加速了这一阶层的覆灭，萨德带着历史在他身上留下的印记跨越了自己的时代，成为一种象征。在卡特看来，萨德象征着世纪之交的历史阵痛：目睹旧价值的没落、新价值的崛起，深感未来充满不确定性。"萨德站在现代的门槛之上，前瞻而回顾。在他的时代，人人都激烈地讨论着人性与社会体制的本质，就像我们所处的时代一样。"①

　　萨德对卡特的影响是多方面的。卡特的小说在设置意象、推动情节、确立风格等许多方面都借鉴了萨德的作品。然而，萨德对卡特最重要的影响体现在为其构建理论话语所提供的启示上。由于兴趣广泛、阅读量大，从前辈著作中读到的各种理论一度在卡特耳边回响。从某种意义上讲，对萨德本人及其作品反复而持续的思索有助于她理清这些喧嚣杂乱的声音，最终形成其具有自身特色的创作和理论体系。1979 年，安杰拉·卡特创作并出版了她文学生涯当中最重要的一部文学批评专著《虐待狂女人》。在该专著中，卡特通过细读萨德的三部小说《于斯蒂娜》（*Justine*）、《于丽埃特》（*Juliette*）和《闺房的哲学》（*La Philosophie dans le Boudoir*），对自己的理论体系进行了一次全面的梳理和总结。同年，卡特最负盛名的短篇小说集《染血的房间及其他故事》出版。理论专著《虐待狂女人》和作品选集《染血的房间及其他故事》汇合在一起，"形成了一个彻底的历史语境与批判语境"，宣告了卡特创作成长期的结

---

① Angela Carter, *The Sadeian Woman*, London：Virago Press, 1979, p. 1.

束及其创作成熟期的开始。①

　　总的来说，萨德给予卡特的启示有如下几点：第一，性关系是社会关系和权力关系的隐喻，两者密不可分；第二，色情文学与严肃文学之间可能存在一种"道德的色情文学"，既有吸引力，又具颠覆性，指向对社会的批判；第三，道德的色情文学对于女性可以起到去除神话的作用，为新女性的诞生做好准备。由于这些启示涉及性与权力，许多读者最初以为卡特是从福柯那里获得的灵感。但是卡特本人曾在访谈中明确地指出，"阅读福柯的作品可能在某种程度上对我也有影响，但是阅读萨德侯爵的著作对我的影响更多一些。那完全是关于性与权力的文本"。② 可见萨德的理论与卡特的创作之间的传承关系相当明晰。

　　萨德的人生经历当中，有一件事曾引起卡特浓厚的兴趣，这就是著名的凯勒案。1768 年，萨德侯爵被妓女罗斯·凯勒（Rose Keller）告上法庭，罪名是他将原告引诱至密室进行鞭打。尽管萨德辩解说他已事先向原告说明自己的打算，并给予其相应报酬，但最终他还是不得不支付了数额巨大的赔偿才得以庭外和解。这一案件恰如其分地揭示了性与阶级和权力之间的象征关系：作为男性的萨德对作为女性的罗斯·凯勒的囚禁和鞭打，对应着作为上流社会的贵族的萨德对作为社

----

① Stephen Benson, "Angela Carter and the Literary Märchen: A Review Essay", *Angela Carter and the Fairy Tale*, Detroit: Wayne State University Press, 2001, p. 37.

② Helen Cagney Watts, "An Interview with Angela Carter", *Bête Noir*, 1985, 8: 170.

会底层的妓女罗斯·凯勒的征服和压迫。然而具有讽刺意味的是，通常会在各个方面完全获胜的前者却在此被后者击败了，卡特称之为"弱者战胜了强者"。[①] 这一案件之所以特殊，恰恰是由于"弱者反败为胜"的结局在现实生活中过于罕见，才产生了强烈的戏剧性，以至于变得"简直像一出布莱希特写成的剧本"。[②] 卡特对此案的兴趣表明，她从未单纯地从文学上去阅读和理解萨德。她对萨德的关注一直带有政治的意味。

在卡特看来，萨德作品中关于性与权力的描述反映了社会现实。萨德笔下以虐待受害者为乐的人物都位高权重、腰缠万贯，无论是贵族、主教还是法官，他们拥有的权力越大、财富越多，犯下的罪恶越深重；而他们犯下的罪恶越深重，他们拥有的权力就越大。更重要的是，萨德笔下人与人之间的性活动并未被描绘成颠鸾倒凤、引人入胜之事，而是充满了欺骗、杀戮、虐待和痛苦。这正是现实社会中人与人之间权力关系的写照。在这一启示下，卡特小说中的性关系总与权力关系联系在一起。《魔幻玩具铺》中的菲利普舅舅既在性方面囚禁和虐待妻子，又在经济方面奴役妻子及妻弟，为他的玩具铺赚取利润。《爱》中的李像豢养宠物一样将女友安娜贝尔禁锢在家中，却认为自己供养了女友，因此有权不顾对方感受、随心所欲地与其发生性关系，并在不能得到满足时在外偷情。《新夏

[①]　Angela Carter, *The Sadeian Woman*, London：Virago Press, 1979, p. 29.

[②]　Angela Carter, *The Sadeian Woman*, London：Virago Press, 1979, p. 29.

娃的激情》中的厌女症患者零驱使妻子们整日无休地劳作以满足自己的物质需求，并且每天临幸一位妻子，临幸的过程中充满暴力和侮辱。《染血的房间》中的富有贵族猎取穷人家的美貌女孩，与她们结婚后却将她们一一杀掉。《老虎的新娘》中的父亲在赌局上输光了钱，便把女儿当作财产卖给野兽做新娘。在这些小说情节中，性活动没有丝毫的爱和温情，反而充满了黑暗和血腥。性交换等同于赤裸裸的金钱交易，森严的等级制度成为压倒一切的主宰。在卡特的笔下，萨德式的密室并没有掩藏在紧闭的门后，阶级社会本身就是一座大密室，甚至是一座"染血的"密室。对社会现实的关注和批判使卡特的批评响应了 20 世纪 60~80 年代欧美思想的左倾批评倾向，正如她本人在谈及对现实的挖掘时曾经坦承的，"这来源于一种彻底而坚定的唯物主义思想"。①

将性与权力关系联系在一起的观点并非由卡特首创。事实上，在 20 世纪七八十年代的女性主义思潮和女权主义运动当中，通过解读色情文学作品将压迫性的两性关系与压迫性的权力关系联系在一起成为一股潮流。这一时期的大多数女性主义者都赞同凯特·米利特（Kate Millett）在《性政治》（*Sexual Politics*, 1970）一书中所做的断言："交媾不可能发生在真空中。虽然它本身是一种生物的和肉体的行为，但它深深植根于人类事务的大环境中，是文化所认可的各种各样的态度和价值

---

① Angela Carter, "Notes from the Front Line", *Critical Essays on Angela Carter*, ed. by Lindsey Tucker, New York: G. K. Hall, 1998, p. 25.

的缩影。"①　然而，除了对此认同的基本点之外，这股潮流当中的各种观点针锋相对，互不相让。分歧主要集中在对待色情文学的态度方面：激进的女性主义批评家认为色情文学是父权暴力的体现，应当建立严格的审查制度予以查禁；自由主义的女性主义批评家则反对审查制度，呼吁从色情文学里寻找能够为女性服务的内容。李银河将这两类批评家称为"反淫秽品派女性主义者"和"反检查制度派女性主义者"。②

　　毫无疑问，安杰拉·卡特属于后一类批评家。李银河和柯倩婷均将卡特与美国批评家苏珊·桑塔格（Susan Sontag）相提并论，认为她们"把色情作品看作文学艺术，肯定色情作品挑战权威和敢于违禁的先锋元素"。③　在肯定色情文学的先锋性方面，卡特和桑塔格确实有许多共同点，但是她们的分歧其实更多一些。桑塔格 1967 年发表了《色情想象力》（"Pornographic Imagination"）一文，为色情文学的艺术性辩护，这种将优秀的色情作品视为经典文学组成部分的观点与米利特从合法的严肃文学作品中解读出色情意味的方式相映成趣。然而，与米利特和卡特不同，桑塔格的出发点并不是女性主义的，而是从反对阐释、寻求快感的角度解读文本，色情文学只是她借以鼓吹"反对阐释"理论的语境而已。从这一点来看，也许苏珊·古芭对桑塔格与卡特各自的立场解释得更为

---

① 〔美〕凯特·米利特：《性政治》，宋文伟译，江苏人民出版社，2000，第 32 页。

② 李银河：《女性主义》，山东人民出版社，2005，第 147 页。

③ 柯倩婷：《构想道德的色情作品——读〈虐待狂的女人〉》，《妇女研究论丛》2009 年第 2 期。

准确："也许是桑塔格具有现代主义实验风格的观点极其意外地引发了英国艺术家安杰拉·卡特的女性主义创作。"①

卡特不同于桑塔格、不同于与她同时代的其他女性主义批评家之处在于，她是唯一一位试图通过色情文学创作来完成女性主义理论建树的女作家。卡特认为，通俗意义上的色情文学是父权社会符号话语体系的体现。它排斥每一个生气勃勃、具有各自特殊性的男男女女，而把两性当作抽象的原型（archetype）来对待。与父权文化造就的种种关于两性的神话一样，色情也是一种将两性归入性别成见的神话，"色情中的男主角和女主角，无论是最粗野的还是最细腻的，都是神话般的抽象事物，是空间和容量意义上的主人公"。② 色情就好比墙上的淫秽涂鸦，男人的性器被简化成一根棍子，女人的性器则被简化为一个孔洞。它是欲望在最大限度上的展现，然而这种展现偏偏已经与欲望本身没有关系，变成了欲望的能指和符号。

然而，当像萨德这样素养颇高的作家进入色情文学领域时，这一话语体系产生了裂缝。色情文学不再仅仅充当读者欲望的刺激物和承载物，也不再提供可供读者逃避真实世界的意淫幻想，而是直指现实问题。这就使读者被迫离开原本可以舒适地逗留的虚拟世界，平息身体冲动，进行思考。"当色情文学抛弃存在主义的孤独感，离开那个不限时空的庸俗幻境，进

---

① Susan Gubar, "Representing Pornography: Feminism, Criticism, and Depictions of Female Violation", *Critical Inquiry*, 1987, 4: 728.

② Angela Carter, *The Sadeian Woman*, London: Virago Press, 1979, p. 6.

入现实，它就丧失了安全阀的作用。"① 因此，当色情文学拥有越来越多的文学性、越来越多地审视现实问题时，它的颠覆力量也就越来越强。然而，这种经历了成长的色情文学面临两个问题：其一，如果采纳了过多的严肃文学的元素，以致被精英文化认可，它会不会丧失色情文学本应给读者带来的震惊、趣味和吸引力？其二，色情文学的创作者本人会不会陷入困惑，不知道所写作品究竟应当"反映这个世界还是反映自己的春梦"？②

陷入这种进退两难的境地，卡特选择了一条中间道路。她试图创造某种介于严肃文学与通俗色情文学之间的文体，它既批判现实，又令人兴奋；既具有颠覆意义，又不会滑向无趣。卡特认为，在某种程度上，萨德找到了这条中间道路，他将性关系与权力关系联系在一起，通过描写色情场面来影射现实社会。她赋予萨德"道德的色情家"的称号，将他的使命描述为"在对性活动进行无限调节的过程中揭示出人类之间的真实关系"。③ 但是，萨德本人毕竟是一位生活在两个世纪以前的男作家，其小说创作的手法还未受到现代世界的洗礼，其性格中又带有厌女症的倾向。这些因素都使卡特极大地超越了萨德，站在现代女作家的角度创造了属于自己的"道德的色情

---

① Angela Carter, *The Sadeian Woman*, London: Virago Press, 1979, p. 18.

② Angela Carter, *The Sadeian Woman*, London: Virago Press, 1979, p. 18.

③ Angela Carter, *The Sadeian Woman*, London: Virago Press, 1979, p. 18.

文学"。

如米利特所言，由于审查制度的撤销，像亨利·米勒（Henry Miller）和诺曼·梅勒（Norman Mailer）这样的现代男作家在作品里吸收了很多色情文学的描写。他们这么做也是因为注意到了色情文学的"反社会特征"，旨在借此达到颠覆性的效果。然而，由于这些作家仍然采取了包含压迫性的男性视角，他们的作品充满了"男性的敌意"，具有"伤害和侮辱女性的倾向"，往往令女性主义者感到不满。① 作为女性主义者，卡特像米利特一样，在一些小说和批评著作中通过剖析色情文学中的男性视角对父权话语进行了批判。但是她更多采用的是"反写"的方式，用女性主义视角重述色情文学。其实，在撰写《虐待狂女人》之前，卡特只是模模糊糊地感觉到了自己创作的方向，但是由于没有形成明晰的理论体系，往往是在凭着直觉写作。正如她在回忆创作生涯早期时所述，作为一个"迷惘的年轻人"，她当时总想"追求更大的自由"；"尽管感到自己有种危险的倾向，因为总想让所有读者都为自己而着迷，不自觉地要以描绘男性生殖器来开始自己的创作，所以仍然是个思想上有些被殖民的女孩。"②

在对萨德的作品进行思考的过程中，卡特逐渐意识到萨德最突出的贡献"在于他对妇女性权利的争取，以及他在自己

---

① 〔美〕凯特·米利特：《性政治》，宋文伟译，江苏人民出版社，2000，第 54 页。

② Angela Carter, "Notes from the Front Line", *Critical Essays on Angela Carter*, ed. by Lindsey Tucker, New York：G. K. Hall & Co., 1998, pp. 25 - 26.

的想象世界中予以妇女的权力"。① 在父权中心主义的意识形态当中，女性身上总是承载着各种各样的神话。她们被严格的二元对立体系分为"天使"与"妖女"两类，前者象征着善，强调温柔、顺从和贞洁，是所有女性应当努力成为的形象；后者象征着恶，张扬冷酷、坚韧和狂野，是所有女性应当努力避免的形象。在这种意识形态的长期灌输下，许多女性开始在父权中心主义的社会规范体系当中寻找自我的定位，并视男性对自己的肯定为幸福的根源。他们尽管深受压迫，却总将造成苦难的原因归结为自己对这种社会规范的违反，而不去质疑这种规范本身的合理性。

在卡特看来，萨德向这些女性进行了启蒙式的教育。他塑造了两种类型的女主人公：一类是于斯蒂娜②式的"完美女人"，这种女人是孱弱、温柔、顺从的天使，她们以服从男性为美德，是父权文化的牺牲品；另一类是于丽埃特③式的"邪恶女人"，这种女人是强悍、残忍、桀骜的"妖女"，她们以追逐自身欲望的极大满足为人生目标，为达目的不择手段，是以性为武器的"恐怖分子"。就于斯蒂娜而言，贞操是她最为珍视的品质，也是其自尊心的唯一根源。男性于是通过玷污其贞操来打垮她，迫使她不得不自欺欺人地相信，只要自己在性

---

① Angela Carter, *The Sadeian Woman*, London: Virago Press, 1979, p. 36.

② 于斯蒂娜是萨德在《于斯蒂娜》一书中塑造的女性人物，以顺从柔弱、逆来顺受为其突出特征。

③ 于丽埃特是萨德在《于丽埃特》一书中塑造的女性人物，以残忍强悍、心狠手辣为其突出特征。

交的过程中并未享受到快感，就依旧能够保持精神上的贞洁。"她的禁欲，她对自身性欲的否定，决定了自身的重要性。"[1]归根结底，于斯蒂娜惧怕的不是被强奸，而是被诱惑，因为她真正恐惧的是自己的欲望。而萨德创造的另一位女性人物于丽埃特就不必为了获得社会的认同而走入妻子、母亲、女神或者大地之母的角色，而是自由自在地享受着性快感。例如，于丽埃特与父亲性交并怀孕，随后杀死父亲，又杀死了腹中的孩子。"通过这样一系列仪式般的罪行，她将自己身上父系权威的鬼魂消除得一干二净。"[2] 概念化的女性符号被统统剥离，女性的身体也不再具有任何抽象意义，而是回归其身体器官的本质。然而，天使般的于斯蒂娜历经可怕的磨难，最终离奇地死去；妖女般的于丽埃特却享尽荣华富贵，赢得无数美名，最终安乐地逝去。萨德在想象的世界里消弭了父权话语强加在女性身上的一切神话，给予女性无限的自由。在他的笔下，"女神已死"。[3]

在萨德的启示下，卡特从两个方面致力于创造属于自己的"道德的色情文学"。一方面，她很少使用通常的修辞手法对性行为进行美化和委婉的表述，而是采用颇为直白甚至极其露骨的语言和意象，往往对性器官直呼其名，以达到色情文学式

---

[1] Angela Carter, *The Sadeian Woman*, London：Virago Press，1979，p. 48.

[2] Angela Carter, *The Sadeian Woman*, London：Virago Press，1979，p. 92.

[3] Angela Carter, *The Sadeian Woman*, London：Virago Press，1979，p. 110.

的刺激作用。另一方面，她对性与权力之间关系的批判，将火力集中在婚姻与家庭问题上，对妻子与母亲的身份重新加以定义。通过这种努力，卡特在通俗色情文学与严肃文学之间找到了一条可行之路。

卡特在专著《虐待狂女人》中将父权社会中的性活动比作一个商品市场，不存在合法与非法之分。妓女好比做大生意的企业家，妻子好比谨小慎微的小企业主。"如果婚姻是合法化的卖淫，那么卖淫就是另一种形式的群婚。"[1] 她还借笔下人物之口在小说中表达过相似的理念："婚姻和卖淫的不同就在于前者是卖给一个人，后者是卖给许多人。"[2] 在这一思路的影响下，自 20 世纪 70 年代中期以后卡特在小说中开始越来越多地致力于对妓女和私生女的刻画，并在《马戏团之夜》中描写了女同性恋人群。与此同时，母亲的形象也在卡特的小说中发生了变化。在《虐待狂女人》之前，卡特的小说对母亲的形象基本是排斥的，仅有《新夏娃的激情》当中的"母亲"形象令人印象深刻，但也并非正面形象。在对萨德的小说《闺房的哲学》进行研究的过程中，卡特总结出萨德最大的失败就是未能解除依附在母亲形象之上的父权神话。当欧也妮对母亲进行性虐待时，萨德没能交代母亲反应如何，而是索性让她昏了过去。卡特认为，萨德不允许母亲享受性快感，源自他对于性行为的本质心存困惑：这究竟是纯粹的欢愉，还是

---

① Angela Carter, *The Sadeian Woman*, London：Virago Press, 1979, p. 59.

② Angela Carter, *Nights at the Circus*, London：Vintage, 1994, p. 21.

可以颠覆现存意识形态的武器？因此，萨德没能突破阻止他完成其颠覆任务的最后一道防线，于是"虐待狂女人"就"只能停留在她的阶级赋予她的那块保留地"上了。①

在此基础上，卡特提出了"阳具母亲"这个概念。阳具母亲的代表人物既有于丽埃特，也有欧也妮。她们是可怕的、充满兽性的、妖女式的女性形象，与父权神话中那个哺育子女、心地仁慈、胸怀博大的母亲形象截然相反。阳具母亲的形象颠覆了父权文化对"阳刚"（masculinity）和"阴柔"（femininity）两种性别气质的二元式定义。拥有权力的女性可以是阳刚的，失掉权力的男性可以是阴柔的；性别气质并不来自生理性别，而是父权社会努力营造的性别神话的产物，是社会权力关系的体现。在这一信念的影响下，卡特的小说中出现了许多异装癖和双性人的形象，其用意便是通过描写性倒错探索蕴含在社会性别之中的权力关系问题。

在重新定义女性身份的基础上，卡特进一步暗示：想要解除父权文化强加在女性身上的种种神话，唯一的途径在于女性正视自身的欲望并将其解放出来。卡特力图传达的理念就是，女性如果一味相信父权神话对自己的定义，而不是将自己视为独立的、有尊严的个体，那么她们本人也得为自己丧失自由、备受压迫的境况负相应的责任，因为她们并不是没有其他选择的。在女性解放运动的大背景下，她们坦诚地

---

① Angela Carter, *The Sadeian Woman*, London: Virago Press, 1979, p. 131.

面对自我在很大程度上就以坦诚地面对女性性欲这种方式表达了出来。

即使是在经历了现代主义思潮洗礼的当今社会，安杰拉·卡特对婚姻和家庭等领域主流文化最为看重的传统价值观的攻击以及对女性性欲的张扬仍然显得有些惊世骇俗，在当时的学术界尤其是女性主义批评界颇为引人侧目。由于"表达了与当时流行的女性主义观点几乎完全相左的歧见"，卡特遭到了包括保利娜·帕尔默（Paulina Palmer）、帕特里夏·邓克（Patricia Duncker）、罗伯特·克拉克和萨利·罗宾逊（Sally Robinson）等人在内的众多女性主义批评家的指责，她们指责她是在以"男性代言人"的身份说话。①有趣的是，在这一片强烈的质疑声中，卡特却在1982年从自己20年来为报纸杂志撰写的杂文中撷选了一些篇章编辑出版了一部杂文集，并将其命名为《没什么是神圣的》（Nothing Sacred），以此作为对上述批评的回应，显示出其颇具幽默感的不妥协态度。

实际上，卡特对萨德的创作远非全盘肯定，而是有所怀疑的。有关研究者大多认为，卡特致力于批判于斯蒂娜式的女性，推崇于丽埃特式的女性。例如，柯倩婷认为："在卡特的诠释之中，朱斯蒂娜是女性应反省的、警惕的典范，朱丽亚特却是新女性的典范。她呼吁女性应主动追求性愉悦，并把握自

---

① Sally Keenan, "Angela Carter's The Sadeian Woman: Feminism as Treason", *The Infernal Desires of Angela Carter: Fiction, Feminity, Feminism*, eds. by Joseph Bristow and Trev Lynn Broughton, Harlow: Addison Wesley Longman, 1997, p. 134.

己的命运。"① 穆杨在其博士论文《破除魔咒：安吉拉·卡特童话反写作品中的身体和主体》中也表达了相似的观点。然而这种观点并不准确。与第一类女性人物相比之下，卡特确实更倾慕第二类女性，但是对于这一类女性能否被称为新女性她是心存疑惑的。将女性简单地分为"完美的女人"和"邪恶的女人"并加以褒贬，这仍然是父权中心主义的二元思维方式，仍然是在制造神话式的女性形象。虽然《虐待狂女人》一书引用了阿波利奈尔的话，将于丽埃特称为"新女性"，但是卡特同时强调："她是一位讽刺意义上的新女性。"② 在1988年的一次访谈中，卡特又提及阿波利奈尔心目中这个"长着翅膀、必将革新世界"的新女性，并再次强调："事情可没那么简单。"③

卡特不同意阿波利奈尔的观点，却被他的比喻所吸引。在《染血的房间及其他故事》里，卡特笔下的女性人物已经绽露出无拘无束、生气勃勃的感染力，但是由于小说篇幅所限，这种潜质只是惊鸿一瞥，未能得到深入的挖掘。1984年，长篇小说《马戏团之夜》诞生并引起了巨大反响。女主人公飞飞是高空杂技师，天生一对翅膀。这个体魄健硕、热情洋溢、勇敢坚毅的新型女性形象腾空而起，展开宽阔的羽

---

① 原文如此，译名不一致。柯倩婷：《构想道德的色情作品——读〈虐待狂的女人〉》，《妇女研究论丛》2009年第2期。

② Angela Carter, *The Sadeian Woman*, London：Virago Press, 1979, p. 79.

③ Anna Katsavos, "An Interview with Angela Carter", *Review of Contemporary Fiction*, 1994, 14（3）：14.

翼，以卡特独有的方式扫尽一切压迫性的父权话语留下的阴影。在她的身上，符号化的女性神话被消弭，于丽埃特式的残忍也无迹可寻。这是卡特对萨德的继承和回应，以及对其观念的发展和创新。①值得注意的是，卡特特意将《马戏团之夜》中故事发生的时间定在 19 世纪与 20 世纪之交。在这个历史的阵痛期，飞飞横跨时空，既回顾前一个世纪之交，向萨德致敬，又展望后一个世纪之交的作者本人，将这一对文坛"父女"联系起来。

第三节　父辈爱伦·坡的影响：女性与哥特

如果说萨德在理论建构上对安杰拉·卡特有所启示的话，她的另一位文坛父辈埃德加·爱伦·坡（Edgar Allan Poe，1809～1849）则给予她灵感，有助她形成基调阴郁而富有激情的创作风格。在有关卡特创作的研究当中，这种风格常常被称作"哥特式的"，因此也可以说，卡特从坡那里继承了哥特小说的传统。②

---

① 关于新女性形象的问题，在第四章中将有详尽的讨论，在此不予赘述。

② 以下部分内容基于笔者的论文《双性同体镜像和被改造的自然——对安杰拉·卡特的短篇小说〈倒影〉的深度挖掘》，最初发表在 2011 年第 1 期的《国外文学》上，后收录于《生态女性主义：性别、文化与自然的文学解读》一书，社会科学文献出版社 2010 年出版。由北京林业大学人文社科振兴项目（BLRW200958）、北京林业大学科技创新计划项目（RW2010 - 9）资助。

　　这里有两点需要说明。第一，卡特并不是在阅读了坡的作品之后才萌生以哥特风格进行创作的意向的，她的作品从一开始就带有哥特格调，这在很大程度上是个人情趣所致。卡特在《谈谈哥特模式》（"Notes on the Gothic Mode"）一文中回忆，她的第一部小说《影舞》是按照自己和朋友们的经历写成的，她自认为完全是一部"自然主义小说"，结果却被评论家们"贴上了哥特的标签"。① 卡特对评论界给自己的强行定位颇为恼火，她曾在访谈中以嘲讽的口吻回应道："我很清楚哥特小说是写什么的。我知道那里边充斥着猫头鹰、藤蔓、疯狂的激情和遭诅咒的拜伦式英雄。我知道自己写的不是那些东西。"② 为了表示对"遭到贴标签"的反抗，卡特索性开始创作她心目中真正的哥特小说。在她看来，真正的哥特风格不在于言语和意象的使用，而在于骨子里的反叛精神。这样的小说"从不试图描摹自然""不散布关于世界的虚假知识"，也就不像自然主义书写那样"总是在肯定现状"。③ 卡特最初发之自然的创作直觉逐渐向以阅读和学习为基础的创作自觉转化，在这方面以坡的小说为代表的经典哥特小说确实为她提供了养料。

　　第二，萨德的小说也带有哥特风格，并在一定程度上影响了卡特的创作风格，但是具体而言，卡特所继承的哥特传统并

---

① Angela Carter, "Notes on the Gothic Mode", *The Iowa Review*, 1975, 6: 132.

② Les Bedford, "Angela Carter: An Interview", *Sheffield University Television*, Feb. 1977.

③ Angela Carter, "Notes on the Gothic Mode", *The Iowa Review*, 1975, 6: 133.

非来自这位文坛前辈。因为萨德的小说与公认的哥特小说旨在激发的情感不尽相同，批评界通常并不将他的作品视为哥特小说，而是认为"当谈到萨德时，哥特这个词需要谨慎地使用"。[①] 1974 年，卡特创作并出版了短篇小说集《烟火》，在该小说集的后记中她坦言，以坡和霍夫曼（E. T. A. Hoffmann）[②] 的创作为代表的哥特传统为她提供了许多灵感，吸引着她摒弃对"日常经验"的记录，转而"使用奇幻的叙事直接处理潜意识的意象——镜子、外化的自己、废弃的城堡、闹鬼的森林，以及禁忌的性欲对象。"[③] 在这方面，坡对卡特的影响尤为明显。

自 18 世纪中期哥特这一文学体裁形成壮大以来，欧美文学史上有许多作家都曾受到哥特传统的影响，其中不乏知名的女性作家。尤其在英国，受到哥特传统影响的女作家更是不胜枚举，例如《尤多佛的秘密》（*The Mysteries of Udolpho*，1794）的作者安·拉德克里夫（Ann Radcliff）、《弗兰肯斯坦》（*Frankenstein*，1818）的作者玛丽·雪莱（Mary Shelley）以及《简·爱》（*Jane Eyre*，1847）的作者夏洛蒂·勃朗特等。女性主义批评家认为，女作家对哥特风格的偏好大致出于两种原因：其一是她们将哥特小说视作可供逃避现实的幻想之地；其

---

① John Philips, *The Marquis de Sade: A Very Short Introduction*, Oxford: Oxford University Press, 2005, p. 14.

② E. T. A. Hoffmann（1776 – 1822），全名厄内斯特·西奥多·威尔姆·霍夫曼（Ernst Theodor Wilhelm Hoffmann），德国浪漫主义作家、作曲家、音乐评论家和漫画家，其作品长于描写奇幻和恐怖的场景，在很大程度上影响并启发了爱伦·坡的创作。

③ 安杰拉·卡特：《烟火》，严韵译，行人出版社，2005，第 167 页。

二是她们用哥特式的意象和象征反映现实，以此探索父权文化中的女性地位问题。这两种原因看似矛盾，却都有各自的道理。

18～19 世纪的英国中产阶级妇女大多受过教育、识文断字，却被禁锢在家中，与日新月异的外部世界隔绝。随着流动图书馆的兴起和繁荣，这些妇女成为小说这一新兴文学形式的忠实拥趸。而以拉德克里夫为代表的作家创作的哥特小说描写瑰丽的异域风情，刻画惊险、恐怖和超自然的事件，有助于广大女读者逃避充满束缚的乏味人生，自然引起了她们的极大热情。简·奥斯汀曾专门写过一部名为《诺桑觉寺》（*Northanger Abbey*，1818）的小说，对这种热情加以嘲讽。奥斯汀以其惯常的冷静而略带刻薄的口吻指出：女孩们真正应当恐惧的是这个平庸的现实世界。与奥斯汀相反，20 世纪的女性主义批评家认为哥特小说恰恰在某种程度上反映了现实：由于那些由男性统治的幽闭的古堡和地牢暗喻着压迫性的父权社会，哥特小说正是在隐喻的意义上表现父权主导下的社会体制和道德规范，即"源于性别角色的禁锢性规定、以性别为导向的人际关系，以及对女性空间的束缚"。① 如果说像科拉尔·安·豪厄尔斯（Coral Ann Howells）总结的那样，20 世纪以前女作家在创作哥特小说时内心深处还在为"哥特所产生的非理性的冲动可能会颠覆正统的社会和道德规范"而感到困惑的话，在妇女解放运动的影响下，20 世

---

① 林斌：《西方女性哥特研究——兼论女性主义性别与体裁理论》，《外国语》2005 年第 2 期。文字略有改动。

纪中后期的女作家则有意识地着力挖掘哥特小说的这层隐喻意义。[①] 1977 年，批评家埃伦·莫尔斯在专著《女文人》（*Literary Women*）中特意辟出一个章节来讨论哥特小说在女性主义批评中的作用，并将女作家创作的哥特小说称为"女性哥特"（Female Gothic）。

卡特带有哥特风格的小说同样萌发于 20 世纪七八十年代，其创作恰好与这一从女性主义的角度重新阐释哥特文本的潮流相呼应。这一时期的女性主义作家和批评家，例如莫尔斯、吉尔伯特和古芭以及简·里斯（Jean Rhys）等人，大多倾向于回溯到 18～19 世纪的英国女性哥特小说，并对其中的经典作品做出全新的解读，这种方式在当时引起了很大的反响。然而，尽管卡特既是一位女性主义作家又是一位英国作家，她却并没有像同时代的大多数人那样将本国女作家的哥特传统作为创作和批评的唯一源泉；与之相反，她选择了美国男作家，从爱伦·坡那里汲取灵感。准确地说，她继承了"女性哥特"的女性主义精神内核，却从坡那里借用了其哥特外衣，形成了具有自身特色的哥特风格。她曾在一次电视访谈中提及自己与坡之间的传承关系："在装饰性的作用上我使用了很多坡的元素，但是从未在结构上对他有所借鉴。"[②]

作为最早将卡特及其作品介绍到中国来的批评家，张中载教授将卡特与玛丽·雪莱相提并论，认为"卡特的哥特式

[①] Coral Ann Howells, *Love*, *Mystery and Misery*：*Feeling in Gothic Fiction*, London：Athlone, 1995, p. 5.

[②] Les Bedford, "Angela Carter：An Interview", *Sheffield University Television*, Feb. 1977.

小说是 20 世纪的《弗兰肯斯坦》"。①然而事实上，卡特的哥特式作品背后的驱动力与雪莱的哥特式小说背后的驱动力相距甚远。令读者感到惊奇和恐惧早已不是卡特在小说中旨在达到的目的，她对风格的确立深深地刻着现代主义的印记。卡特在《烟火》一书的后记里对爱伦·坡的评论在很大程度上是对自己创作理念的表白，她盛赞坡所遵循的哥特传统：

> 堂而皇之地忽视我们各种体制的价值体系，完全只处理世俗［的事物］……人物和事件夸张得超过现实，变成象征、概念、激情。故事的风格华丽而不自然——因此违背了人类一直以来希望字词为真的欲望。故事中唯一的幽默是黑色幽默，它只有一个道德功能——使人不安。②

卡特所追求的，是打破人们习以为常的社会规范和价值体系，也就是她所反复提到的"去除神话"。既然要打破既有的规范和体系，那么手段必定是暴烈的。小说的元素越超越现实和令人不安，就越能释放出强大的颠覆力量，从而涉足关乎人类之存在与命运的重大主题。这种内在需求促使卡特选择了坡作为学习的对象，她主要在两个方面对坡的哥特风格进行了借鉴：一是将产生恐怖的驱动力定位为心理因素，二是运用怪诞的手法描写女性人物。

从英国传统的哥特小说到坡的哥特小说，最引人注目的变

---

① 张中载：《当代英国文学论文集》，外语教学与研究出版社，1996，第 6 页。
② 安杰拉·卡特：《烟火》，严韵译，行人出版社，2005，第 168 页。译文略有修改。

化在于小说背景的差异。在以英国哥特小说为代表的欧洲哥特小说中，事件发生的场所至关重要。无论是沃尔波尔（Horace Walpole）和拉德克里夫笔下迷宫般的城堡和地牢，还是勃朗特姐妹笔下幽暗阴冷的祖传老宅，这些背景不但为恐怖事件和超自然事件的发生提供了极为恰当的场所，营造了神秘而惊悚的哥特氛围，而且便于小说情节的发展：在这些场所当中，对于乱伦、谋杀、女主人公被囚禁、家族的罪恶被隐藏等哥特小说的主要情节元素的处理都更加容易一些。然而，当爱伦·坡试图创作哥特小说时，他面临的一个问题便是上述场所的缺失。众所周知，由于历史和文化的原因，美国境内既没有古老的城堡和地牢，亦缺乏保存数百年的老宅。卡特曾经推断，"坡从未见过一座真正的城堡"，他在小说中描绘的场所"并非来自真正存在的欧洲城堡，而是出于对这类城堡的幻想"。①

　　这种场所的缺失使爱伦·坡不得不另辟蹊径，脱离"以邪恶的贵族、倾颓的古堡和修道院以及骑士精神为主导"的哥特传统，寻找能够吸引读者并令他们感到恐惧的新元素。②因此，他的小说对哥特传统的首要创新，便是将产生恐怖的驱动力从外部的物理环境转向内部的心理因素。引起读者恐惧的原因不再是幽闭的建筑，人的生、死、爱、欲才是罪恶的发源地。弗雷德·博廷（Fred Botting）曾对这一创新做出了颇为

---

① Angela Carter, "Through a Text Backwards: The Resurrection of the House of Usher", *Shaking a Leg: Collected Writings*, London: Penguin Books, 1997, p. 419.

② Fred Botting, *Gothic*, London: Routledge, 1997, p. 75.

精彩的评价：

> 在令人胆寒的召唤声中，18 世纪哥特小说中那些阴沉、衰败和奢靡的表面虚饰在坡的故事里变成了当代的心理剧，这些心理剧源自病态的想象和虚假的幻觉，将怪诞的文学想象推至幽灵般的极限。坡的故事所产生的恐怖源自一种对黑暗而怪异的环境病态般的迷恋，这些环境反映着失调的意识和越界的幻想。邪恶的美人、过早的夭亡、骇人的轮回和血腥的灵异事件都在制造着恐怖。人的欲望和神志以令人毛骨悚然的超自然的格调展现出来，噩梦和现实交织在了一起。①

驱动力的"对内转向"促使坡的哥特小说在意象的使用上，着重挖掘日常生活场景中、普通人身上可能产生的恐怖意象。卡特认为这种写作方式具有"戏剧性"（theatricality），仿佛读者尽管一直知道"布景是厚纸板制成的，斧子的利刃是涂了银粉的纸做的"，周围"都是些最普通的风景"，但是依然会感到恐惧。② 例如，《贝雷尼丝》（"Berenice"）中的女主人公生着一口洁白的牙齿，这本是颇为平常的意象，但是当她患偏执症的丈夫着迷于她的牙齿，在她被活埋之后又专门去墓穴中将其一颗颗拔下，牙齿的意象就能够激起读者强烈的恐惧

---

① Fred Botting, *Gothic*, London：Routledge, 1997, p. 78.
② Angela Carter, "Through a Text Backwards：The Resurrection of the House of Usher", *Shaking a Leg：Collected Writings*, London：Penguin Books, 1997, p. 418.

情绪。与之相似，《黑猫》（"The Black Cat"）中一只无意间被砌入墙内的普通的黑猫，最终却呈现出撒旦般可怖的模样。《一桶白葡萄酒》（"The Cask of Amontillado"）中的美酒，《椭圆形画像》（"The Oval Portrait"）中的画像，《泄密的心》（"The Tell-Tale Heart"）中扑通扑通的心跳声，等等，这些日常生活场景中的常见意象在坡的笔下透过精神扭曲的眼睛看去，都被赋予令人胆寒的特质。

心理状态和心理活动能够对意象的表达产生特殊的影响，并带来哥特式的美学效果，即卡特所谓的"戏剧性"，卡特从坡那里继承了这一手法。如她所言："我用了很多坡制造的意象，我这里所说的'用'，意思是我以它们为开端制造了我笔下的意象。"① 例如，在《魔幻玩具铺》中，梅拉尼刚刚经受了周日晚宴的折磨，唯一的朋友芬恩正情绪暴躁，而她自己还要干完简直是无穷无尽的家务事。这时，她拉开厨房的抽屉，却看到了一只被斩断的手，"从那血肉参差的腕部切口来看，这是用一把非常钝的刀或者斧头从胳膊上砍下来的"。② 紧接着，"房间里所有的家具都上蹿下跳地蹦跶起来。椅子叉着腿跳开了吉格舞，桌子踉跄地跳着华尔兹，布谷钟一圈又一圈地旋转"。③ 梅拉尼由于心理受到压抑而产生了恐怖的幻觉，这

① Les Bedford, "Angela Carter: An Interview", *Sheffield University Television*, Feb. 1977.
② 安杰拉·卡特：《魔幻玩具铺》，张静译，浙江文艺出版社，2009，第124页。
③ 安杰拉·卡特：《魔幻玩具铺》，张静译，浙江文艺出版社，2009，第125页。

一段描写就颇具坡的风格。

然而，与坡不同的是，作为女性主义者的卡特重在描写女性的心理，这就使她的哥特式意象带上了女性主义批评的色彩。短篇小说《福尔里弗斧子杀人案》（"The Fall River Axe Murders"）以女性心理为驱动力，通过哥特的手法达到女性主义批评的目的，使卡特式哥特风格得到了完美的体现。小说取材于美国历史上一件真实的谋杀案：1892 年 8 月 4 日，新英格兰地区福尔里弗镇上的人们发现当地的富商博登夫妇双双被人用斧子砍死于家中，博登的小女儿丽兹·博登（Lizzie Borden）成为最大的嫌疑人。虽然一年后法庭宣告丽兹无罪，但这起凶杀案一直没有告破，成为历史上的一大悬案。像坡一样，卡特敏锐地注意到此类历史事件当中蕴含着令人毛骨悚然的哥特元素。卡特试图进入丽兹的精神世界，从她的女性视角出发，对事件进行全新的解读。小说从一开始就将读者带入了一个哥特般幽闭和压抑的环境：丽兹居住的房子"到处是上锁的门，一个上锁的房间只通向另一个上锁的房间"，整栋房子就像一座"噩梦中的迷宫"。① 在这样的环境里，作为一个嫁不出去的女儿，丽兹忍受着父亲的冷漠和继母的压迫，生活沉闷而单调。在压抑中，丽兹产生了幻觉，总看见有个"黑色的人"在屋子周围活动，他带着斧子，很有可能给家里人下了毒。这显然是丽兹本人潜意识里某种愿望的投射。当父亲和继母将她最喜爱的鸽子杀掉煮食后，丽兹的精神完全崩溃

---

① Angela Carter, "The Fall River Axe Murders", *Burning Your Boats*: *Stories*, London: Chatto & Windus Ltd., 1995, p. 304.

了。她看着继母吃掉鸽子，每咬一口似乎都在发出"咕咕"的叫声。① 这直接引发了她的谋杀。

如果说坡笔下的人物多是由于自身的原因而产生心理扭曲乃至精神崩溃的话，卡特笔下的丽兹·博登则是不公正的社会体制的牺牲品。在父权至上的社会里，不能走入婚姻的女性对父亲而言是一件不断贬值的货物。她们的身体注定要被禁锢，青春要被消磨，梦想要被扼杀，而丽兹的谋杀则是向这种压迫性的父权体制发起的激烈反抗。卡特的哥特小说通过展现女主人公的精神世界，有效地强化了女性受到的压迫所能带来的恐怖效果，圆满地完成了女性哥特小说批判父权社会的任务。与此同时，卡特还塑造了残忍、神经质、充满激情的女性形象，这种形象与以往的哥特小说中多愁善感、柔弱善良的女性形象有着很大的差异，即使在女性哥特小说中也是不多见的。促使卡特塑造这类人物形象的，既有萨德的影响，也有坡的影响。如果说萨德将追求欲望解放的自由赋予女性人物的话，坡则赋予其挑战世俗规范的怪诞之美。

怪诞（grotesque）是西方文学艺术史上一种影响深远的风格和样式，从古希腊、古罗马时期一直到现代，在诗歌、戏剧、建筑和绘画等领域里都有所体现。其主要特点是将能够激发相互矛盾的不同情感的元素置于同一语境下加以处理，达到既令人感到厌恶和恐惧，又能够产生美感甚至幽默感的奇异效

---

① Angela Carter, "The Fall River Axe Murders", *Burning Your Boats*: *Stories*, London: Chatto & Windus Ltd., 1995, p. 316.

果。怪诞是哥特小说的重要美学特征。李伟昉曾将英国哥特小说中的怪诞形态分为"人鬼相通、现实与异境相连、死而复生"三大类，指出怪诞的手法常常用来表现幽灵、复活和轮回等超自然的事件。① 在爱伦·坡的小说中，怪诞仍然与超自然事件相联系，然而他的特别之处在于，这些超自然事件几乎都是围绕着女性发生的。坡曾在《创作的哲学》（"The Philosophy of Composition"，1846）一文中惊世骇俗地声称："毫无疑问，一个美丽女人的死亡是这世上最具诗意的话题。"② 他笔下的美女总是与死亡脱不了干系，为这一断言做出了极其生动的诠释：无论是惨遭活埋的贝雷尼丝（《贝雷尼丝》）、在女儿身上还魂的莫蕾拉（《莫蕾拉》，"Morella"），还是与孪生哥哥同归于尽的玛德琳（《厄舍古屋的倒塌》，"The Fall of the House of Usher"），这些女性人物都为读者带来了既赏心悦目又毛骨悚然的阅读体验。卡特毫不客气地将坡的这种创作喜好归因于"难以抑制的病态性心理"，以为"人人都最喜欢尸体不过了"。③ 不过，卡特仍然承认，和萨德相比，坡在表现与性活动有关的怪诞方面，其反社会性要少得多。"坡的自制力使用以折磨笔下人物的工具一直没能进得了卧室

---

① 李伟昉：《黑色经典：英国哥特小说论》，中国社会科学出版社，2005，第45页。

② Edgar Allan Poe, *Essays and Reviews*, ed. by G. R. Thompson, New York：Library of America, 1984, p. 18.

③ Angela Carter, "Through a Text Backwards：The Resurrection of the House of Usher", *Shaking a Leg：Collected Writings*, London：Penguin Books, 1997, p. 418.

的门，起码在涉及女性的时候。"①

对于生性顽皮的卡特而言，她的任务就是让怪诞"进得了卧室的门"。在卡特的小说中，当超自然事件发生在女性身上的时候，性一定在其中起着推波助澜的作用。例如，在《紫姬之爱》中，貌美的木偶紫姬是色情木偶戏的核心演员。在木偶师的爱抚和亲吻下紫姬获得了生命，可是她苏醒后的第一件事却是吸干了木偶师的血，然后轻快地向本地唯一的一所妓院走去。《雪孩》中的小女孩，因为被玫瑰的刺扎破了手而死去，她的父亲遂流着泪强奸了尸体以示悼念，而母亲则在一边冷眼旁观。卡特将色情引入哥特的领域，将死亡引入性的领域，来自萨德与爱伦·坡的破坏力在她的笔下汇合在一起。

在萨德和爱伦·坡的影响下，卡特从性、色情和死亡等一直被西方文明所排斥和边缘化的议题入手，运用哥特这个向来被西方主流文学所不齿的文学样式，致力于颠覆以主体自居的西方文明。卡特和她文学上的父辈一样，身上有一种从边缘出发、勇于颠覆主流价值观念的叛逆精神，这种叛逆精神也正是卡特继承的最为宝贵的遗产。然而，安杰拉·卡特毕竟与他们当中任何一位之间的差异都多于共同点。萨德侯爵患有厌女症，爱伦·坡只对女性的死亡感兴趣，他们的作品中都没有留给女性的声音一席之地。而卡特所做的，正是为这种颠覆的过程注入女性的话语、女性的经验和女性主义的价值，对长久以

① Angela Carter, "Through a Text Backwards: The Resurrection of the House of Usher", *Shaking a Leg: Collected Writings*, London: Penguin Books, 1997, p. 420.

来以男性为中心的西方文明进行反思，对男女不平等的当代社会进行批判。她继承了父辈的遗产，将其化为笔下的利器，用以打破了父权中心主义为女性设下的重重禁忌。

从这一点来看，安杰拉·卡特常常被当作一位激进的女性主义作家。然而，勇于而擅于颠覆和破坏并不是卡特唯一的特征，她的小说还充盈着浪漫、爱与美，甚至过于乐观的乌托邦情结。保利娜·帕尔默（Pauline Palmer）指出，虽然卡特声称自己从事的是"去除神话的工作"，她的作品却搏动着"两种相互对立的驱动力"：一方面是对神话的颠覆和解除，另一方面却是"昂扬的乌托邦式的元素"。[1] 马加利·科尔尼埃·迈克尔（Magali Cornier Michael）认为卡特的女性主义"既包含着马克思主义女性主义，又包含着乌托邦式的女性主义"。[2] 安妮·费尼霍（Anne Fernihough）也强调在卡特的作品中，尤其在她晚期的小说中，"乌托邦和野蛮的现实主义交织在一起，形成一种奇妙的混合状态。"[3] 在卡特的笔下，不仅能够读到对压迫的反抗、对不公正的控诉，也能够读到爱、温情和希望。

萨拉·甘布尔和夏洛蒂·克罗夫兹（Charlotte Crofts）都认

---

[1] Pauline Palmer, "From 'Coded Mannequin' to Bird Woman: Angela Carter's Magic Flight", *Women Reading Women's Writing*, ed. by Sue Roe, Brighton: Harvester, 1987, p. 179.

[2] Magali Cornier Michael, "Angela Carter's Nights at the Circus: An Engaged Feminism Via Subversive Postmodern Strategies", *Contemporary Literature*, 1994, 35: 492.

[3] Anne Fernihough, "'Is She Fact or Is She Fiction?': Angela Carter and the Enigma of Woman", *Textual Practice*, 1997, 11 (1): 102.

为，这种自我矛盾的现象实际上是卡特不愿归顺于任何一种"主流"的表现。她一方面致力于批判父权中心主义思想和资本主义社会制度；另一方面，当与她同时代的女性主义者和马克思主义者热衷于粉碎旧世界的时候，她对其极具破坏力的热情持有审慎的态度。她站在社会主义者的角度讨论阶级问题，却不主张改造或者消灭某个阶级；她站在女性主义者的角度讨论性别问题，却不主张改造或者消灭男性。20世纪60～80年代，欧美人权运动风起云涌，卡特也以自由主义知识分子的姿态冷眼审视现实。她虽然属于主流社会眼中的另类却并不激进，她的态度温和却不失锋芒。用迈克尔的话说，卡特在她的作品中创造的不是一种张力，而是一种空间，人们可以在其中"探寻变化的可能"。①

因此，如果像布卢姆说的那样，可以将文学上的后来者比作一位古希腊的英雄或者神祇的话，安杰拉·卡特则并非俄狄浦斯，而更像是雅典娜。在古希腊的神话和史诗中，雅典娜作为一位顽皮的女神，孕育于主神宙斯的脑中，她的力量却使父亲感到惊讶和畏惧。她披坚执锐地从父亲的头颅中跳出，降生在世上，既承袭了父亲的力量，又对他的权威发出了前所未有的挑战。卡特同样从文坛父辈那里汲取养分，她的力量也令主流文学界感到惊讶和畏惧。在布卢姆所谓诗人与父亲之间的角力当中，卡特像雅典娜一样取得了胜利。她借以获胜的不仅有坚忍不拔的勇气，更有超凡出众的智慧。

① Magali Cornier Michael, "Angela Carter's Nights at the Circus: An Engaged Feminism Via Subversive Postmodern Strategies", *Contemporary Literature*, 1994, 35: 492.

第四章　发现女性：安杰拉·卡特
与她塑造的人物

　　女性主义思想与女性解放运动紧密相连，在本质上是一个社会责任感强、政治参与度高的文艺思潮，这一思想旗下的作品旨在讨论现实世界中女性的命运和前途问题。女性人物的塑造总是女性主义作家在作品中最需要精心处理的部分，在她们身上维系着作品的思想内核。对于女性主义作家安杰拉·卡特的小说而言，其中的人物在某种程度上承载了小说的理论归宿，卡特对性别气质、女性地位、两性关系以及两性之间权力斗争等众多问题的思考都在她塑造的人物身上体现了出来。卡特曾经表示，接受女性主义思想对她而言"是成长过程的组成部分"。[①] 事实上，她的女性主义思想、创作理念以及她笔下的女性人物无不经历着成长的过程。她的作品浸透了自己的人生经验，她笔下人物的成长既体现了她作为作者的成长，也

---

① Angela Carter， "Notes from the Front Line"，*Critical Essays on Angela Carter*，ed. by Lindsey Tucker，New York：G. K. Hall，1998，p. 25.

带动了读者的成长。

在这里有三个方面值得深入分析，第一个方面是卡特如何为她的小说选择并确立主人公。卡特选择的主人公既有男性又有女性，甚至还有变性人和双性人。选择何种性别的人物作为小说的主人公体现了卡特对性别气质的思考，她认为性别气质并不是生来就有的，而是由权力决定；它既可以转化，亦可以被伪装。第二个方面，要深入分析卡特小说中人物之间的关系。其中母女关系和父女关系是女性主义文学批评中常常被论及的关系，它们对女性的成长起着至关重要的作用，是她们是否能够发现自我、寻求独立自由生活的关键因素。随着母女关系与父女关系的不断变化，独立、自由、强大的现代女性形象渐渐浮现出来。第三个方面，要深入分析卡特如何创造"新女性"形象，以及她如何从着重描写单一的女主人公转向描写女性群体。卡特独辟蹊径，以对好莱坞女明星银幕形象的研究作为塑造新女性的基础，最终从她的笔下诞生了飞飞这个生机勃勃却令人捉摸不透的新型女性人物。然而，卡特并没有将飞飞塑造成一个完美的人物，而是试图传达一个深刻的理念：指望女性个体依靠一己之力获得独立和解放的想法是不切实际的；女性应当团结起来，结成联盟，共同迎接新世纪的黎明。从最初确立女性为叙事的主人公到最终描绘团结一致的女性联盟，纵观卡特小说中对女性人物的刻画，读者所经历的不仅是一个发现女性身份、意义、使命乃至前途的过程，也是一个自我发现的过程。

第一节　"我看到一个年轻女子"

　　她打开墙板露出镜子，留下我与自己独处。但我在镜中看到的是夏娃，而不是我自己。我看到一个年轻女子，尽管她就是我，但我无论如何无法承认这一事实。这个人对我来说只代表着被以抒情的方式抽象化了的女性特质，一些被重新排列组合过又填充以颜色的线条。①

　　做完变性手术的伊夫林站在镜前审视自己，他无法将眼前这个女性的形体与自己男性的内心统一在同一个自我之内。透过伊夫林的眼睛，安杰拉·卡特把一个问题呈现在读者面前：性别是如何形成的？女性何以成为现在人们眼中的样子？性别身份是可以更改的吗？作为一位女性主义作家，卡特十分关注生理性别与社会性别之间的联系与错位，"身份认同这个最根本的问题一直蕴含在她所有的作品之中"。②与偏爱女主人公的大多数女作家不同，卡特在她的创作生涯伊始为小说选择的主人公是男性、双性人和变性人，选择这些人物作为小说的主人公体现了她对性别气质的思考。卡特如何为她的小说选择并确立主人公，她的选择传达着怎样与众不同的性别观念，对这些问题应该进行深入的分析。

---

①　安杰拉·卡特：《新夏娃的激情》，严韵译，南京大学出版社，2009，第 80 页。译文略有修改。
②　Kim Evans, dir, "Angela Carter's Curious Room", *Omnibus*, BBC2, 15 Sept. 1992.

一　男主角还是女主角？①

在安杰拉·卡特创作的长篇小说中，将男性作为主人公和主要叙述者的仅有《霍夫曼博士地狱般的欲望机器》与《新夏娃的激情》两部作品。这两部小说分别创作于 1972 年和 1977 年，它们出现的时间颇为耐人寻味。1971 年，卡特从日本回到英国，两年的旅日生涯为她的人生和创作打下了深深的印记。带着对第一次婚姻的失望情绪，卡特作为一位白人女性厕身于这个男权色彩浓厚的东方国度。"白人"和"女性"这两个身份使她变成了一个与日本主流社会格格不入的他者，甚至在某种程度上变成一个被物化的对象。由于相貌富有异域风情，卡特曾一度在居酒屋做女招待帮助招徕生意，在工作的过程中饱受歧视和骚扰。在日本的生活经历为卡特思想的成熟提供了一剂强烈的催化剂，使她痛切地感受到主体丧失与被物化的个中滋味。因此，归国之后的卡特"明白了做一个女人意味着什么"，由一位没有明确政治倾向的女作家转变为一位立场坚定的女性主义作家。② 上述两部小说正是卡特转变为女性主义作家之后最早写下的作品。

———————————

① 以下部分内容基于笔者的论文《生态网络的割裂与重建——评〈新夏娃的激情〉》，最初发表在 2010 年第 12 期的《理论界》，后收录于《生态女性主义：性别、文化与自然的文学解读》一书，社会科学文献出版社 2010 年出版。由北京林业大学人文社科振兴项目（BLRW200958）、北京林业大学科技创新计划项目（RW2010 - 9）资助。

② Olga Kenyon, "Angela Carter", *The Writer's Imagination*, Bradford: University of Bradford Print Unit, 1992, p. 25.

　　值得注意的是，这两部作品诞生之时正值西方女性主义批评界关于女性体验、女性文学语言和女性写作实践的大讨论进行之际，以埃莱娜·西苏（Hélène Cixous）等法国女性主义批评家为代表的批评家大力鼓吹摆脱菲勒斯中心主义①的女性写作。在此背景下，"女性主义小说"的界定成为争论的焦点。许多女性主义作家认为，女性主义小说应当意指以女性的感受和欲望为中心的小说，因此这一时期出现了不少以细腻地描绘女作者本人的女性体验为主旨的作品。然而，卡特的小说却与当时十分流行的作品大相径庭。在一次电视访谈中，采访卡特的主持人曾饶有兴味地提到了卡特与同辈女作家的区别：

　　　　我觉得很有意思的一点是，大部分经历了这一次女性主义思潮的女作家都会采用一种自传式或者告解式的方式来创作。你甚至能从她们的小说里描画出她们自己的人生——什么时候开始性的觉醒，什么时候初恋，什么时候体尝到女同性恋的情感，等等。但是你的作品，读起来要含混得多。②

　　主持人所谓的"含混"是指，在卡特的这两部小说中读者不仅难以发现作者本人经历的痕迹，更找不到对女性感受和

----

① 菲勒斯中心主义（phallogocentrism），又译"菲勒斯逻各斯中心主义"，是女性主义批评取自后结构主义的术语，现在一般用以表示男权主义。

② Lisa Appignanesi, *Angela Carter in Conversation*, London：ICA Video, 1987.

欲望细致入微的描绘。卡特从一开始就令读者无以期望在她的作品中寻找个人的情感体验，因为她不但采用了"超现实主义"的写作手法，而且将主人公和主要叙述者设定为男性。总而言之，《霍夫曼博士地狱般的欲望机器》与《新夏娃的激情》是卡特最早创作的带有女性主义思想的小说，但是它们不仅完全没有遵循当时女性主义小说的创作惯例，反而公然采用了其他女作家避之唯恐不及的男性叙述视角。这样的小说还能够被称作女性主义作品吗？卡特如此设计是何用意呢？

许多研究者认为，卡特采用了一种"反证"的方式，从男性的角度出发，追本溯源地挖掘女性遭受父权压迫的原因，以达到阐释女性主义命题的目的。从表面上看，女性人物言说的机会被剥夺了，这却恰恰反映了父权社会中女性的真实境遇。林登·皮奇指出："卡特作为一位女性作家以男性的意识来书写，为的是向她的女性读者乃至整个女性群体揭示她们如何困厄于男性的想象之中。"[①] 然而，卡特的创作抱负并不在于向女性读者展现其自身在男性视角下的面貌，而是通过这种展现，对性、社会性别和性别气质等女性主义思想领域的一些根本问题提出了自己独到的见解。在某种意义上，她回答了"男性"和"女性"在社会学意义上的概念是如何形成的问题。正如萨利·罗宾逊所言，选择男性作为主人公和主要叙述者为卡特提供了这样一个机会，使她能够将被父权文化定义的女性概念从生理范畴中的女性概念那里分离

---

① Linden Peach, *Angela Carter*, New York: St. Martin's Press, 1998, p. 111.

出来,细究前者的生成机制,并由此"发展出属于自己的社会性别政治"。①因此可以说,《霍夫曼博士地狱般的欲望机器》与《新夏娃的激情》所起到的作用在于为卡特的性别政治观念初步勾勒出一个轮廓。

其实《霍夫曼博士地狱般的欲望机器》并非一部可读性强的小说,它不但情节散漫、人物呆板,而且常常在叙事过程中插入大段哲学意味浓厚的议论,若为消遣而读,难免令人厌倦。然而,如果将该书视为一部哲学著作,领会其中人物与意象所承载的象征意义,研读穿插在叙事之中的哲学议论,则别有洞天。小说描绘了一个超现实的世界:决断部部长(The Minister of Determination)管辖着一个秩序严明的城市,理性在此占据着不容置疑的主导地位。如今却遭到了霍夫曼博士的破坏,他用巨大的发动机发射出电磁震动波,毁掉了原本规划得井井有条的时间和空间,欲望、幻觉和海市蜃楼般的景象在城中四处弥漫。部长与博士因此决裂,一场战争迫在眉睫。显而易见,卡特此处阐述的仍是她创作早期非常感兴趣的话题:二元对立。决断部部长与霍夫曼博士之间的对立既是理性与感性的对立,秩序与欲望的对立,也是现实原则与享乐原则的对立,尤其是分别代表男女两性气质的"阳刚"与"阴柔"的对立。小说中的超现实世界黑白分明,在本质上就是逻各斯中心

---

① Sally Robinson, "The Anti-Hero as Oedipus: Gender and the Postmodern Narrative in The Infernal Desire Machines of Doctor Hoffman", *Angela Carter*: *Contemporary Critical Essays*, ed. by Sally Keenan, Basingstoke: Macmillan, 2000, p. 107.

主义造就的二元对立世界。

　　作为决断部部长的特使，男主角德西德里奥奉命前去暗杀博士。他被选中的原因是他不仅"头脑清楚"，而且"电脑检测发现他运用类比手段的能力较强"，能够胜任别人无法胜任的工作。① 也就是说，在决断部部长治下的众多男性公民之中，德西德里奥的理性思维要比其他人更胜一筹，在菲勒斯中心主义的语境中，这意味着他要比其他男人具有更为阳刚的气质。然而，象征着完备男性气质的德西德里奥刚开始执行任务便遇到了重重困难。他的谈判屡遭失败，调查也一无所获，任务刚刚有了一点进展，却被人怀疑谋杀了市长的女儿，因此不得不踏上狼狈的逃亡生涯。更重要的是，混乱并未仅停留在外部世界，而是侵入了他的内心。德西德里奥在噩梦中看见一只黑色的天鹅向自己游来，它"极其丑陋"，却又"非同寻常"，带着魔鬼般的恐怖气息。② 如同《魔幻玩具铺》中那只古怪的天鹅一样，这只黑天鹅也是男性权威的象征，甫一出现，它便呈现出类似阳具的意象："它那长长的脖颈丝毫不具备天鹅的脖颈经常表现出的优雅感，而是笨拙地松弛着……像根水管""它垂下脖颈的样子仿佛毒蛇蓄势待发，准备出击"。③ 对于男性而言，阳具是雄性气质的力量源泉。在父权话语中，正是由于拥有阳

①　Angela Carter, *The Infernal Desire Machines of Doctor Hoffman*, New York：Penguin Books, 1972, p. 40.

②　Angela Carter, *The Infernal Desire Machines of Doctor Hoffman*, New York：Penguin Books, 1972, p. 30.

③　Angela Carter, *The Infernal Desire Machines of Doctor Hoffman*, New York：Penguin Books, 1972, p. 30.

　　具，男性才得以占据无可置疑的主导地位，从而对缺乏男性器官的女性进行统治。因此，德西德里奥作为男性气质的代表理应对梦中的天鹅感到亲切，并从它那里获得启示。出人意料的是，黑天鹅在他心中激起的却是前所未有的恐惧和厌恶情绪，直到他发现它实际上是女人变成的，这种情绪才得到缓解。读者能够觉察到，尽管男主角全权代表强有力的男性气质，他却不由自主地受到敌对阵营的吸引，以至于通过他的视角展现给读者的二元对立世界逐渐有所变化，不再像当初那样黑白分明了。

　　事实上，德西德里奥一直在不可逆转地向他所致力于反对的那一方滑去。在小说的前半部分，这种倒戈仅仅发生在潜意识层面，但是小说中间的一个重要情节使之彻底明朗化了，这就是德西德里奥被"欲望杂技演员"强奸一事。男性被强奸的情节曾多次出现在卡特的小说中，其蕴含的象征意义颇为明显，表达了对男性气质最大限度上的侵犯和挫败。设置这一情节的思路与《虐待狂女人》的主要论调是一脉相承的，即男性未必能够永远占据主动，永远具有支配性，永远处于施虐者的地位。无论是在短篇小说《倒影》还是在长篇小说《新夏娃的激情》中，强奸男性都是击破其雄性自尊、摧毁其阳刚气质的重要手段。在林登·皮奇看来，尤其对于担任叙事任务的男性而言，这是去除他们身上父权权威的有效办法，"他们须忍受痛苦和羞辱，以便理解女性所经历的一切"。①

　　因此，德西德里奥被强奸意味着他身上的父权权威被削弱，

---

① Linden Peach, *Angela Carter*, New York: St. Martin's Press, 1998, p. 111.

他在一定程度上丧失了阳刚气质。由于他是以男性叙述者的身份承受这一切的，这导致他的叙事愈来愈带有女性化的倾向。当德西德里奥走进杂技演员的帐篷时，他感到自己"被眼睛包围了"，那些贪婪的目光"像一道道无形的绳索捆住了他，使他动弹不得"。① 像卡特小说中的大部分女性人物一样，德西德里奥体会到了男性凝视的可怕威力。被强奸后，他无助地呼唤着母亲和阿尔贝蒂娜的名字，情绪变得敏感而容易激动。在传统的父权话语中，这些特征往往与阴柔的女性气质联系在一起，此刻却在男性气质代言人的身上体现了出来。在强奸一事发生之前，德西德里奥往往以居高临下的眼光看待女性，例如他对待河之族土著妇女的态度就颇为轻慢。在此事之后，对女性苦难体验的感同身受已经使他很难在内心世界中维持男性话语唯我独尊的局面；他的世界变成了一个男性气质与女性气质相辅相成、互相关照的世界。这充分揭示了一个事实，即性别气质并不是与生俱来的，而是由个体的权力地位决定的；同理，性别认同也不是一成不变的，而是由个体的性体验所决定的。

卡特让男性充当小说的叙述者，却常常在读者意欲与叙述者建立身份认同时有意制造离间效果。当男读者意欲与男主角建立身份认同时，小说有意设计了男性遭到强奸的情节。当女读者意欲与男主角建立身份认同时，小说有意令男主角表现出贬低和物化女性的态度和行为。卡特借此为她的读者制造了一个进退两难的困境，令其无法大胆地将自己固有的性别定位带

---

① Angela Carter, *The Infernal Desire Machines of Doctor Hoffman*, New York: Penguin Books, 1972, p. 117.

入阅读的过程，因此不得不放下种种固有的知识，带着全新的无知态度阅读，而那些固有的看法在很大程度上都是性别成见。康奈尔·邦卡（Cornel Bonca）宣称，《霍夫曼博士地狱般的欲望机器》是一部关于"男性权力、男性性欲与男性文明"的小说。① 这正是一个受到先入之见影响的论断。准确地说，这部小说向读者揭示的是，人们素来关于"男性权力、男性性欲与男性文明"的观念是如何形成的。

在卡特看来，形成这些观念的根本原因是非此即彼、非黑即白、非男即女的二元对立逻辑。人们总是习惯于在二元对立体系中选择一方作为自己的立场，另一方则由被选择的这一方所定义，并且常常被视为需要排斥的敌人。在父权文化的语境中，男性成为两性之中被选择的立场，因此男性获得权力，他们的性欲得到认可，文明受到尊重；站在他们对立面的女性就不得不经受压迫。在女性主义的语境中，女性成为两性之中被选择的立场，于是发生了相反的情形。千百年来，男性通常掌握更多的权力，占据更重要的地位，因而更容易危害无权势、无地位的女性。这是女性主义被视作先进思想潮流的原因，但是如果女性主义者也采用这样的二元逻辑来看待世界，她们在本质上就与她们致力于反对的父权暴君没有什么分别。可见问题的关键不在于两性之中的哪一方本身是邪恶的，而在于非此即彼的逻辑往往会带来甘愿被奴役的惯性思维。

---

① Cornel Bonca, "In Despair of the Old Adams: Angela Carter's The Infernal Desire Machines of Dr. Hoffman", *Review of Contemporary Fiction*, 1994, 14 (3): 61.

在《霍夫曼博士地狱般的欲望机器》中，正是因为世界一开始就被分为泾渭分明的两个部分，男主角德西德里奥才感觉到自己必须有所选择。他最终选择背弃理性城市，投奔欲望王国，但是这一选择并未能带来他所希冀的美好结局。德西德里奥失望地发现制造幻梦的博士本人是"一个如此安静、如此灰暗、如此平凡"的老头。① 此人不仅言语乏味，举止机械，还有一样怪癖：妻子去世后，他将其尸体经过防腐处理保存下来以供观赏纪念。德西德里奥意识到，这个喜爱收藏尸体的博士与将活人视作机器的部长没有区别，只是又一个父权暴君，而他的命运只不过是从一个"理性怪物"的手里转到一个"酒神疯子"的手里罢了。② 失望之余，他杀死了霍夫曼博士父女俩，欲望世界就这样坍塌了。德西德里奥曾经感叹道，关于他一生的故事可以被概括为"德西德里奥寻找主人"。③ 他从前一个主人的麾下辗转来到后一个主人的麾下，以为选择合适的立场就可以一劳永逸地解决所有问题，却不明白自由从来都不是以这种方式获得的。《霍夫曼博士地狱般的欲望机器》向读者揭示了这样一个深刻的道理：人们习以为常的性别观念并不是与生俱来的，而是由具有惯性的思维方式造成的。想要解除现有性别观念带来的压迫，并获得真正的自由，

---

① Angela Carter, *The Infernal Desire Machines of Doctor Hoffman*, New York: Penguin Books, 1972, p. 199.

② Cornel Bonca, "In Despair of the Old Adams: Angela Carter's The Infernal Desire Machines of Dr. Hoffman", *Review of Contemporary Fiction*, 1994, 14 (3): 60.

③ Angela Carter, *The Infernal Desire Machines of Doctor Hoffman*, New York: Penguin Books, 1972, p. 190.

首先需要从打破这种思维方式开始。

《霍夫曼博士地狱般的欲望机器》提出问题，《新夏娃的激情》解决问题。《新夏娃的激情》描绘了一个"他者"掀起革命的世界，在某种意义上，男主角伊夫林接连遇到的人物形形色色，无非都在为颠覆二元对立逻辑而努力，但是他们的努力毫无例外都失败了。如果说透过德西德里奥的眼睛，卡特使读者看到旧世界如何荒谬，那么透过伊夫林的眼睛，卡特使读者看到并不是任何推翻旧世界的尝试都值得赞许。

伊夫林第一次只身冒险是在母亲主宰的母权乌托邦。意味深长的是，此地名为 Beulah，意即"有夫之妇"。① 这是一个来自于《圣经》的名称，《以赛亚书》如是讲到锡安的新名："你必不再称为'撇弃的'，你的地也不再称为'荒凉的'；你却要称为'我所喜悦的'，你的地也必称为'有夫之妇'。"耶和华对锡安的庇护以婚姻的隐喻形式表达了出来——神对子民的喜悦如同男人对妻子的喜悦一样，渎神等同于妻子对丈夫的背叛。这个名称因此具有了互相背反的双关意义：从其隐喻意义上讲，该名称隐含着"此地为神所眷顾"的含义，母亲和她所统辖的女战士认为自己是被眷顾和被选中的，肩负着重建世界秩序之责。她们认为父权制为基督教教义打上了深深的男性烙印，割裂了女性与上帝之间的关系，而这种关系在此地得以重建，正如母亲所言："亚当出生的园地就在我两腿之间"。② 然而，从

---

① 后人多翻译为"安息地"。
② 安杰拉·卡特：《新夏娃的激情》，严韵译，南京大学出版社，2009，第 67 页。

该名称的字面意义上讲，一个母权乌托邦被命名为"有夫之妇"未免带有讽刺意味，其失败的结局自此就已埋下了伏笔。

这个母权乌托邦奉行的准则是"若男人不先死而再生，便无法进入天国"。① 男性被认为是罪恶之源，必须加以毁灭才能创造新的世界。在这种信念的指导下，母亲保存了伊夫林的精子，随后阉割了他并将他改造为一个美丽的女人，计划将伊夫林的精子与他变性后的女性身体相结合来创造新的人类。由于这个新人的父亲和母亲是同一个人，他/她不会受到俄狄浦斯情结的控制，男性和女性在这个人身上达到了完美的和谐统一。他/她将是把世界从父权文化的压迫下拯救出来的英雄，一个如母亲所描述的"反命题的弥赛亚"。② 然而，母亲寄予厚望的"新夏娃"并没有按计划生下拯救世界的弥赛亚，而是惊恐地逃离了自己的责任。母亲的失败是卡特在小说中反复警告的那种失败：将二元对立体系中原本遭受压制的那一方变为支配方，却不改变二元对立体系本身。卡特在小说中借变性后的夏娃之口质问一位女战士，等到女性掌握世界的那一天，人类能否进入她们所描绘的美妙世界。女战士不由也含糊起来："不等到真正住在那里，我怎么会知道？"③ 母权制乌托邦描画了一个人人得救的天国，但是连宣扬者本人都对这个天国的样子不甚

---

① 安杰拉·卡特：《新夏娃的激情》，严韵译，南京大学出版社，2009，第53页。

② 安杰拉·卡特：《新夏娃的激情》，严韵译，南京大学出版社，2009，第72页。

③ 安杰拉·卡特：《新夏娃的激情》，严韵译，南京大学出版社，2009，第82页。

了了。从表面上看，母亲掀起的革命是他者的反抗；而实际上，她所幻想的救赎之道不过是以一种强权代替另一种强权。

为了给安息地这个母权乌托邦提供一个可以比照的例子，卡特在小说中写到伊夫林/夏娃逃离母亲的掌控之后立刻落入了厌女症患者零的手中。像母亲一样，零选择在远离城市的沙漠深处居住。与处处体现着现代科技力量的安息地不同，零的农场更像鲁滨孙的荒岛。他指挥妻子们种地、养猪、浆洗衣物，基本上脱离了对现代城市的依赖。如果母亲看到的是父权制的罪恶，那么零看到的则是资本主义工业化与城市化的罪恶。他的信念是末日审判来临之际，他可以隐退到这个世外桃源般的农场，为重建新世界做准备。在零看来，是女性剥夺了原本属于男性的繁衍生息能力。他煽动起崇拜阳具的宗教狂热，力图使妻子们相信他具有蓬勃的生殖力，只不过毁于女演员特里斯特莎的"精神结扎术"。① 他需要做的便是杀掉特里斯特莎，"恢复他的男性雄风"，然后携众妻子乘直升机驾临洛杉矶，"为这个突然变得贫瘠的州重新繁衍人口，届时所有人都将死光，只剩零的族裔"。②

值得注意的是，从表面上看，零所谓摧毁女性的计划是典型的父权暴君行为，夏娃在零的农场里的遭遇很容易被解读成旧有性别观念作祟的结果。然而，对于总喜欢与读者捉迷藏的卡特而言，文本的意义往往不会这么简单。实际上，零代表的

---

① 安杰拉·卡特：《新夏娃的激情》，严韵译，南京大学出版社，2009，第 100 页。

② 安杰拉·卡特：《新夏娃的激情》，严韵译，南京大学出版社，2009，第 107 页。

是阴柔的女性气质，他所致力于反对的是阳刚的男性气质，夏娃在零的农场里的遭遇仍然是挑战旧有性别观念的结果。这一结论有三点依据。其一，"零"这个名字暗含着卡特的一个文字游戏。[①] 她曾在《虐待狂女人》中写下这样一段广为引述的话："男人是积极的，是一个感叹号。女人是消极的，在她的两腿之间别无他物，只有零。这是虚无的象征，只有当男性的准则灌注于其中时它才有意义。"[②] "零"显然代表了女性和女性在父权社会中的社会特征，卡特将其用于称呼《新夏娃的激情》中的这个男性人物，未免带有戏谑的意味。其二，零最为惧怕和厌恶的便是拥有阳刚气质的女性。正因如此，他称呼特里斯特莎为"男人婆"，扬言要杀掉她以使世界重获平衡。[③] 他

---

① 准确地说，此处最初实际上应当是莎士比亚创造的一个文字游戏。在《哈姆雷特》第三幕第二场中，哈姆雷特与奥菲利亚有一段谈话：

Hamlet：Do you think I mean country matters?（你以为我在转着下流的念头吗？）

Ophelia：I think nothing, my lord.（我没有想到，殿下。）

Hamlet：That's a fair thought to lie between maids' legs.（睡在姑娘大腿的中间，想起来倒是很有趣的。）

Ophelia：What is, my lord?（什么，殿下？）

Hamlet：Nothing.（没有什么。）

（中文为朱生豪译）

国外研究者认为，此处哈姆雷特与奥菲利亚开了一个黄色玩笑。Nothing 意味着 No-thing，也就是零，是女性生殖器官的象征。朱生豪的中文译文未能体现这一内涵。参见安杰拉·卡特《新夏娃的激情》，严韵译，南京大学出版社，2009，第 107 页。

② Angela Carter, *The Sadeian Woman*, London：Virago Press, 1979, p.4.

③ 安杰拉·卡特：《新夏娃的激情》，严韵译，南京大学出版社，2009，第 99 页。

还严厉禁止自己妻子之间的同性恋活动，并仔细检查她们每人的身体，以保证她们表现出的都是完全的女性特征。其三，零十分看重自己的繁衍能力。如果他是一位典型的父权暴君，这种看重就会显得有些古怪了，因为父权话语往往将繁衍能力与女性和阴柔的女性气质相联系。母亲俘虏、强奸并阉割男人，零则努力湮灭男性气质，他们都在尝试着打破父权制中的二元对立体系，其结果却都是以暴易暴，并没有消除任何压迫，甚至使压迫变本加厉了。

至此为止，《霍夫曼博士地狱般的欲望机器》与《新夏娃的激情》的前半部分共同完成了一项任务：它们以男性叙述者为向导，成功地将读者引入了一个茫然无措的境地。读者原有的性别观念受到了挑战，改变原有性别观念的尝试也纷纷遭到质疑。"男性"与"女性"究竟应当如何定义？女性有可能获得公正而自由的身份认同吗？这些问题将在《新夏娃的激情》的后半部分中得到解答。

二 真我还是化装？

大卫·彭特（David Punter）曾这样描述自己在阅读《新夏娃的激情》时的体会：

> 作为一位男读者，我感到自己受困于幻觉。尽管我明白卡特是位女性，也能感觉到她在文本之外的女性意识如何与文本之中蕾拉/莉莉丝的形象契合在一起，但仍然觉得从头至尾伊夫林/夏娃的第一人称叙事都是男性叙事，不管这位"新弥赛亚"在文中当时属于何种性别。当伊

夫林变成夏娃，我仿佛看见一场化装舞会，是在透过男性
（伊夫林）的意识阅读夏娃。伊夫林如同一道屏障，一道
在卡特与夏娃之间伸展开来的薄膜；我必须跨过这道隔
膜，以男性的身份来应对夏娃身上残余的男性。①

　　像其他茫然无措的读者一样，彭特也陷入了困惑：他感到
卡特在某种程度上颠覆了旧有的性别观念，却仍然无法消除男
性叙事在阅读过程中投下的长长阴影，这使他不禁开始怀疑卡
特也许并未建立起新的性别观念，她的"新夏娃"身上仍然
残留着男性的痕迹。彭特敏锐地发现了小说表现的"化装"
（masquerade）这个命题，却令人遗憾地并没有沿着这个命题
挖掘下去。事实上，如果他这样做了，他的困惑就会得到解
答。
　　如同"凝视"一样，"化装"也是当代西方女性主义理论
常常使用的一个重要概念。这一概念最早并非产生于女性主义
领域，而是由心理分析学家琼·里维耶尔②提出的。里维耶尔
结合自己的精神分析实例，通过类比的方式将女性气质与女性
本身剥离。她认为：

　　　　女人可以获得女性气质，并像戴面具一样戴上它。女

①　David Punter, "Angela Carter: Supersessions of the Masculine",
　　Critique, 1984, 25（4）: 218.
②　琼·里维耶尔（Joan Riviere, 1883－1962），英国心理学家，她
　　曾经因为精神崩溃接受过弗洛伊德的心理治疗，后来本人致力
　　于精神分析学研究，弗洛伊德的著作是由她最早翻译成英语的。

人戴上它既可以隐藏自己身上的男性气质，又可以在别人发现她拥有男性气质时以此作为挡箭牌——就好像一个贼被人捉住了，他只得把口袋都翻出来以证明身上没有赃物。读者可能要问我如何定义女性气质，或者我如何区分真正的女性气质与"化装"。然而，我的回答是：无论本质上还是表面上，它们之间都不见得有什么区别。它们是一回事。①

里维耶尔这一理论最大的贡献是将女性主体与她所呈现的性别特质区别开来，并且强调心理活动和社会活动对主体所产生的影响足以使之形成某种性别特质。在里维耶尔之后，拉康也提出了相应的性别理论。他将社会建构理论引入性别分析，将生理性别、心理性别和社会性别区分开来，否认主体拥有任何固有的和本质的性别角色。然而，里维耶尔和拉康的理论从根本上说仍是菲勒斯中心主义的。拉康将建立在语言基础上的本体论作为区分生理性别与社会性别的主要准则；里维耶尔不承认女性气质存在，认为女性气质只是女性用来遮掩男性气质的面具。而这些观念即使能够成立，前提便是将菲勒斯即阳具放在具有先在性的主导位置上。

里维耶尔和拉康的理论为后来的女性主义理论家提供了许多启示。女性主义理论家们发现，针对社会性别和性别气质以及性别差异和性别气质差异这些概念的讨论不仅对女性主义理

---

① Joan Riviere, "Womanliness as a Masquerade", *Psychoanalysis and Female Sexuality*, ed. by Hendrik M. Ruitenbeek, New Haven: College and University Press, 1966, p. 213.

论体系的建构至关重要，而且有助于解释西方哲学传统中的一些根本性问题。露丝·伊莉格瑞（Luce Irigaray）认为，在菲勒斯中心主义的语境中，女性将女性气质视为"化装"往往会使自己陷入自相矛盾的境地。据她分析，"既然女性没有女性气质，她便希望拥有，这样她才具有性方面的交换价值"。①女性气质于是充满了悖论：由于女性气质是女性介入男性世界的一张通行证，女性总是希望能拥有它，越是没有，越是想证明自己有。朱迪斯·巴特勒（Judith Butler）重新审视了拉康对化装理论的解读，发现拉康通过阐释化装否定了女性欲望的存在，因为"女性欲望以某种在本体论意义上具有先在性的女性气质为前提条件，而这种气质是菲勒斯中心主义话语不能表达的"。②

上述两位理论家都发现，尽管化装理论表面上将女性从对生理性别与社会性别的僵化区分中解放了出来，但是它实际上否认了女性气质，进而否认了性别差异。对于某些女性主义者而言，站在女性这一方否认性别差异似乎是通向女性主义理论建构的一条道路，因为这为抛开父权话语的影响重新定义女性提供了可能。然而伊莉格瑞与巴特勒都相信，父权文化否定性别差异，以男性的体验和语言代替女性的体验和语言，这造成了等级制以及随之而来的压迫；女性主义否定性别差异，实际上与父权文化并没有差别，还是没有跳出性别本质论的藩篱。

---

① Luce Irigaray, *Speculum of the Other Woman*, trans. by Gillian C. Gill, New York: Cornell University Press, 1985, p. 114.

② Judith Butler, *Gender Trouble: Feminism and the Subversion of Identity*, New York: Routledge, 1990, p. 60.

女性应当承认的确存在性别差异以及性别气质差异，但是不应
再用等级制的、僵化的老眼光来看待这些差异。

在这一信念的指导下，朱迪斯·巴特勒将化装理论发展成
了"表演"（performance）理论，以更加开阔的视野审视性别
问题。巴特勒认为，个体的性别身份并不是一种特性，而是重
复表演的行为。"社会性别的种种行为没有真与假、正常与扭
曲之分，声称拥有一个真实的性别身份不过是虚幻的想象罢
了。是持续的社会表演造就了性别现实。"[①] 表演理论将男女
两性的性别定位都放入了一片广阔的天地，无论个体的生理性
别如何，他或她都可以自由地选择性别气质。巴特勒进一步论
证，社会性别是一种表演，并不意味着生理性别就是现实。事
实上，生理性别也是话语与制度的产物，它并不是如同人们想
象的那样发乎自然，而是社会性别反射的结果。因此，社会性
别并非依靠模仿生理性别而存在，它模仿的是一种先验的理想
性别模式。这些关于性别问题的讨论看上去越来越复杂和玄
妙，其原因也许是女性主义理论家们十分不情愿为生理性别与
社会性别下一个终极的定义。当代女性主义不断追求的正是一
个愈加开放和灵活的理论场所，在其中那些过去被认为是与生
俱来、不可变更的概念和特质能够被重新审视，以可塑而多变
的面貌呈现出来。

如果将《新夏娃的激情》置于化装理论演变的时间轴上，
它应当出现在里维耶尔和拉康的理论之后、伊莉格瑞和巴特勒

---

① Judith Butler, *Gender Trouble*: *Feminism and the Subversion of Identity*, New York: Routledge, 1990, p. 180.

的理论之前。安杰拉·卡特很可能对拉康的理论有所了解，但是没有证据表明她读过里维耶尔的文章；伊莉格瑞和巴特勒的理论出现在 20 世纪八九十年代，而卡特于 90 年代初逝世，因此她的创作不可能受到它们的影响。然而，读者能够在《新夏娃的激情》的字里行间感受到文本传达的意义在很多方面都与上述几位理论家的理论产生了呼应。

大卫·彭特感到男性的影子在阅读卡特作品的过程中挥之不去，也许是因为他像里维耶尔一样受到了菲勒斯中心主义的影响，将女性气质当作遮盖男性气质的一种伪装。公平地讲，主人公刚刚从伊夫林变成夏娃时的表现的确会让读者感觉到伊夫林的男性身份仍然在起作用。尽管夏娃在生理上得到了改造，但她无论在安息地还是在零的农场里都拒绝将自己视为女人，她保留着男性的视角，是活在女性躯壳里的男性。事实上，在忍受着零一次又一次的强暴时，夏娃心中激起的仍然是以伊夫林的身份感受到的"内省"，"在受侵犯的同时明白自己以前也是侵犯者"。[①]然而，像德西德里奥经历过的那样，以男性的身份经历女性的苦难给了夏娃趋近女性身份认同的机会，而这一身份认同最终在夏娃与特里斯特莎的结合中得到了确认。彭特只看到了小说将生理性别与社会性别区分对待的做法，并将其与化装理论联系起来，却忽视了卡特在阐释性别气质的表演性方面的匠心。

小说以特里斯特莎为例，生动地说明了性别气质是一副面

---

① 安杰拉·卡特：《新夏娃的激情》，严韵译，南京大学出版社，2009，第 110 页。

具，更是一种表演。此处的表演带有双重意义，其一是舞台表演，其二是根据化装理论定义的社会表演。特里斯特莎正是通过在这种双重意义上的反复表演改变了自身的性别气质，将"伪装变成天性"。① 小说中有一个情节值得注意：特里斯特莎装扮成新娘、夏娃装扮成新郎举行婚礼，表演的内涵借此得到了深化。该情节取自萨德的小说《于丽埃特》，于丽埃特曾与情人努瓦尔瑟举行过类似的异装癖婚礼。他们先分别扮作新郎和新娘举办两次婚礼，再以男性和女性的身份分别与自己的异性孩子举行婚礼，并在婚礼结束后将所有的孩子杀死。卡特将一系列婚礼仪式称为"社会性别可塑性展览"，其作用是"消除于丽埃特身上残存的'女性'"。② 在特里斯特莎与夏娃的婚礼中，社会性别的混乱和倒错同样以充满仪式感的方式呈现出来，新郎与新娘的性别身份在表演中既被破坏又被确认。对于特里斯特莎而言，这是他最后一次以女性的面貌出现；对于夏娃而言，这标志着她的"女性身份正式获得了认可"。③ 在对待性别气质的态度上，卡特更像巴特勒而不像里维耶尔。她承认性别差异，相信性别气质可以靠后天习得并不断变化，但是不认为定义女性气质须以男性气质为准绳。然而，与巴特勒及其代表的当代女性主义理论家不同的是，卡特试图为"女性"

---

① 安杰拉·卡特：《新夏娃的激情》，严韵译，南京大学出版社，2009，第 153 页。

② Angela Carter, *The Sadeian Woman*, London：Virago Press, 1979, p. 98.

③ 安杰拉·卡特：《新夏娃的激情》，严韵译，南京大学出版社，2009，第 149 页。

下一个定义，解释"我们是如何成为女性的"这个终极问题。换言之，她希望为读者提供一个关于性别身份的确定答案，而不是把她们留在变幻莫测的理论高地上，这也许是小说家与理论家的偏好不同所致。

卡特为读者提供的回答是：女性既不是在生理上变成女人时，也不是在获得女性气质时，而是在能够作为女性感知爱、给予爱时才成了女性。夏娃既没有在做完变性手术后，也没有在成为零的妻子后，而是在与特里斯特莎结合后才成为真正意义上的女人。与零的婚姻只给夏娃带来了无尽的艰难和屈辱，致使她仅仅体验到了作为女性苦难的一面。这种经历并不能使她成为一个女人，她对自己女性身份的认同必须通过与心爱之人的结合，并由此体尝爱与幸福来达到。因此，特里斯特莎与夏娃在沙漠中度过的短暂蜜月成为小说中少有的温情片段。只有在此刻，夏娃才真正开始以女性的身份感受自己。她探索自己的身体——"原先身为男人时，我永远猜不到披着女人的皮肤是什么感觉"[①]；女性的欲望奔涌而出——"我是女人，因此我无法满足。"[②] 与此同时，夏娃的精神也在与丈夫的结合中获得了升华。她不但自己变成了女人，并且与丈夫一起达到了超凡脱俗的双性同体状态。当他们一同被儿童十字军俘虏，特里斯特莎被射杀时，主人公已经具备了被爱与爱人的能力。当初的伊夫林抛弃女友，对朋友之死无动于衷，过分关注

---

① 安杰拉·卡特：《新夏娃的激情》，严韵译，南京大学出版社，2009，第 161 页。

② 安杰拉·卡特：《新夏娃的激情》，严韵译，南京大学出版社，2009，第 163 页。

和迷恋自己；而今的夏娃不但在内心深处体尝到了失去爱人的悲痛，而且能够宽厚地原谅杀害丈夫的凶手。曾经站在压迫者一方的伊夫林死去了，新夏娃诞生了。耽于享乐、冷漠自私、逃避责任、色厉内荏……伊夫林所代表的父权制罪恶，也就是"老亚当"的罪恶，都在新夏娃的身上得到了救赎。特雷西·哈格里夫斯（Tracy Hargreaves）曾评论道，《新夏娃的激情》"有两个开头，一个在第一页，一个在最后一页"。① 小说的最后一页，夏娃给自己的前半生下了这样一句结语："性的报复就是爱。"② 在描尽种种怪力乱神的景象之后，小说似乎指向这样的一个主题：爱是真正的救赎之道，它是使一个人成为人、使一位女性成为女性的伟大力量。

从《霍夫曼博士地狱般的欲望机器》到《新夏娃的激情》，透过主人公的视角，读者以男性的身份启程，经历磨难、困惑和顿悟，最终获得女性的身份。卡特坦承，她在小说中展现的实际上是"女性气质的社会化过程"。③ 在此过程中，"男人与女人究竟何以成为现在人们眼中的样子"之类关乎性别身份的根本性问题得到了解答。夏娃这个人物因而成为卡特正式转向女性主义创作后诞生的第一位女主人公。从此以后，除了少数几篇短篇小说之外，卡特小说中的主人公全部都是女

① Tracy Hargreaves, *Androgyny in Modern Literature*, New York: Palgrave Macmillan, 2005, p.136.
② 安杰拉·卡特：《新夏娃的激情》，严韵译，南京大学出版社，2009，第207页。
③ Angela Carter, "Notes from the Front Line", *Critical Essays on Angela Carter*, ed. by Lindsey Tucker, New York: G. K. Hall & Co., 1998, p.25.

性。在某种意义上，这两部小说是卡特孕育和分娩她笔下女主人公的产房。更重要的是，在经历了一切激动和阵痛之后，卡特将女主人公的诞生归功于爱，从而为她的性别政治观念涂染了一层乐观向上、充满温情的乌托邦色彩。鉴于它们仍然是以反抗父权话语为主要使命的女性主义小说，这的确是一个非同寻常的结局。然而，卡特将她这种看似天真的创作理念保持了下去。在许多年以后问世的长篇小说《马戏团之夜》的结尾，刚刚恢复记忆的华尔斯注视着恋人飞飞，禁不住问道："你叫什么名字？你有灵魂吗？你能爱吗？"① 飞飞高兴地大叫："这才是个采访的样子嘛！"② 对于孩子一般的安杰拉·卡特，在玩尽各种颠覆性的游戏之后，将爱作为最后的归宿，也许这"才是个写小说的样子"。

第二节　"父亲是个假设，母亲是项事实"

"只是想想"，他说："她从没谈起过你母亲。我问过她，好几次，她嘴巴闭得死紧。她喜欢保守秘密。有次我问她自个儿是打哪儿来的，她说：'从瓶子里，就像个该死的精灵，亲爱的。'""少来了，佩瑞。父亲是个假设，母亲是项事实。"③

---

① Angela Carter, *Nights at the Circus*, London：Vintage, 1994, p. 291.
② Angela Carter, *Nights at the Circus*, London：Vintage, 1994, p. 291.
③ Angela Carter, *Wise Children*, London：Vintage, 1992, p. 223.

　　当朵拉与她的养父佩瑞格林谈起自己的生母和养母时，她触及了《明智的孩子》的主题：母女关系与父女关系如何影响女性的自我发展。事实上，这也是 20 世纪后半叶女性主义领域颇为关心的话题之一。其时，西方女性运动的第二次浪潮波及学术界的各个角落，与众多学科碰撞出灿烂的思想火花。在心理分析学界，女性主义思想为针对个体心理成长的研究提供了新的性别化视角。当研究聚焦在家庭对个体心理成长的影响时，家庭内部不同性别成员之间的相互关系就成为心理分析学和女性主义理论共同关注的命题。包括卡罗尔·波依德（Carol Boyd）、南希·乔多罗（Nancy Chodorow）、露西·费希尔（Lucy Fischer）以及简·弗拉克斯（Jane Flax）在内的众多女性主义心理学家对"母女关系"和"父女关系"进行了大量的理论和实证研究。① 值得注意的是，女性主义文学作品的身影常常出现在上述研究当中，而这些研究的成果又常常被女性主义文学批评所借鉴。因此，母女关系和父女关系也成为女性主义文学的重要母题。

　　在安杰拉·卡特的小说中，这两对关系对女主人公的成长

---

① 与母女关系和父女关系相关的心理分析学研究，参见 Carol Boyd, "Toward an Understanding of Mother-daughter Identification Using Concept Analysis", *Advances in Nursing Science*, 1985, 7 (3): 78 – 86; Nancy Chodorow, *The Reproduction of Mothering*, Berkeley: University of California Press, 1978; Lucy Fischer, *Linked Lives*, New York: Harper and Row, 1986; Jane Flax, "The Conflict Between Nurturance and Autonomy in Mother-daughter Relationships and Within Feminism", *Feminist Studies*, 1978, 4 (2): 171 – 189。

起着至关重要的作用，是她们是否能够发现自我、寻求独立自由生活的关键因素。由于受到卡特本人生活中母女关系与父女关系的影响，这两对关系在她不同时期创作的小说当中有着不同的表现。在其早期作品中，女主人公与母亲关系冷淡、矛盾重重；在其中期作品中，女主人公与母亲达成了和解，母女关系得到改善；在其晚期作品中，女主人公本身就充满了母性，而母亲的形象也变得愈加性感。与母女关系相比，卡特笔下的父女关系并未遵循清晰的发展脉络，卡特本人的女性主义者身份与她对自己父亲的深厚感情之间的冲突使她对父亲的形象一直抱有犹疑不决的态度。然而无论如何，卡特对这两对关系的描述都完成了为小说女性主义主题服务的任务。在这两对关系的不断变化发展中，独立、自由、强大的现代女性形象渐渐浮现出来。

一 母女关系

母女关系也许是女性之间建立得最早、最紧密也最持久的关系。当每一位女性还是襁褓中的婴儿时，她与母亲的联系已经形成了。母亲不但提供营养和照顾，而且为婴儿初步了解人类世界提供示范和指导。尽管母婴之间的联系对于男孩同样适用，但是男孩在脱离了婴儿期之后很快就开始效仿父亲，不再将母亲作为认同的对象。女孩却在相当长的一段时间当中都在效仿母亲，将母亲视作为人处世的模范以及教授行为规范的教师。与此同时，母亲也往往将女儿视作年轻版的自己，并从她们身上寻求认同。在父权文化中，男性鼓励女性与男性发展亲密的关系，却对女性之间的亲密关系持排斥的态度。这样一来，女性就会放弃与其他女性结为同盟的机会，变得更加依赖男性。作为女性之间最早出现的亲密同盟关系，母女关系理所当然地成为父权制高度警惕的对象。简·弗拉克斯指出，尽管以弗洛伊德为代表的男性心理学家反复强调女儿对父亲的性欲，但是实际上母亲才是女儿的第一个性欲对象，因为"我们每个人都保留着对母亲身体的记忆，柔软、香气以及抚慰"。① 然而，女儿必须不断压抑自己对母亲的性欲并将其转化为对父亲的性欲，以便得到父权社会的认可，这使她的性心理从一开始就被扭曲了。弗拉克斯相信，正是这种强制转化导致了父权制的产生，而如今的女性解放运动也须从重建母女之间的亲密同盟关系开始。

母亲与女儿分享相似的生理经验，经历相似的人生阶段，面对相似的社会处境。她们之间的联系有时会变得如此密切，以至于她们的身份认同会达到不分你我、相互交织、浑然一体的程度。在这种情况下，如果女儿意欲寻求独立的自我认同，那么她必将经历痛苦的反叛过程，通过强行撕裂与母亲之间的同盟关系来获得独立生存的能力。因此，对于某些母女关系或者母女关系的某些阶段而言，女儿以叛逆的态度与母亲决裂也是其颇为典型的特征。这并不表示亲密的母女关系存在任何本质性的问题，反而恰恰证明了发展良好的母女关系对滋养健康的女性自我认同至关重要。所有的女人都是

---

① Jane Flax, "The Conflict Between Nurturance and Autonomy in Mother-Daughter Relationships and Within Feminism", *Feminist Studies*, 1978, 4（2）: 183.

女儿，认真理解自己与母亲之间的关系是每位女性必须要学习的一课。只有解决由于身份危机而产生的矛盾，建立和而不同的平衡关系，女儿才能够真正地获得独立的自我认同。母女关系既是培育最初自我认同的土壤，又是获得独立自我认同所必须挣脱的枷锁。

在安杰拉·卡特的成长过程中，母女关系扮演着重要的角色。在卡特的童年和少年时期，她的外祖母一直和她全家住在一起，因此她的生活中实际上有两位母亲，而且这两位母亲性格迥异。卡特的外祖母出身于工人家庭，吃苦耐劳，泼辣务实，坚忍不拔；"无论在肉体上还是精神上，她都带着那样的厚重感，以至于她似乎生来就比大多数人更有分量。"① 由于这个雷厉风行、说一不二的外祖母是家庭的实际管理者，卡特常常有生活在母系氏族当中的错觉。② 卡特的母亲却与之截然不同，她天资聪颖，敏感多情，具有诗人般的气质。外祖母与母亲之间的性格差异使这一对母女总是处于矛盾之中：母亲不满于外祖母的强悍，外祖母则为母亲的软弱而感到怨愤。尽管卡特承认自己更多地承袭了外祖母的性格，但是在回忆文章中谈及两人的冲突时，她总是更多地流露出对母亲的柔情：

> 现在回想起来，我当时要是能够保护我母亲该多好！不让她受那个发号施令的老泼妇的欺侮。老太太牙尖嘴

---

① Angela Carter, *Nothing Sacred*：*Selected Writings*, London：Virago Press, 2000, p. 8.

② Angela Carter, *Nothing Sacred*：*Selected Writings*, London：Virago Press, 2000, p. 4.

利，还带着一种原始的正义感。但是那时的我却没能像现在这样看问题，我还没能意识到母亲与女儿的关系是富有戏剧性的。①

其实少年时期的卡特绝没有怀着这样的柔情。从小目睹如此火药味十足的母女关系并未改善卡特与她自己母亲之间的关系，她身体力行地将这种戏剧性延续了下去。刚刚进入青春期，卡特就显示出极强的叛逆：她不顾母亲的反对执意减肥，以致患上了厌食症。一满20岁，她就匆匆嫁人，搬到另一座城市，不仅失掉了父母为她安排的记者职位，而且直至母亲去世也没能回到她的身边。这种叛逆行为的结果是卡特与母亲的关系一直较为疏远和冷淡。尽管卡特后来对此深感歉疚，在多篇回忆文章中表达了对母亲的依恋之情，但是母亲在她的人生中始终是一个"影子似的人物"。② 从心理学的角度审视，女儿进入青春期之后的这段时期是母女关系的关键时期，其间往往会出现空前的紧张和矛盾。对于青春期少女而言，她们寻求自我独立的愿望极其强烈，因此总是以故意违背母亲意愿的方式行动，以示与其不同。与她柔弱的母亲相比，卡特更加一意孤行，她的行为对母女关系产生的破坏力也更强。

卡特将这种母女关系的影响带入小说创作，于是她早期小说中的母女关系呈现出问题重重的面貌。出现在这一时期

---

① Angela Carter, *Nothing Sacred: Selected Writings*, London: Virago Press, 2000, p. 12.

② Joan Smith, "Introduction", *Shaking a Leg: Collected Writings*, New York: Penguin Books, 1997, p. 2.

小说中的母亲大体有两种形象特质：其一是遥远的、疏离的、不在场的；其二是具有威力的，甚至是恐怖的。《魔幻玩具铺》的主人公梅拉尼的母亲具备第一种特质。她从未在小说中露过面，只存在于梅拉尼的叙述当中，而且在开篇不久之后就去世了。即使在女儿的叙述当中，这位母亲的形象也丝毫不令人感到亲切。她将大部分时间花费在维持精致奢华的中产阶级生活上，对自己和家人拥有的物质水准有很高的要求，却并不关心家庭的温暖和孩子们的内心需求，她的优雅和得体只能使她与女儿之间变得越来越隔膜。梅拉尼就曾以讽刺的口吻揣测道："母亲一定是衣冠整齐地生出来的，可能她穿了一套优雅合身的胎膜，在大众杂志的推广图片里选的——'着装最佳胎儿今年都在穿什么？'"[1] 在女儿眼中，母亲不像个活生生的人，更像一个遥远的符号；母女之间的实质性情感交流被割断了。《新夏娃的激情》中的母亲则是第二种形象特质的代表。她仿佛古代神话中邪恶女神的化身：黝黑，沉重，胸前坠满女儿们供奉给她的乳房。母性在她身上达到了如此的极致，以至于难免带有恐怖的意味。在她面前，伊夫林深感"垂在我小腹下的那器具一无用处，只是个悬挂的装饰品，是大自然一时淘气安装上去的；而她，出于她的自由意志，则已变成大自然在地球上的代表"。[2]然而，与梅拉尼那冷冰冰的母亲一样，女神般的母亲与她的女儿们

---

[1]　安杰拉·卡特：《魔幻玩具铺》，张静译，浙江文艺出版社，2009，第 11 页。

[2]　安杰拉·卡特：《新夏娃的激情》，严韵译，南京大学出版社，2009，第 62 页。

之间也是隔膜的，毕竟每次见到母亲时都需要跪下并唱颂歌并不是正常情况下女儿应有的行为。无论母亲呈现出符号般的疏离感还是邪恶女神般的恐怖感，她都无法与女儿建立亲密而自然的母女关系。

从这两类母亲身上，读者能够隐约看到卡特外祖母与母亲的影子，或者准确地说，两人的影子在卡特心理上的投射。处于创作早期的作家卡特在眼前勾勒母亲的形象时，像处于青春期的少女卡特一样，她不可避免地看到了两个母亲：一个强悍，于是她急于反抗；另一个陌生，于是她急于逃脱。做女儿的无论面对哪一个母亲，似乎只有打败甚至消灭对方才能确保自己踏上独立自由之路。梅拉尼偷穿了母亲的婚纱并将其彻底毁坏，在象征意义上直接导致了母亲的死亡。夏娃逃离了母亲为她安排的任务，断送了制造弥赛亚的全盘计划，直接导致母亲发疯。当女儿寻求独立自我的愿望喷薄而出，弑母似乎成为迫不得已的唯一选择。许多评论家认为，卡特早期小说中的弑母情节具备女性主义的思想内涵，这种看法略有夸大卡特的理论深度之嫌。上述情节与其说是女性主义思想指导下的精心设计，毋宁说是生活经历影响下的主观感受。当然，随着卡特对女性主义研究的不断深入，这些主观感受开始浸染越来越多的理论色彩。

在 1979 年出版的理论专著《虐待狂女人》中，卡特通过解读萨德的小说《闺房的哲学》对母女关系做出了一番思考。这部小说大致讲述的是由于不满母亲对自己性自由的干涉，女主人公欧也妮对母亲进行性虐待的故事。卡特认为，从表面上看，欧也妮的弑母行为是由追求自由的愿望驱动的，然而实际上她的所作所为深深地打着父权制的印记。欧也妮虐待母亲，其原因不仅是母亲阻碍自己与男性的性活动，更重要的是，她是一个在性方面比自己更加成熟的女人。虽然母亲正在逐渐老去，但是她永远地占有父亲。弗洛伊德断言，女孩像男孩一样也有俄狄浦斯情结，每一个女孩的潜意识里都有"杀掉母亲，和父亲睡觉"的隐秘愿望。欧也妮的行为正是对俄狄浦斯情结的实践。萨德特别提到她的一项虐待手段，即缝合母亲的生殖器官，这显然是为了断绝母亲与父亲性交的可能。欧也妮就是一位"女俄狄浦斯"，"她中规中矩地遵循着弗洛伊德的理论，简直好似他的病人"。① 欧也妮破坏母女关系以获得异性恋的自由，这是父权制所喜闻乐见的，她的行为不仅受到默许而且被鼓励。然而，在父亲的指使下追求性自由本身就使这种自由的真实性令人质疑。在卡特看来，欧也妮的自由实际上一直受到审查，她所颠覆的不过是"上帝、国王和法律的世界为她规定好的社会角色"罢了。②

　　站在女儿的角度考察了弑母行为之后，卡特又站在母亲的角度提出了这样的问题：被虐待的母亲是无可责备的吗？卡特认为，欧也妮的母亲同样也是父权制的牺牲品，因为她深信自己应当扮演父权神话中那个哺育子女、心地仁慈、胸怀博大的母亲形象。她阻止女儿追求性自由，并不是因为那自由是父亲的虚假承诺，而是因为她担心性活动会导致生育。她将性与生

① Angela Carter, *The Sadeian Woman*, London: Virago Press, 1979, p. 125.

② Angela Carter, *The Sadeian Woman*, London: Virago Press, 1979, p. 133.

育等同起来，也就是将女人与母亲等同起来，从而否定了女性自由地享受性的权利；而将生儿育女视作性活动的必然归宿，正是父权制对女性的一贯要求。尽管萨德描绘了那样多惊世骇俗的场面，他最终也没有胆量让欧也妮的母亲享受性快感，而是让她保持了父权神话中母亲应有的圣洁形象，在性高潮来临之前昏了过去。卡特因此评价道，在母女关系这片"精神领域最晦暗不明的地带"，萨德"选择了安全为上"。[1] 通过对萨德作品的解读，卡特呼吁女性应当正视自身的欲望，因为坦诚地面对女性性欲有助于解除父权文化强加在女性身上的种种神话，而附着在母亲形象之上的神话当属最应去除的。

　　与此同时，卡特对母女冲突的实质亦有所领悟。她逐渐意识到，在母女冲突之中，父亲的推手无处不在。女儿急于逃离母亲去追求所谓的自由，这受到了父亲的指使和怂恿；母亲在女儿面前竭力维持圣洁的抚育者形象，并说服女儿也接受与她一样成为母亲的命运，这也是受到了父亲的影响。这位"大写的父亲"施展他的权威，像阴云一般笼罩在母女关系之上，使母亲与女儿由亲密变得疏离，直至反目成仇、分道扬镳。然而有些自相矛盾的是，在每对母女关系当中，具体的父亲形象又是无处存身的。虽然欧也妮充当了俄狄浦斯，但是她既与母亲发生了性关系又杀掉了她，这使"母亲充当了父母的双重角色"。[2] 母女之间的爱、性欲与冲突是如此充满张力，以至

---

[1]　Angela Carter, *The Sadeian Woman*, London：Virago Press, 1979, p. 132.

[2]　Angela Carter, *The Sadeian Woman*, London：Virago Press, 1979, p. 133.

于她们本身形成了一个闭合的能量循环，父亲难以介入。对萨德作品的这种解读方式颇为矛盾，它虽然暴露了卡特对待父亲形象的态度一直犹疑不决，但是同时也揭示出她对母女关系的理解进入了更加深刻的层次。萨拉·甘布尔认为，卡特对自己家庭内部母女关系的观察和思考"将她引向了那部研究萨德作品的专著"。① 实际上，对萨德作品的解读也给予了卡特这样一个机会，使她能够从女性主义的角度以理论研究的眼光重新审视自己与母亲的关系。她开始反思，自己当年为了投入丈夫的怀抱而亲手割裂与母亲的联系，父权制的价值观是否在其中发挥了作用；那些她在小说中塑造的令人厌恶的母亲形象，是不是女儿对母亲爱憎纠结、既有意亲近又出于本能与之抵触的复杂情感产生的结果。卡特曾将早年的自己描述为"仍然是个思想上有些被殖民的女孩"②，此语所指的也许并不仅仅是担任作者的安杰拉·卡特，也是生活中为母女关系感到困惑的女孩安杰拉本人。

在经历了这一番思索之后，卡特对母亲的形象有了更多的包容，她笔下的母女关系也变得愈加亲密。更重要的是，在《虐待狂女人》主要论调的影响下，卡特开始在小说中愈加频繁地将母亲塑造成坦诚面对自身性欲的性感女人，以便达到对父权文化中的母亲形象进行祛魅的效果。

---

① Sarah Gamble, *Angela Carter: A Literary Life*, Basingstoke: Palgrave Macmillan, 2006, p. 28.

② Angela Carter, "Notes from the Front Line", *Critical Essays on Angela Carter*, ed. by Lindsey Tucker, New York: G. K. Hall & Co., 1998, pp. 25 – 26.

于是，在与《虐待狂女人》同年出版的短篇小说《染血的房间》中出现了自卡特开始创作以来塑造得最为光彩照人的母亲形象：

> 我的母亲犹如兀鹰一般不可战胜。她曾毫不畏惧地击退过一群中国海盗，在瘟疫肆虐的时候照料过一个镇子的居民，亲手射杀过一只吃人的猛虎，而她做这些事情的时候，还没有到我现在这样的年纪——有哪个音乐学校里的学生能够这样炫耀自己的母亲？①

这位母亲尽管强悍，但也不乏敏感和柔情。当她听到女儿在电话中一谈及浴室的镀金水龙头便哭了起来，立刻就意识到女儿的婚姻并不快乐，旋即赶来救援。可以说，卡特在这位母亲的身上凝聚了她熟悉的两类母亲的形象特质，并将这些特质之中最美好的部分展现了出来。而且，这位母亲十分性感。在她赶到城堡，破门而入救下女儿的那一刻，"她的白发如同马鬃随风飘拂，仿佛上了釉光的双腿裸露到根部，裙子撩起围在腰间，一只手拉住直立起来的骏马，另一只手紧握父亲的左轮手枪"。② 在她身上，卡特后来极力赞美的"新女性"的形象特质已经初现端倪：生机勃勃，充满力量，性感而不轻浮，强悍却满怀爱意。母亲形象的转变顺理成章地导致了母女关系的

---

① Angela Carter, "The Bloody Chamber", *Burning Your Boats*: *Stories*, London: Chatto & Windus Limited, 1995, p. 111.

② Angela Carter, "The Bloody Chamber", *Burning Your Boats*: *Stories*, London: Chatto & Windus Limited, 1995, p. 142.

转变，之前出现在卡特小说中那些充满矛盾冲突的母女关系逐渐消失了。在《染血的房间》中，母女关系呈现出前所未有的亲密感，卡特甚至专门使用了"母女感应"（maternal telegraphy）一词来描述这种亲密感。它对改变女儿的命运发挥了重要作用。凯瑟琳·曼利认为，小说女主人公的思想起初一直在父权价值观与粗浅的自我认知之间摇摆，最终令她鼓起勇气追求自由的正是性格中母亲传承给她的品质。是她母亲的人生经历给了她勇气，而送她去学习音乐这件事给了她顺利逃脱父权控制的机会。① 健康的母女关系为女主人公自我认知的健康发展铺平了道路，在关键时刻甚至挽救了她的性命。母亲与女儿和解了，亲密而自然的母女关系得以恢复。

　　在《染血的房间》之后，卡特又接连塑造了许多类似的母亲形象，例如短篇小说《大屠杀圣母》与《厨房的孩子》当中的母亲，长篇小说《马戏团之夜》中的纳尔逊妈妈与《明智的孩子》中的阿嬷等。这些母亲之所以令人心生敬意、备感亲切，不仅因为她们都有极具魅力的人格力量，更因为她们的心中都充满爱意。卡特曾将真正的女性定义为能够感知爱和给予爱的女人，那么真正的母亲也必定是能够感知爱和给予爱的母亲。事实上，为了强调爱的作用，卡特在八九十年代创作的小说中尤其偏爱展现并不是由血缘维系的母女关系。无论是纳尔逊妈妈、阿嬷还是飞飞的养母丽兹，她们

---

① Kathleen E. B. Manley, "The Woman in Process in Angela Carter's The Bloody Chamber", *Angela Carter and the Fairy Tale*, Detroit: Wayne State University Press, 2001, p. 87.

都向与自己毫无血缘关系的女孩奉献着无私的爱，将这些孩子从遭人遗弃、备受虐待或是贫病交加的悲惨状况中解救出来，给她们安康的生活，令她们重拾对人生的信心。在卡特看来，"爱并非由生理的必需产生，而是自由选择的结果"。[①] 朵拉做出了"母亲是项事实"这一评论[②]，其含义便是"母亲"并不是由生理决定的身份，而是通过哺育和抚养等行为加以定义的。

安杰拉·卡特这一时期对母爱的强调在很大程度上是受到了其家庭生活的影响。1983 年 11 月，卡特生下了自己唯一的孩子亚历山大。尽管她原先并没有迎来孩子的打算，但是做母亲这件事仍令她"万分激动，非常有成就感"。[③] 显而易见，自己成为母亲使卡特审视母女关系的立场发生了转变，她笔下的女主人公身上因此增添了越来越多的母性。在她最后创作的两部长篇小说中，这种母性变得如此饱满充盈，甚至跨越了两性关系的领域。例如，当《马戏团之夜》中的飞飞谈起恋人华尔斯，她常常使用母亲的口吻而不是女友的口吻，他们最终的结合也被描绘成抚育的结果："你说他还没被孵出来。那好，我去孵！把他孵出来，变成一个全新的男人，以配合我这全新的女人。"[④]《明智的孩子》的结尾，佩瑞格林将一对双胞

---

① Sarah Gamble, *Angela Carter*: *A Literary Life*, Basingstoke: Palgrave Macmillan, 2006, p. 178.

② Angela Carter, *Wise Children*, London: Vintage, 1992, p. 223.

③ Sarah Gamble, *Angela Carter*: *A Literary Life*, Basingstoke: Palgrave Macmillan, 2006, p. 179.

④ Angela Carter, *Nights at the Circus*, London: Vintage, 1994, p. 281.

胎婴儿赠予欠思姐妹，朵拉发现姐姐诺拉怀抱婴儿的神情"仿佛即将坠入爱河，在爱河的边缘摇摇晃晃——不止如此，仿佛即将最后一次永久地坠入爱河，仿佛终于遇上完美的陌生人"。[①] 贯穿卡特的整个创作生涯，女性的爱与欲望是她坚持不懈表达的两个主题。最终，这两个主题在母亲的形象中汇合在一起，充满颠覆力量的性与温情脉脉的爱相互交织、融为一体，卡特小说中的母女关系就定格在这个画面上。

二　父女关系

对于女性主义者而言，父女关系看上去要比母女关系容易解读得多。女性解放运动的初衷即是将女性从父亲的控制下解放出来，争取与父亲同等的政治权利。在理论层面上，父亲的社会角色被抽象为父权体制及父权价值观，女性需要竭力消除它们在各个文化领域当中的影响，以获得精神上的真正自由。总而言之，父亲不仅不能为女儿建立独立的自我认同提供指导和帮助，反而是横亘在女儿追求自由道路上最大的障碍。父女关系之存在不过是有待破裂罢了。然而，安杰拉·卡特笔下的父女关系并非如此简单，而是向来充满了矛盾和犹疑。萨拉·甘布尔曾经评价道，卡特"一边批评父权制，一边却表现出对男性明显的依恋"。[②] 卡特本人的女性主义者身份与她对自己父亲的深厚感情之间的冲突是造成这种犹疑态度的主要原因。

---

① Angela Carter, *Wise Children*, London：Vintage，1992，p. 226.

② Sarah Gamble, *Angela Carter：A Literary Life*, Basingstoke：Palgrave Macmillan，2006，p. 28.

如前所述，卡特在 20 世纪 70 年代初正式转变为一位女性主义作家。触发这种转变的是她在旅日期间的所见所感，而真正引导她走向转变的却是 60 年代末欧美风起云涌的社会变革，她的转变在当时是许多女性共同体验过的心路历程。

　　60 年代的激进政治为女性主义的发展提供了绝佳的温床。男人们自己游行和演讲，却期望女性同胞帮他们舔舔信封上的胶条，顺从聆听。那些投身黑人解放运动和反越战运动的妇女开始领悟，原来她们也是需要被解放的人——现在就要，不要"等到革命之后"。①

　　卡特起初尤其支持性解放运动，她认为"男人为了将女人拖入永久的婚姻关系，以生育、地位及安全感为由设下了种种无耻的陷阱，而性解放运动将性从这些陷阱中解救了出来，使其变成了快感的媒介"。② 事实上，她甚至在某种程度上亲自参与了性解放运动，在东京居住期间度过了一段颇为混乱的日子，以至于为她写传记的保罗·巴克评论道："很难说她距离卖淫有多远"。③ 但是，随着该运动愈演愈烈，卡特逐渐发现

①　Anna Coote and Bea Campbell, *Sweet Freedom*: *The Struggle for Women's Liberation* (2nd Edition), Oxford: Blackwell, 1987, p. 5.

②　Angela Carter, "Truly, It Felt Like Year One", *Very Heaven*: *Looking Back at the 1960s*, ed. by Sara Maitland, London: Virago Press, 1988, p. 214.

③　Paul Barker, "The Return of The Magic Story-Teller", *Independent on Sunday*, 8 January, 1995: 14.

它并没有解决男女之间的不平等问题，女性的政治权利并没有因此得到增加，劳动报酬也没有因此得到增长。更重要的是，女性在社会地位和政治权利等各个方面的问题还没有得到解决的情况下贸然先行解放自己的身体，这往往令她们更容易受到剥削和伤害，陷入比未解放之前更加危险的境地。卡特对性解放运动抱有的幻想逐渐破灭了，"我一直以为事情进展得很顺利，原来自己不过是个二等公民"。① 卡特思想上产生了这些变化，又在日本经受了被歧视的切肤之痛，于是慢慢转向女性主义。她之所以成为女性主义者，更大程度上是受到了社会风气的感召和个人情感生活的刺激，家庭背景并未在其中发挥作用。她所感受的父权压迫大多是概念上的压迫，而不是实际的经历。事实上，在卡特看来，生活中的父亲与她作为女性主义者竭力反抗的父亲相距甚远。她在家门外与父亲进行斗争，走进家门却享受着父亲的溺爱——这可谓当时发生在她身上的情形：

　　我得说我父亲并没有为我做好应对父权的准备。他在与我母亲结婚时就遇到了一位几乎象征着母权的岳母。他毫无选择，只得妥协。另外，我出生时他已经四十多岁，在这把年纪喜获小女对他而言着实是个不小的冲击。在我的整个童年时期，他都对我言听计从，甚至一直到现在都是如此。②

---

① Angela Carter, "Truly, It Felt Like Year One", *Very Heaven: Looking Back at the 1960s*, ed. by Sara Maitland, London: Virago Press, 1988, p. 215.

② Angela Carter, *Shaking a Leg: Collected Writings*, New York: Penguin Books, 1997, p. 18.

　　这种反差反映在卡特的小说创作当中，她笔下的父亲形象于是呈现出符号化的倾向。她所描写的父权暴君多是象征意义上的压迫性符号，而不是活生生的邪恶男人。例如，《魔幻玩具铺》中的菲利普舅舅制作木偶，他本人也仿佛木偶一般。读者除了知道他醉心工作并且仇视身边一切有生命的造物外，对他的想法和野心一无所知。他的仇恨也显得有些平白无故，从小说提供的信息似乎无从为这种刻骨铭心的仇恨找到充分的缘由。读者同样很难发现《霍夫曼博士地狱般的欲望机器》中决断部部长和霍夫曼博士的内心世界——对于他们何以形成现今的价值观，何以变得如此冷酷、刻板或者暴虐，读者仍然一无所知。换言之，卡特在20世纪60年代末70年代初塑造的父权暴君形象都是扁平人物，读者只能直观地接受他们，却无从对其加以细致的探究。

　　对于一位自我要求颇高的作家而言，总是将小说中的重要人物塑造成扁平人物并不是件光彩的事，卡特开始尝试着为她笔下的父亲形象寻找一种更有说服力的表现形式。她可以选择将更多的笔墨花费在描绘父权暴君之上，探寻他的内心世界，揭示他的压迫性思想是如何形成的。但是卡特并没有这样做，自从确定了以女性为其小说的主人公之后，她更愿意将女性放在作品的中心位置，让其他人物围绕着女主人公发展。她志在既能表现父权对女儿的压迫，又不必详尽地刻画父亲本人，那么她又当如何展现这样一种父女关系？卡特为这一问题找到了富于个人特色的答案，这样展现两者之间的关系：一方面是将女儿视为自己欲望投射结果的父亲，另一方面是极力挣脱父亲欲望控制的女儿。经过卡特的解读，父女关系中最能够威胁女儿命运的是父亲妄图操纵一切的欲望，其中性欲占了很大的分量。这种欲望控制着女儿，将她物化和异化，从而使她失去自由。

最早表现此类父女关系的是短篇小说《刽子手的美丽女儿》（"The Executioner's Beautiful Daughter"）。故事发生在高原地带一个乡村里，当地村民认为乱伦是世间最严重的罪过，犯了乱伦罪的人都要被砍头。然而，由于村子里只有一个刽子手，他变成了唯一一个可以犯此罪而不受惩罚的人，因为没人能砍掉他的头。于是，刽子手与女儿发生了乱伦关系。与《倒影》相仿，这显然也是一篇寓言式的小说。刽子手象征着男性的，尤其是父亲的欲望。这欲望是如此强烈，以至于他作为一个人的意义被冲淡了，他更像是作为一个欲望的载体而活着。刽子手本人面目模糊，常年戴着行刑时使用的面罩，甚至与女儿做爱时也是如此。女儿对自己的生活则几乎没有发言权，她日复一日地做着同样的家务事，忍受着父亲按部就班的侵犯。小说传达的理念发人深省：父亲投射在女儿身上的欲望对父女双方而言都起到了异化的作用，父女乱伦既是原罪，又是惩罚。女儿因此"噩梦连连"，父亲也将自己困在了面罩之下，"永远处于权力造成的监禁之中"。①

这一理念在短篇小说《紫姬之爱》与《雪孩》里得到了进一步的表达。如果说刽子手的女儿所承载的象征意义还不够明显的话，这两篇故事的女主人公均毫不掩饰地以父亲欲望的

---

① Angela Carter，"The Executioner's Beautiful Daughter"，*Burning Your Boats*：*Stories*，London：Chatto & Windus Limited，1995，p. 40.

投射物这一身份出现。紫姬是老木偶师制作的木偶，木偶师父亲赋予她精美的容貌："眼睛由红宝石充当，尖齿用珍珠做成，这些牙齿平时总是露着，因为她脸上的笑容永远不会消失。"① 她不仅笑容由父亲控制，命运也由父亲规定，只能严格地按照他编写的剧本演出。雪孩是伯爵意念的产物，如同白雪公主的容貌依据母亲的描述形成一样，她的容貌是依据父亲的描述形成的。"她是伯爵的欲望之子"，因而也只能按照父亲的指令行事。② 值得注意的是，上述故事中刽子手的女儿对父亲的控制并没有反抗，紫姬和雪孩则以各自的方式进行了反抗。紫姬由木偶变成了活人，吸干了父亲的血；雪孩在融化之后变成了一朵咬人的玫瑰。然而，将这两位女儿的行为描述为反抗其实并不准确，因为她们并没有因此获得自由。雪孩的生命转瞬即逝，紫姬则在纵火烧毁父亲的住所之后欢欣鼓舞地做妓女去了。作为欲望的对象，她们没有像真正的女人那样生活过，她们与父亲同归于尽的反抗方式实质上不过是男性欲望自身的反噬。正如伊莱恩·乔丹所言："杀死欲望的对象并不意味着杀死女性，而是杀死男性的欲望在女性身上的表现。"③卓慧臻认为，卡特没有选择让紫姬走上自由之路，而是将她变成了一个罪犯，这是卡特深思熟虑的结果。"在女木偶的头脑

---

① Angela Carter, "The Loves of Lady Purple", *Burning Your Boats：Stories*, London：Chatto & Windus Limited, 1995, p. 43.
② Angela Carter, "The Snow Child", *Burning Your Boats：Stories*, London：Chatto & Windus Limited, 1995, p. 193.
③ Elaine Jordan, "The Dangers of Angela Carter", *Critical Essays on Angela Carter*, ed. by Lindsey Tucker, New York：G. K. Hall, 1998, p. 41.

里，原来滞留的只是一个男性书写的老文本……她刚刚注入鲜血的生命，也因贫瘠的资料库而无法想象新的生活方式。"①父亲将女儿视作被动的容器，任其灌输意义，结果往往是双方两败俱伤，父亲为自身欲望的泛滥付出代价，女儿也永远看不到自由的希望。那么，父女关系有没有可能如同母女关系那样亲密自然，起码不至于如此扭曲呢？安杰拉·卡特通过长篇小说《明智的孩子》为这一问题做出了解答。

丽贝卡·芒福德指出："《明智的孩子》是一部讲述女主人公如何追寻父系起源的小说，这种追寻最终却以一种滑稽的方式揭示了父权的失败。"② 芒福德的分析敏锐地抓住了该小说在描写父女关系方面凸显的两个重要特点：反差与滑稽。小说的主要线索是双胞胎姐妹诺拉和朵拉如何穷尽一生意欲融入父亲主宰的家庭。著名戏剧演员梅齐尔·罕择是她们生理上的父亲，她们渴望得到他的承认；梅齐尔的双胞胎弟弟佩瑞格林·罕择却是承担抚养义务的父亲，她们渴望得到他的爱。透过叙述者朵拉的眼睛，读者了解到了上述情况。然而，就像在阅读《染血的房间》时那样，读者又一次觉察到了女主人公叙事中的矛盾之处。她是个可靠的叙述者吗？

严格地说，朵拉的叙述未必是虚假的，但是她的态度是认真的还是在开玩笑却让人颇为捉摸不定。例如，小说对诺拉和朵拉与父亲梅齐尔的几次会面的描述就不由得令读者心生疑

---

① 卓慧臻：《嘉年华、女性幻想、社会批评——论英国女作家安吉拉·卡特的〈紫姬的爱情〉》，《外国文学评论》2004 年第 2 期。

② Rebecca Munford, *Re-visiting Angela Carter*：*Texts*，*Contexts*，*Intertexts*，New York：Palgrave Macmillan，2006，p. 12.

惑。第一次会面之后，朵拉首先满怀深情地说："你可以说我们迷上了梅齐尔·罕择……他是我们的初恋"，接着却又不厌其烦地解释这一天她们不仅第一次见到父亲，还第一次自己花钱上了公厕，因而"是个彻彻底底值得纪念的快乐日子"。①之后不久，姐妹俩在剧院的后台又一次见到了梅齐尔，朵拉首先感叹道："父亲！光是想到这里，我们的皮肤就感觉一阵刺麻。"② 接着却又说"见到他时我真的尿了出来，不过只有一点点"。③ 最终，姐妹俩有机会与梅齐尔同台演出，尽管在朵拉的叙述中两人兴奋之情溢于言表，而接下来的大段篇幅却用来描述梅齐尔平生最为丢脸的一次经历：他的紧身裤过紧以至于凸显了下身的轮廓，在众目睽睽之下被制片人勒令换掉。而刚刚表达过对父亲仰慕之情的朵拉此时却极其详尽地交代在场的每一个人如何"憋红了脸""猛咬手帕""前仰后合""乐不可支"，似乎父亲出丑也是她们姐妹期待已久的一场好戏。④

每当叙述者正在朝着崇高、严肃或者深情的方向引导读者时，总会有一个滑稽鄙俗的声音不合时宜地出现，将之前营造的神圣气氛破坏殆尽。这种叙事手法使小说的语言风格产生了巴赫金所谓的"讽拟体"的效果，"隐匿在他人话语中的第二个声音，在里面同原来的主人公相抵牾，发生了冲突，并且迫使他人话语服务于完全相反的目的。话语成了两种声音争斗的

---

① Angela Carter, *Wise Children*, London：Vintage, 1992, p. 57.
② Angela Carter, *Wise Children*, London：Vintage, 1992, p. 71.
③ Angela Carter, *Wise Children*, London：Vintage, 1992, p. 72.
④ Angela Carter, *Wise Children*, London：Vintage, 1992, p. 132.

舞台"。① 叙事中隐含的这种话语争斗使梅齐尔有了一明一暗
两个父亲形象：小说表面上为读者展示的是神圣伟岸的父亲，
读者通过阅读认识的却是滑稽可笑的父亲，结果是附着在父亲
身上的光环消失了。通过叙事制造巨大反差，卡特极大地削弱
了父亲的压迫性力量。在小说的结尾，当朵拉和诺拉谈论起梅
齐尔时，她们禁不住觉得父亲"看来有种虚假的感觉，尤其
哭的时候更是这样，仿佛以前人们在诺丁山游行时用厚纸板制
作的人物头像。太像真人了，以至于一点也不真实"。② 父亲
最终变得好似自己头上的那顶纸王冠，不再能够代表任何实质
性的权力，仅仅沦落为一个摆设。

　　为了达到扭转父女关系的目的，卡特并非只采取了讽拟体
叙事这一种手段，她还采取了另一种更为大胆的手段。如前所
述，父女关系之所以危机重重，其原因是父亲将女儿作为自己
欲望的投射物。那么，为了使父女关系变得亲密而自然，女儿
将父亲作为自己欲望的对象又何尝不是一条可行的道路呢？每
当朵拉谈论起姐妹俩对父亲的爱，读者都能隐隐觉察到曾在卡

---

① 〔俄〕巴赫金：《陀思妥耶夫斯基诗学问题》，白春仁、顾亚铃
　　译，生活·读书·新知三联书店，1988，第 266 页。
② Angela Carter, *Wise Children*, London：Vintage，1992，p. 230. 此
　　处的诺丁山游行指诺丁山狂欢节（The Notting Hill Carnival），
　　每年 8 月的最后一个周末在英国伦敦西区诺丁山街头举办，为
　　期三天，每年有一百多万人参加，是欧洲规模最大的狂欢节，
　　也是仅次于巴西里约热内卢狂欢节的世界第二大狂欢节。狂欢
　　节游行以夸张的服饰、奇异的假面和富于节奏感的音乐伴奏下
　　的性感舞蹈为特色。狂欢者佩戴的假面等装饰大多是用厚纸板
　　制作的。

特的小说中反复出现的父女乱伦的主题。例如，她如此描绘梅齐尔的眼睛："那双眼睛！温暖、深邃而性感……那是能脱下你的内裤，从座位后方解开你胸罩的眼睛。"① 朵拉对佩瑞格林的爱更加类似男女情爱，例如她回忆起年轻时曾在夜里闻到佩瑞格林所使用的古龙水的味道，不由想到："我一定是跟佩瑞格林做了！我浑身的血管里充斥着恐惧和喜悦，心想：我做了什么呀……"② 在处理父女关系时，卡特再次采取她常常使用的手法"以其人之道还治其人之身"。如同被凝视者用凝视惩罚凝视者，如同小红帽以欲望征服狼；女儿摆脱了充当父亲欲望对象的命运，主动地向父亲发出了邀请。在生身父亲梅齐尔的百年诞辰寿宴上，朵拉向养父佩瑞格林提议道："我不想跳狐步舞，不过倒是挺想来场……"，于是 75 岁的女儿与她 100 岁的养父终于发生了性关系。③

如果说梅齐尔曾经代表神圣而富有威力的压迫性父权，佩瑞格林曾经代表父亲身上涌动的乱伦欲望，在小说的结尾，这两位父亲所象征的危险均被消除了。梅齐尔不再具有威力，而是个老迈糊涂、孱弱不堪的可怜虫。与此同时，朵拉再也不用为佩瑞格林的性诱惑力而提心吊胆，因为最终是她掌握了主动权。卡特以颇为惊世骇俗的方式使父权遭到完败，女儿以强大有力、咄咄逼人的姿态出现在重新构建的父女关系之中。然而，这种新型的父女关系就是亲密而自然的父女关系吗？读者

---

① Angela Carter, *Wise Children*, London：Vintage, 1992, p. 72.

② Angela Carter, *Wise Children*, London：Vintage, 1992, p. 63.

③ Angela Carter, *Wise Children*, London：Vintage, 1992, p. 218.

对此恐怕难以不持保留意见，毕竟张扬父女乱伦是否正常确实值得商榷。正如读者会被卡特笔下的女主人公所迷惑，不知道她是认真的还是在开玩笑一样，卡特为小说构想出这样的结局，其态度也令人迷惑。她借朵拉之口说出"父亲是个假设"①，这本身就透露了她对父亲的看法仍不确定。

　　然而，在小说的结尾，读者却能够觉察到卡特的态度有了某种确定的趋势。当欠思姐妹推着婴儿车将佩瑞格林赠予她们的一对龙凤胎婴儿带回家时，诺拉说："我们两个既是母亲又是父亲，他们当然会长成明智的孩子。"② 正如卡特在描绘理想的母女关系时不断强调母性是由行为而不是由生理决定的一样，父亲的角色也同样不再局限于生理性别。父亲与母亲角色合二为一，为孩子提供了机会，使之得以逃离社会在性别方面立下的陈规成见。小说的扉页上题写的英国谚语"明智的孩子认得爹"正是该书标题的出处。小说的结尾预示着朵拉与诺拉的孩子成为更加明智的一代，因为他们将在一个摆脱了父权社会传统家庭模式的环境中长大成人。

第三节　"新的黎明到来时"

　　当旧世界的车轴转过，新的黎明到来时，啊！那时！所有的女人都会像我一样拥有翅膀。比如我怀中的这个年轻女人，她的手脚被可怕的礼教束缚着，到那时她就再也

①　Angela Carter, *Wise Children*, London：Vintage, 1992, p. 223.

②　Angela Carter, *Wise Children*, London：Vintage, 1992, p. 230.

不会受苦了。她要挣脱那铸造在她脑中的镣铐，站起来飞走。玩偶之家要打开大门，妓院要释放出囚徒；全世界每一片土地上的鸟笼，管他镀金还是没有镀金，里面都要响起歌声，和着这天翻地覆、焕然一新的黎明……①

　　飞飞站在 20 世纪的门槛上畅想着新黎明到来后女性的命运，安杰拉·卡特站在 21 世纪的门槛上，同样心系女性的未来。在卡特的专著《虐待狂女人》出版的 1979 年，女性主义文学批评界诞生了一部影响深远的论著，即桑德拉·吉尔伯特与苏珊·古芭合著的《阁楼上的疯女人：女作家与 19 世纪的文学想象》（ *The Madwoman in the Attic*：*The Woman Writer and the Nineteenth-Century Literary Imagination* ）。颇为有趣的是，这两部著作都不约而同地论及父权文化对女性形象的成见。父权中心主义二元对立体系将女性分为"天使"与"妖女"两类，前者象征着善，强调女性对男性的谦卑顺从；后者象征着恶，代表女性对男性的冒犯违抗。吉尔伯特和古芭借用弗吉尼亚·伍尔夫和夏洛蒂·勃朗特作品中的说法，又将这两类女性形象称作"屋里的天使"与"阁楼上的疯女人"。在她们看来，每位女性身上都交织着这两种形象的影子，天使代表父权制对女性的操纵和奴役，疯女人则代表女性对父权制的叛逆与对独立自由的渴望；现代女性若想争取真正的解放，就应当杀掉自身"天使"的那一部分，令内心的"疯女人"释放出强大的叛逆力量。无独有偶，卡特在《虐待狂女人》中借用萨德作品里

---

　　① Angela Carter, *Nights at the Circus*, London：Vintage, 1994, p. 285.

两个人物的姓名，将上述两类女性形象称为"于斯蒂娜"和"于丽埃特"。与吉尔伯特和古芭相似，卡特也偏爱于丽埃特代表的妖女式的女性形象，赞许她身上蕴含的叛逆力量。可以说，以传统上被社会所排斥的女性形象来颠覆父权文化对女性的成见，这是当时女性主义者的共识。然而，卡特并不同意将于丽埃特作为新女性的代表。她认为，从推崇天使般的完美女人转为推崇恶魔般的邪恶女人，背后隐藏的仍然是父权中心主义的二元思维方式，一味推崇这一形象其实仍然是在制造神话式的女性形象。

于是，卡特在《马戏团之夜》中塑造了飞飞这位女主人公。作为唯一一位在小说内外都被卡特称作"新女性"的女性人物，飞飞身上凝结着从 19 世纪末绵延到 20 世纪末西方两次女性运动的共同理想。她独立、自信，能够在很大程度上掌握自己的人生，这些特质使她成为卡特表达女性主义思想的理想人选。然而，卡特并没有将飞飞塑造成一个完美的人物，她的缺点与长处一样突出，远远不具备成为女英雄或者救世主的条件。卡特试图通过这样的描写表明，希望女性个体依靠一己之力获得独立和解放的想法是不切实际的；女性应当团结起来，结成联盟，共同迎接新世纪的黎明。卡特笔下的新女性形象是如何诞生的，在其塑造过程中她进行了哪些思考，又是如何从着重描写单一的女主人公转向描写女性群体的，这些问题都值得深入探讨。

一 新女性

克里斯蒂娜·布里佐拉奇斯（Christina Britzolakis）指出：

如果在安杰拉·卡特的创作当中必须要找到一个中心议题的话，这个议题一定是"戏剧性"。戏剧性既是卡特小说的风格，亦是它们的主题。① 在人物塑造方面，卡特同样深受戏剧性的影响。琳赛·塔克曾经总结卡特小说塑造的女性人物形象，将这些人物分为三种类型："无辜的坏女孩"（The Good Bad Girl）、"蛇蝎美人"（Femme Fatale）以及"梅·韦斯特（Mae West）式的女人"。② 这样分类并不是塔克本人的创造，卡特在《虐待狂女人》中详尽地分析了 20 世纪五六十年代活跃在好莱坞银幕上的三位著名女明星，认为她们恰如其分地满足了男性观众对女性的不同幻想："无辜的坏女孩"玛丽莲·梦露（Marilyn Monroe, 1926 – 1962）、"蛇蝎美人"葛丽泰·嘉宝（Greta Garbo, 1905 – 1990）以及梅·韦斯特（1893 – 1980）。

卡特尤其关注玛丽莲·梦露，将其比作当代银幕上的于斯蒂娜："两人都有仿佛在倾诉衷肠的迷人大眼睛，敞开的灵魂之窗；她们洁白无瑕的皮肤是如此细腻，好像轻轻触摸就会留下痕迹，上面都长久地残留着性暴力刻下的伤疤，绅士们正是因为这个原因喜爱金发女郎。"③ 像于斯蒂娜一样，梦露的性感来源于其表现出的对性的一无所知。她所扮演的角色既拥有成熟迷人的身体，又表现出孩童般的举止和神情。成熟女

---

① Christina Britzolakis, "Angela Carter's Fetishism", *Textual Practice*, 1995, 9 (3): 459.

② Lindsey Tucker ed., *Critical Essays on Angela Carter*, New York: G. K. Hall, 1998, pp. 16 – 17.

③ Angela Carter, *The Sadeian Woman*, London: Virago Press, 1979, p. 63. 《绅士们喜爱金发女郎》（*Gentlemen Prefer Blondes*）是玛丽莲·梦露在 1953 年参演的一部电影，也是其代表作品。

人的性诱惑力与孩童纯洁无知而容易轻信的特点汇集于一身，使她不仅易于挑起男性的性欲，而且易于激起他们的暴力倾向。卡特转引曾经与梦露合作过的导演比利·怀尔德（Billy Wilder）在采访中说过的话，怀尔德表示在与梦露合拍过电影之后，他花了很长时间才克服"一看见妻子就想要打她的冲动"。① 梦露象征着父权制下男性眼中的理想玩物：外表精致，大脑空虚，娇怯柔弱，逆来顺受。卡特因而评价，与其认为梦露是一个性偶像，毋宁认为她实际上是全体女性命运的象征。

葛丽泰·嘉宝表现出与梦露截然不同的性感气质。嘉宝生于瑞典，20 岁时才赴好莱坞发展。对于深受清教徒传统影响的美国观众而言，欧洲是个产生过类似包法利夫人和安娜·卡列尼娜等女性形象的"通奸之地"，来自欧洲的漂亮女孩因而带上了一种美国本土女孩所不具备的放荡之美。② 与玛琳·黛德丽（Marlene Dietrich）相仿，嘉宝饰演的角色多为两类：一类是外表孤傲、内心狂热的女神，一类是装扮中性、带有男子气概的干练女性，这两类角色的共同特点是她们均不轻易流露出感情。如同梦露的女性美蕴含着性感与纯真的矛盾一样，嘉宝的女性美蕴含着放荡与冷傲两种互相矛盾的气质；而她本人在生活中性格内向，深居简出，很早就息影退隐，又为这种美感平添了一股神秘的气息。在卡特看来，嘉宝比梦露享有更多

---

① Angela Carter, *The Sadeian Woman*, London: Virago Press, 1979, p. 65.

② Angela Carter, *The Sadeian Woman*, London: Virago Press, 1979, p. 62.

的自由。由于男性并不像期待梦露饰演的角色那样期待嘉宝饰演的角色也"拥有完整的处女膜"，而是从一开始就将其视作拥有无比性诱惑力的蛇蝎美人，这反而使嘉宝"保留了些许自尊"。[①]

梅·韦斯特也许是三位女明星之中享有最多自由的女性。她身材丰满，富于性感，5岁就登台演出，85岁时仍然参演影片，演艺生涯长达80年之久。除了表演，韦斯特还亲自编写剧本、执导影片并参与制作，这使她与梦露和嘉宝有着本质的区别。梦露和嘉宝的银幕形象是由好莱坞的明星制度创造的，她们对此不仅毫无发言权，而且必须忍受电影制作公司想方设法将她们本人与她们的银幕形象混为一谈的努力。只有说服男性观众相信女明星在生活中与她们在电影里一样性感迷人，好莱坞才能够一直满足男性的凝视幻想，从而保持自己造梦工厂的地位。然而，韦斯特的银幕形象是她自己创造的产物，正如卡特所述："她在电影里讲的每句话都是自己写的，她向世界展示的那个夸张的形象既是她创造的，又建立在她本人形象的基础之上。"[②] 她以在镜头前卖弄风情而出名，其性感气质却是自发自觉，有意为之，这就使她在与男性观众的较量之中掌握了主动。卡特认为，韦斯特是个在性方面拥有自由的女人，却故意表现出满足男性幻想的妖媚模样，这说明她实际上是在有意识地将自己的形象当作一件商品售卖。更重要的是，韦斯

---

① Angela Carter, *The Sadeian Woman*, London：Virago Press, 1979, p. 62.

② Angela Carter, *The Sadeian Woman*, London：Virago Press, 1979, p. 61.

特事业的巅峰时期出现在 40 岁之后，这使她"可以无所顾忌地讲话，向中意的任何人搔首弄姿，因为我们都知道她不过是在开玩笑罢了。她被容许享受自由，因为她既老又丑，没人想要"。①

琳赛·塔克认为卡特笔下的女性人物是依照这三位女明星的形象塑造的，这种看法未免贬低了卡特塑造多种人物形象的能力，因而有失偏颇。不过，卡特对女明星的分析的确为她塑造人物提供了一定的启示。例如，迷娘身上有梦露的影子，特里斯特莎则"体现了卡特对银幕上那些蛇蝎美人的持久迷恋"。② 然而，卡特显然赋予了这些人物更加丰富而深刻的意义。卡特给予迷娘一个颇有深意的名字③，令她拥有美妙的歌喉却不能理解所唱歌曲的含义，将她抛入接连不断的厄运之中却始终不让她理解自己人生的悲惨之处。因此，在兼具性感与无知特质的基础之上，这一人物形象还带着一种由于备受命运

---

① Angela Carter, *The Sadeian Woman*, London：Virago Press, 1979, p. 61.

② Sarah Gamble, *Angela Carter：A Literary Life*, Basingstoke：Palgrave Macmillan, 2006, p. 149.

③ 迷娘（Mignon），法国作曲家安布罗斯·托马（Ambroise Tomas）同名歌剧的女主人公。歌剧取材自歌德的《威廉·麦斯特尔的学生时代》（*Wilhelm Meisters Lehrjahre*），讲述了吉卜赛女郎迷娘与威廉纠缠不清的恋爱故事。该剧有一个喜剧性的法语版本和一个悲剧性的德语版本，法语版本以迷娘和威廉的幸福结合结尾，德语版本则以迷娘倒在威廉怀中断气结尾。《马戏团之夜》中的迷娘是德国人，因此这个名字的寓意应当是德语版歌剧所暗示的：少女热情奔放，能歌善舞，她的人生却颠沛流离，充满苦难。

捉弄而产生的凄怆感。这种凄怆感是如此强烈，以至于她不仅象征着父权压迫下的全体女性，甚至如卡特特别指出的那样，象征着"饱受战争蹂躏的欧洲大陆"。[①] 这些意义都是梦露及其饰演的角色所不具备的。与之类似，嘉宝代表的形象也在特里斯特莎身上得到了更加深刻的反映。特里斯特莎的遭遇揭示，蛇蝎美人身上蕴含的冷傲与放荡之间的矛盾实际上是性别认同的矛盾。卡特甚至让特里斯特莎沿袭了嘉宝本人离群索居的生活习惯，并将其诠释为特里斯特莎在困惑中极力逃避既定性别身份的结果。嘉宝的银幕形象给予卡特灵感，卡特却以此灵感为起点完成了对性别气质和性别身份的探索。这些意义都是嘉宝及其饰演的角色所不具备的。

对女明星及其银幕形象的分析为卡特塑造人物提供了原初的模型，她得以在此基础上不断扩展和丰富人物形象，最终塑造出令人印象深刻的女性人物。然而，这种分析最关键的意义在于它为新女性形象的建立排除了干扰，清楚地揭示了"无辜的坏女孩"与"蛇蝎美人"都不是自由的女性，不能成为新女性的代表。因此，在飞飞这一人物被塑造之前，诸如娇弱、无知、冷傲、神秘等在上述两类女性身上颇为突出的特质首先被排除了。卡特必须在这些形象之外为她的女主人公寻找新的形象。

与梦露和嘉宝相比，梅·韦斯特对卡特的影响更大。卡特曾在访谈中表示，"飞飞基本上就是长着翅膀的梅·韦斯特。

---

① Angela Carter, "Angela Carter", *Novelists in Interview*, ed. by John Haffenden, London: Methuen, 1985, p. 86.

我十分仰慕韦斯特，她在电影中控制观众反应的技巧非同寻常"。① 正是这句评语使包括塔克在内的许多评论家认为飞飞是以韦斯特为原型塑造的。然而，鉴于卡特接受采访时一向以俏皮风趣而著称，她下此评语时态度是否认真值得怀疑。飞飞如果只是个依照某位好莱坞女明星描绘出的形象，即便这位女明星非同寻常，她也难以成为一位被卡特寄予厚望的新女性。正如卡特从梦露和嘉宝那里获取塑造人物的灵感，却并不止步于她们的形象，而是赋予这些人物更加丰富、更加深刻的意义一样，卡特在韦斯特身上发现了一种可贵的品质——她十分善于经营自己的形象并对消费者/观众进行控制，正是对此的思索将卡特引向了对飞飞这一新女性形象的塑造。卡特发现，既然韦斯特能够通过有意创造银幕形象在凝视者与被凝视者的较量中占据上风，因而在某种程度上打破了凝视者与被凝视者之间的二元对立关系，那么她不妨因循这一思路，令自己笔下的女主人公拥有自我控制和自我创造的能力，她也许可以借此打破男性与女性之间的二元对立关系。因此，卡特对新女性的首要定义便是能够不受男性的摆布、自己设计人生的女性。

于是，像韦斯特一样，飞飞为自己设计了与众不同的形象。从与之第一次见面，她就不断地在各个方面挑战着男主人公华尔斯以及全体读者对女性的传统看法：她的嗓音"粗犷沙哑，铿锵有力"②，握起手来"结实有力，像个男人"③，她

---

① Angela Carter, "Angela Carter", *Novelists in Interview*, ed. by John Haffenden, London: Methuen, 1985, p. 88.

② Angela Carter, *Nights at the Circus*, London: Vintage, 1994, p. 13.

③ Angela Carter, *Nights at the Circus*, London: Vintage, 1994, p. 89.

的体型更是挑战了父权文化传统对女性体型的惯常定义。她不仅"穿上长筒袜足足有六呎两吋高"①，而且气势夺人——

> 飞飞用力地打了个哈欠，嘴巴张得大大的，露出粉红色的咽喉，好似一头正在晒太阳的鲨鱼。她吸进的空气足以充起一只热气球，突然像只猫似的使劲伸展四肢，那庞大的身形似乎填满了整面镜子，乃至整个房间。她抬起胳膊，露出毛茸茸的腋窝，上面扑着厚厚的一层粉，华尔斯看见差点晕了过去。天哪！她可以用那双有力的臂膀轻易地扼死我！②

按照父权文化的传统看法，男人高大强壮，女人娇小可爱，男性理应在空间上比女性占据更多的优势。飞飞却用她庞大的体型制造了一个完全由女性主宰的空间，令心怀挑衅目的的华尔斯猝不及防，宛若误入大人国的格列佛，既深感震惊又深受威胁。值得注意的是，飞飞为这个女性空间注入了肮脏、鄙俗和怪诞的意味。同华尔斯一起，读者不仅看到了飞飞毛茸茸的腋窝、残留在袖口的熏肉油迹以及四处乱丢的各色袜子，而且难免带着一丝惊异容忍了她肆无忌惮的打嗝放屁。父权文化对女性仪表优雅洁净的要求遭到了无情的蔑视，这不禁使代表父权价值观而来的华尔斯难以招架。

然而有趣的是，即使飞飞是这样一位身高体壮、气质粗

---

① Angela Carter, *Nights at the Circus*, London：Vintage, 1994, p. 12.

② Angela Carter, *Nights at the Circus*, London：Vintage, 1994, p. 52.

俗、行为怪诞的女主人公，仍然不失性感。性诱惑力在她身上以一种粗野强劲的方式展现出来，并且在很大程度上是她自己有意创造的产物。例如，飞飞在讲到自己头一次展翅的经历时，忽然表示要向华尔斯透露一个从未向任何人透露过的秘密："'因为我挺喜欢你这张脸，先生'，她说这话的时候眨了眨眼睛，仿佛在调情。她压低声音，这样华尔斯不得不靠近才能听得见。那充满香槟气味的呼吸吹拂在他脸颊上，暖暖的。"① 接下来的情节证明飞飞的秘密只不过是一件无足轻重的小事，但是经过一番欲擒故纵的娴熟表演，她已经将亲昵、性感甚至略带狎亵意味的氛围制造出来。从这个例子还可以看出，飞飞对形象的设计与对叙事的掌控往往是交织在一起的。由于是她自己讲述故事，不仅讲述的内容由她选择，不同内容的重要程度也由她决定，这就使她作为叙述者的可信度变得异常重要。然而，飞飞这个叙述者并不值得信赖。在讲述的过程中，她常常有意混淆真实与虚构，令她的故事既像自传又像小说。正如本文在第三章曾经讨论过的那样，通过掌控叙事，飞飞在真实的自我之外又创造了一个虚构的自我，从而使主体与客体的界限在她身上变得模糊起来。事实上，飞飞正是一个充满矛盾、令人难以捉摸的人物形象：她既是主体又是客体，既是真实的又是虚构的；她是人却长着鸟一样的翅膀，她是处女却在妓院里长大……卡特拒绝为飞飞下一个确切的定义，因为任何命名、下定义或者分类的举动都有可能使新女性落入父权

---

① 　Angela Carter, *Nights at the Circus*, London：Vintage，1994，pp. 24 – 25.

制的二元对立体系，而该体系正是她力图打破的。卡特将自己的小说称为"去除神话的工程"，飞飞便是这一工程的主力，肩负着将女性从男性营造的神话中解放出来的任务。她不仅远非一个好莱坞女明星的复制品，而且寄托着卡特破旧立新的美好愿望。

二 新女性联盟

随着小说的推进，读者欣然目睹了飞飞这个新女性形象的建立：她生机勃勃，无拘无束，带着一种蛮横的自信设计并掌握自己的人生。读者期待着看到这位新女性挑战父权制，或者至少打败男主角，却意外地发现她自己首先被挑战和打败了。

小说按照故事发生地的不同分为三个部分：伦敦、彼得堡和西伯利亚。从伦敦到彼得堡，飞飞在叙事中占据着毫无疑问的主导地位。读者与男主角华尔斯一起被她的形象所迷惑，为她的话语所摆布。然而，当列车徐徐开出彼得堡车站驶向西伯利亚时，读者与华尔斯同时吃惊地发现飞飞精心建造的光辉形象轰然倒塌了，她"满面泪痕，披头散发。吉卜赛式的长裙被撕裂了，上面粘着已凝固的精液，她正想方设法用脏污不堪、纠结成团的羽毛遮掩赤裸的胸部"。① 飞飞在与俄国大公的较量中失败了，险些沦为大公的玩物。她一直引以为傲的种种控制男性的手段全部失效，不仅是因为对手过于强大，更是由于飞飞对金钱的贪欲令她丧失戒心，一步步走入了大公设置的陷阱。从这一刻开始，飞飞的命运急转直下，西伯利亚之

---

① Angela Carter, *Nights at the Circus*, London: Vintage, 1994, p. 193.

旅变成了她不断经受挫折和打击的旅程。她首先在大公的宅邸遗失了纳尔逊妈妈赠予她的防身宝剑，接着在火车事故中折断了一只翅膀，她和丽兹用以迷惑华尔斯的那座老爷钟也被毁坏了。当她经过艰难的长途跋涉，最终在西伯利亚的荒原上见到华尔斯时，她那曾经光彩夺目的形象已经黯然失色：

> 由于无心洗脸，她的面颊残留着斑驳的口红印记，又长出了斑点和疹子。头顶有些毛糙的头发被她束了起来，用一根鱼骨固定。由于她再也不费心遮掩自己的翅膀，大家也就见怪不怪，不再觉得这对翅膀有多么不同寻常了。况且一只翅膀早已失掉了它令人陶醉的色彩，另一只则缠着绷带、毫无用处。①

　　与飞飞的性感形象同时遭到打击的是她乌托邦式的女性主义理想。长久以来对人生游刃有余的设计和控制赋予飞飞的世界观一种确定性，令她相信即便她的形象在别人看来矛盾含混、难以捉摸，她的自我永远稳固可靠。然而，从飞飞在俄国大公那里遭受挫败开始，这个貌似稳固的自我开始动摇了，读者开始对女主人公设计和控制自己形象与人生的能力产生了怀疑。很快，女主人公自己对此也开始怀疑了。飞飞人生中最大的危机发生在她最终与华尔斯重逢之时，她在华尔斯的眼眸里看到了自己的倒影，感到自己"仿佛要永久地困在这倒影当中"；她不禁自问："我是真实的，还是虚构的？我是我认识

---

① Angela Carter, *Nights at the Circus*, London: Vintage, 1994, p. 277.

的那个人吗？还是他眼中的那个人？"① 阿比盖尔·丹尼斯（Abigail Dennis）指出，卡特塑造了飞飞这个总是带着乌托邦式昂扬乐观情绪的新女性，却并没有忘记"提醒读者注意新女性及其理想存在一定的脆弱性"。② 像同样生活在 19 世纪末20 世纪初的女性主义先驱一样，飞飞对女性在即将到来的现代社会中能够获得解放充满了信心。她相信随着时间的推移，世界只会变得越来越美好。当新世纪拉开帷幕时，所有在旧世纪中受到压迫和禁锢的女性都会得到解放，男性与女性也会结束对抗，完成幸福的结合。即使是最天真的读者也会对这种信念心存疑虑。更令读者感到不解的是，既然卡特如此精心地塑造了飞飞这个女主人公，并对她寄予了破解父权中心主义二元对立体系的厚望，为何又要在小说的后半部分破坏她的形象，凸显她的天真幼稚呢？

卡特并没有打算毁掉她的主人公；事实上，小说从一开始就为飞飞安排了帮手——她的养母丽兹。马加利·科尔尼埃·迈克尔指出，"《马戏团之夜》中的女性主义思想之所以复杂，是因为它包含了两种女性主义思想：马克思主义女性主义与乌托邦式的女性主义"。③ 飞飞是乌托邦式女性主义的代言人，

---

① Angela Carter, *Nights at the Circus*, London: Vintage, 1994, p. 290.

② Abigail Dennis, " 'The Spectacle of her Gluttony': The Performance of Female Appetite and the Bakhtinian Grotesque in Angela Carter's Nights at the Circus", *Journal of Modern Literature*, 2007, 31 (4): 129.

③ Magali Cornier Michael, "Angela Carter's Nights at the Circus: An Engaged Feminism Via Subversive Postmodern Strategies", *Contemporary Literature*, 1994, 35: 492.

丽兹则是马克思主义女性主义的代言人。小说所力图传达的
理念并不是由飞飞这位新女性一人体现，而是由她和丽兹共
同承担的。卡特似乎在暗示读者，尽管新女性充满了生机和
活力，但仅靠她一己之力不可能使全体女性得到解放。飞飞
即便强大到足以挽救迷娘和女驯兽师"公主"并带领整个马
戏团走出西伯利亚的荒原，也无法避免遭遇自我认知的危机。
在飞飞见到华尔斯之前，小说特意安排她与丽兹一边在雪地
里跋涉一边交谈，讨论爱情、婚姻以及女性的命运。飞飞满
怀热情地准备前去改造华尔斯，丽兹则相当谨慎地回应着她
的设想。在前者激情洋溢地说出了本节开篇引用的那段话之
后，后者反驳道："事情要比这复杂得多"。① 事实证明，尽
管飞飞是那个总在大声疾呼、喊出解放口号的人，真正从事
革命活动的却是丽兹，是她将用隐形墨水写好的信件放入华
尔斯的外交专属邮包，借此将俄国的斗争情况传递给被流放
的革命同志。玛丽·拉索（Mary Russo）将丽兹比作"光彩
照人的女主人公身边那个女仆或者保姆的角色"，她的工作却
是"无可替代的"；飞飞与丽兹之间的差异则有理由被解读
为"一种绵延不断的对话"，"一个看上去不可思议实际上却
必不可少的政治联盟"。②昂扬乐观的乌托邦式女性主义理想必
须与脚踏实地的马克思主义女性主义实践相结合，女性必须结
成联盟。

---

① Angela Carter, *Nights at the Circus*, London：Vintage, 1994, p. 286.
② Mary Russo, "Revamping Spectacle：Angela Carter's Nights at the Circus", *Critical Essays on Angela Carter*, ed. by Lindsey Tucker, New York：G. K. Hall, 1998, p. 244.

　　让女性人物结成联盟是卡特晚期小说的一个重要特色。在卡特此前创作的小说中，女性人物几乎总是孤独地面对整个男性世界。梅拉尼很少与玛格丽特舅妈交流，尽管她们受到同一个父权暴君的欺压；夏娃对与她同住的零的其他妻子们怀着既怜悯又鄙夷的情绪，对母亲的女战士更是毫无好感；无论是蓝胡子的妻子、老虎的新娘还是小红帽，都在孤身一人与强大的男性对手进行斗争。这些女主人公似乎都对其他女性抱有不信任的态度，哪怕她们与自己一样受到压迫。这一现象的出现也许与卡特本人的心境有关，由于总是想要逃离明确的定位和标签，摆脱试图将她归入某一群体的做法，她长期受到主流文学界的轻视与女性主义者的指摘，处于夹缝之中，备受困扰。她在回顾自己的早期创作时曾坦承，"当我较年轻、也较易于受到伤害的时候，我往往以一种更加出于本能和自我保护的方式对事物进行审视和诠释"。① 也许正是这种强烈的自我保护意识使卡特笔下的女主人公远离了同胞姐妹，始终孑然一人，形影相吊。

　　然而，随着卡特本人及创作的不断成熟，尤其是随着她做母亲之后自信心与幸福感不断增强，她的小说中出现了越来越多的女性联盟。借用戏剧术语来描述，如果说卡特20世纪80年代以前创作的小说多为女性的独角戏，80年代以后她笔下则往往呈现多名角色的女性群戏。这种转变反映了卡特对女主人公认知的转变：当她笔下的女主人公孤军奋战时，她意在强

① Angela Carter, "Notes from the Front Line", *Critical Essays on Angela Carter*, ed. by Lindsey Tucker, New York: G. K. Hall, 1998, p. 24.

调其特异性——正是由于女主人公与众不同，才会经受更多的苦难，也因而能够更早地获得解放；卡特的晚期小说则越来越倾向于强调女主人公与其他女性人物的共性，尽管她身上的特异性仍然存在，但是女性的共同体验与共同命运被放在了更加重要的位置上。

　　读者可以通过观察一个细节的变化体会这种转变。在卡特的小说中，女性的月经是一个经常出现的意象，也是女性身份的重要象征。在卡特 20 世纪 70 年代撰写的短篇小说《狼孩爱丽丝》中，月经初潮的来临令女主人公爱丽丝首次感受到自己与其他母狼的差异，由此踏上了从狼向人转变的旅程，这是她建立女性自我意识的标志。不仅如此，爱丽丝还将造成月经的原因解读为"一头喜欢她的狼……在她熟睡之际轻轻咬啮她的下体"[1]；于是将女性自我意识的建立与男欢女爱联系在一起。与之相较，在《马戏团之夜》关于女子监狱的情节里，月经这一意象则有着全然不同的含意。女囚奥尔加·亚历山大洛夫娜试图与女狱卒进行交流，手头却没有笔墨，她于是想出了一个"只有女人才想得出的办法"[2]，用手指蘸着经血写便条，再将便条塞入面包卷递出牢房。不久，监狱里所有的女囚和女狱卒都开始用这种方式进行交流。玛格丽特·托伊（Margaret E. Toye）认为，裹挟着女性体液的食物充当了女性之间信息交流的媒介；她们通过交换体液"互相接触"，共同

①　Angela Carter, "Wolf-Alice", *Burning Your Boats: Stories*, London: Chatto & Windus Ltd., 1995, p. 224.

②　Angela Carter, *Nights at the Circus*, London: Vintage, 1994, p. 216.

的女性经验使她们摆脱了父权制下男性单方面消费女性的传统模式，从而使她们"有可能颠覆全景敞式女子监狱"。① 从爱丽丝到奥尔加，月经从一种属于个人的特异经历转变为属于女性群体的共同经验。女性之间温暖友爱的姊妹情谊是如此深厚，以至于男女两性之间充满情欲的爱显得不再那么重要了。

在某种意义上，对姊妹情谊与母女关系的强调使《马戏团之夜》与《明智的孩子》这两部卡特最后创作的小说成为几乎完全由女性主宰的小说。这里呈现的是温馨和谐的女性世界。在卡特的早期小说《新夏娃的激情》中，女性世界尽管表面上整洁有序，内部却充满冷漠和仇恨；而在卡特的这两部小说中，女性栖身的物质环境尽管往往贫瘠、污浊甚至阴森恐怖，她们内部却充满了脉脉温情。纳尔逊妈妈的妓院被描绘成"被甜蜜和友爱的感情所统辖"的"纯然的女性世界"②；在破败的莎翁街 49 号，阿嬷"以她坚毅的个性一手创造了一个家"，令无数命运坎坷的女性得到庇护，获取温暖③；即使在可怖的怪女人博物馆，女性也总是像姐妹一样彼此体贴照顾；甚至在荒凉的西伯利亚女子监狱，女性之间也暗暗涌动着涓涓爱意。女主人公在这样的女性群体中成长，从她的同胞姐妹那里，她不仅能够体察到女性共同的苦难命运，而且能够获得爱

---

① Margaret E. Toye, "Eating Their Way Out of Patriarchy：Consuming the Female Panopticon in Angela Carter's Nights at the Circus", *Women's Studies*, 2007, 36：490.

② Angela Carter, *Nights at the Circus*, London：Vintage, 1994, pp. 38 - 39.

③ Angela Carter, *Wise Children*, London：Vintage, 1992, p. 35.

与关怀带来的力量。于是，在卡特的文学生涯接近尾声之时，她的女主人公不仅打败了父亲，而且与母亲达成了和解，与姐妹结成了联盟。如果说卡特早期和中期的小说仍在为女性话语如何从男性统治的世界中杀出重围而感到困惑的话，此时她的小说已经变成了"纯然的女性世界"。取消男性话语的生存空间，将男性排挤出叙事，让女性以结盟的方式取得完胜——这便是卡特与她笔下的女性对父权的有效反抗和最终颠覆。

耐人寻味的是，就在卡特去世的 20 世纪 90 年代，许多原本十分坚定的女性主义作家逐渐发现第二次女性主义运动为女性及女性写作带来的问题，开始对将颠覆父权作为创作的主要任务提出了质疑。包括后来的诺贝尔文学奖获得者多丽丝·莱辛（Doris Lessing）在内的一些女作家甚至不愿接受女性主义作家这一称号，视之为一个过于狭窄的定义。女性主义文学领域中发生的这些变化不禁令人遐想：假如卡特没有英年早逝，而是像莱辛一样健在并且笔耕不辍，她还将创作出怎样的作品？她也许会延续其女性主义理念，继续刻画将男性排斥在外的女性世界，那么对女同性恋的描写很有可能会成为她的下一个创作方向。毕竟，《马戏团之夜》已经描绘过迷娘与女驯兽师的恋情以及女子监狱中女囚与女狱卒的恋情，《明智的孩子》则以欠思姐妹建立同性家庭抚养孩子作为小说的大团圆结局。但是卡特也许会改弦易辙，不再将女性主义作为创作的指导思想，而是追求在文本中表达更为丰富的内容。卡特的创作历程表明她是具备这种潜力的。她曾改编经典童话，翻新哥特小说，为色情文学正名……这些尝试都能将她引向不同的创作方向，而这些方向即使在今天看来仍然大有可为。卡特最后创作的两部小说尤为集中地展现了她的潜能，其中流露出她对电影和电视等新媒体的强烈兴趣，采用了灵活多变的元小说式叙事手法，洋溢着比此前作品愈加浓厚的喜剧气氛，等等。许多评论者甚至从这两部小说中看到了拉伯雷、博尔赫斯和马尔克斯的影子。斯人已逝，这些都只能是读者的推想、揣测罢了，她究竟会做何选择已经无从知道。然而，有一点是可以肯定的：作为一位充满奇思妙想的顽童，安杰拉·卡特总是会给读者带来惊喜。

结　语[①]

　　对于卡特这样一位生前饱受争议、身后为人追捧的重要作家，文学界近年来有不少人试图为之做总结。一些人认为她过于激进，批评"她把温柔、善良、漂亮的白雪公主改写成一个哥特式的吸血鬼，是其反传统的极端例子，很可能是出于矫枉过正、反其道而行之的目的。但愿她不是出于一种对男子的复仇心理"。[②] 另一些人则批评她过于保守，有意压缩属于女性的空间，认为"在她作品的大厦当中，卡特选择让女性占据一间狭小的房间。对于女性而言，这空间是如此狭小，令人感到窒息和压抑"。[③] 一些人认为她长于颠覆，并以危言耸听为乐，甚至评论道："如果我说卡特不是个讨人厌的家伙，谁

---

　① 本章的部分内容基于笔者的论文《厄科的遗存与德里达的遗存》，发表在 2016 年第 2 期的《北京第二外国语学院学报》上。

　② 张中载：《当代英国文学论文集》，外语教学与研究出版社，1996，第 250 页。

　③ Patricia Duncker, "Re-imagining the Fairy Tales: Angela Carter's Bloody Chambers", *Literature and History*, 1984, 10 (1)：12.

都不会同意，包括她本人在内。"① 另一些人却认为她实际上非常注意追求作品在政治上的正确性，因为"卡特主张文学应该具有政治性，也就是要对现实生活具有指导意义"。② 一些人认为她的小说在结构上存在瑕疵，批评她"不会编织情节"，"她的小说缺乏连贯性，它们只是发展到最后一页就停下来了事"。③ 另一些人却认为她的小说独具匠心，对革新文学传统具有重要意义，因为它们"突破了英国文学传统中在结构、道德、社会研究等方面的局限，对同时代作家是一种精神上的解放。她的作品常被看成是为知识分子写的故事，越来越受到人们的重视，成为当代英国文学的一笔宝贵财产"。④ 批评界是如此热爱卡特，以至于对卡特及其作品的大讨论在她去世以后呈现出越来越热的态势。正如阿比盖尔·丹尼斯所总结的，卡特的作品完全"是文艺批评家的美梦"。⑤

---

① Elaine Jordan, "The Dangers of Angela Carter", *New Feminist Discourses: Critical Essays and Theories and Texts*, ed. by Isobel Armstrong, London and New York: Routledge, 1992, p. 120.

② 田祥斌：《安吉拉·卡特现代童话的魅力》，《外国文学研究》2004 年第 6 期。

③ Walter Kendrick, "The Real Magic of Angela Carter", *Contemporary British Women Writers: Narrative Strategies*, ed. by Robert E. Hosmer Jr., New York: St. Martin's Press, 1993, p. 79.

④ 刘凯芳：《安吉拉·卡特作品论》，《外国文学评论》1997 年第 3 期。

⑤ Abigail Dennis, "'The Spectacle of her Gluttony': The Performance of Female Appetite and the Bakhtinian Grotesque in Angela Carter's Nights at the Circus", *Journal of Modern Literature*, 2007, 31 (4): 129.

　　那么，究竟为何出现这股急于为卡特及其作品做总结的热潮呢？当然，最初激发评论界兴趣的是卡特作品的鲜明特色。首先，她的小说具有强烈的互文性，它们与其说是卡特个人创作的成果，毋宁说是卡特的思想与其他作家的思想相互碰撞、融合和斗争的产物。正如她本人所言，她的小说本身即为一种文艺批评，这就为以她的小说为研究对象的文艺批评提供了前提。其次，她的小说蕴含显著的前瞻性。本书导论部分提及伊莱恩·肖瓦尔特给予卡特高度评价，认为她在女性主义文学理论和创作实践两个方面都堪称卓越的先驱。除此之外，卡特的小说还在许多方面表现出令人惊异的先知先觉，例如通过展示时尚、表演、饮食等人们习以为常的日常活动来传达深刻的理论意义，而这些都可以被视作新世纪文化研究的先声。再次，她的小说内容百无禁忌，色情与血腥的描写俯拾即是，强奸与乱伦等话题屡屡出现。这些内容都与读者传统印象中女作家作品的内容大相径庭，因此非常容易招致非议。最后，在大多数时候，卡特总喜欢退居文本的幕后，尽量不在小说中掺杂个人生活和情感的真实体验。尽管她曾经接受过许多次采访，也写下过许多貌似袒露心迹的评论文章，但是读者仍然很难在她的人生与创作之间建立脉络清晰的联系，因为她的讲述"更像是伪装而不是展示"。① 与卡特本人相仿，她笔下的主人公和叙述者也总是给读者以不可靠的感觉。于是，阅读其小说的过程变得好似做

---

① Sarah Gamble, *Angela Carter: A Literary Life*, Basingstoke: Palgrave Macmillan, 2006, p. 197.

游戏，作者与叙述者貌似在文本中提供了丰富的信息，读者却如同身陷迷宫，毫无头绪。

这些特色都为卡特的小说注入了一种不确定性，而正是研究对象文本的不确定性为产生具有新意的文艺批评提供了前提。法国哲学家雅克·德里达（Jacque Derrida）在晚年积极倡导以"闹鬼学"（hauntology）来取代"本体论"（ontology），希望思想能够像幽灵一样漂浮萦绕，却永远不会被指认或者固定。其他人急于宣告马克思主义已经死亡并要为之掩埋尸体，德里达却在著名的《马克思的幽灵：债务国家、哀悼活动和新国际》（*Spectres de Marx：l'état de la dette, le travail du deuil et la nouvelle Internationale*, 1993）一书中让鬼魂正式登上舞台，声称一切尚未终结，并带来行动的指令。他认为，这种急于将某种思想归类和定性的行为反映了逻各斯中心主义将世界划分为简单两极的意识形态。而这种意识形态往往产生种种不公、腐败和危险。德里达不但欢迎飘忽不定的幽灵，并且满怀热情地召唤着它——因为幽灵是"某个难以命名的东西，既不是灵魂，也不是肉体，同时又亦此亦彼"。[①] 这使一切对其采取指认、固定、审问的本体论式尝试都变得徒劳而可笑；简单粗暴的二元对立在它面前砰然瓦解。像德里达一样，卡特亦将文本的不确定性视作打破逻各斯中心主义的有力武器。她以女性主义作为创作的切入点，最终要摧毁的是形而上学内在的二元对立模型。这就是她的小说所有颠覆力量的源泉。

---

① 〔法〕雅克·德里达：《马克思的幽灵：债务国家、哀悼活动和新国际》，何一译，中国人民大学出版社，1999，第11页。

　　然而，这并不是安杰拉·卡特与德里达唯一的相似之处。在哲学意义之外，德里达对幽灵的热情召唤还缘于一种更为隐秘的担忧。他在去世之前曾经忧心忡忡地表示："我死之后将不能再讲话。我的话将暴露于他人之前，毫无还手之力。"① 作者存活于话语和文本构筑的世界，即便他们的肉身腐烂湮灭，只要话语和文本留存，他们就能够永久地存活下去。德里达担忧和惧怕的正是自己死后作品有可能被误读和滥用，因为这无异于将他的思想装入棺椁，彻底埋葬。于是他召唤幽灵，竭尽全力地抵制任何盖棺论定的尝试。事实证明，德里达最终仍然失败了。在他去世后的第二天，《纽约时报》就刊登了对他进行诋毁的大幅讣告，随后便是一场波及整个欧美学界的声势浩大的论战。不幸的是，卡特经历了与德里达相似的命运。这也许是每一个依赖话语为生之人的宿命：当她不能再讲话的时候，她的话语并不会就此定格，而是会被从她那里夺走，交予仍然能够讲话的人进行诠释。尽管卡特曾经表示希望读者将她的作品视作寓言，"一次能解读出多少层意思就可以解读出多少层意思"②，她却并未料到这些解读为她带来了五花八门的标签。即使是她在文学圈中的挚友，也可以说，尤其是她在文学圈中的挚友，在她去世之后争相送给她各种称号和头衔。卡特作为一位以"去除神话"为己任的作家，最终也不免被涂上一层神话的色彩。

---

① Hillis J. Miller, "Derrida's Remains", *Mosaic*, 2006, 39 (3): 197.

② Angela Carter, "Angela Carter", *Novelists in Interview*, ed. by John Haffenden, London: Methuen, 1985, p. 86.

　　其实，面对卡特这样志在打破世间惯例和成见的作家，评论者应当摒弃习以为常的宏大叙事，怀着德里达召唤幽灵的那份热情，还原文本内在的不确定性。如果用幽灵萦绕来形容卡特的思想过于冷峻的话，那么人们完全可以换一种更具卡特风格的说法，称其怀着一颗赤子之心，像孩子一样充满好奇地进行阅读和写作，不断询问，不懈探索，永不驻足。事实上，在卡特逝世多年之后，评论界已经逐渐意识到了这一点。萨拉·甘布尔在她的卡特研究专著结尾处写道："在从事卡特研究的评论家中间逐渐形成了一种共识：由于卡特本人不肯在作品中做出确定的结论，为了对此表示尊敬，评论家们也不愿在自己的著作中为之下定论了。"① 卡特本人曾经说过，"对人类精神生活所能犯下的最大的罪愆就是阒然无趣"②，而要避免陷入阒然无趣的成规，最有效的办法莫过于始终保持灵活开放的心态。以一个富有童趣的比喻为卡特的创作生涯做一番总结，或许更加合乎她的身份与志向：安杰拉·卡特带领读者进入一座令人目眩神迷的秘密花园，自己却仿佛一个贪玩的小女孩，在园中久久盘桓，直到听见唤她回家的钟声，却再也找不到归途，于是永远留在那座瑰丽绚烂的花园之中了。

---

① Sarah Gamble, *Angela Carter：A Literary Life*, Basingstoke：Palgrave Macmillan, 2006, p. 204.

② Angela Carter, "Notes on the Gothic Mode", *The Iowa Review*, 1975, 6：134.

参考文献

安杰拉·卡特创作和编辑的作品

Angela Carter, *The Infernal Desire Machines of Doctor Hoffman*, New York: Penguin Books, 1972.

"Notes on the Gothic Mode", *The Iowa Review*, 1975, 6: 132.

The Sadeian Woman, London: Virago Press, 1979.

The Magic Toyshop, London: Virago Press, 1981.

ed. , *Wayward Girls and Wicked Women*, London: Virago Press, 1986.

ed. , *The Virago Book of Fairy Tales*, London: Virago Press, 1990.

Wise Children, London: Vintage, 1992.

Nights at the Circus, London: Vintage, 1994.

Burning Your Boats: *Stories*, London: Chatto & Windus Limited, 1995.

Shaking a Leg：*Collected Writings*，New York：Penguin Books，1997.

Nothing Sacred：*Selected Writings*，London：Virago Press，2000.

安杰拉·卡特：《烟火》，严韵译，行人出版社，2005。

　　《魔幻玩具铺》，张静译，浙江文艺出版社，2009。

　　《新夏娃的激情》，严韵译，南京大学出版社，2009。

　　《明智的孩子》，严韵译，南京大学出版社，2009。

　　《马戏团之夜》，杨雅婷译，行人出版社，2011。

批评文献

中文资料

〔俄〕米哈伊尔·米哈伊洛维奇·巴赫金：《陀思妥耶夫斯基诗学问题》，白春仁、顾亚铃译，生活·读书·新知三联书店，1988。

〔法〕夏尔·皮埃尔·波德莱尔：《恶之花》，郭宏安译，广西师范大学出版社，2002。

〔古希腊〕柏拉图：《柏拉图的〈会饮〉》，刘小枫译，华夏出版社，2003。

〔美〕哈罗德·布卢姆：《影响的焦虑》，徐文博译，江苏教育出版社，2005。

〔法〕雅克·德里达：《马克思的幽灵：债务国家、哀悼活动和新国际》，何一译，中国人民大学出版社，1999。

〔法〕米歇尔·福柯：《规训与惩罚：监狱的诞生》，刘北成、杨远婴译，生活·读书·新知三联书店，1999。

〔英〕詹姆斯·弗雷泽：《金枝》，赵昶译，陕西师范大学出版社，2010。

柯倩婷：《构想道德的色情作品——读〈虐待狂的女人〉》，《妇女研究论丛》2009年第2期。

李维屏、程汇娟：《安吉拉·卡特后现代主义历史小说的政治意图》，《外语研究》2010年第5期。

李伟昉：《黑色经典：英国哥特小说论》，中国社会科学出版社，2005。

李银河：《女性主义》，山东人民出版社，2005。

林斌：《西方女性哥特研究——兼论女性主义性别与体裁理论》，《外国语》2005年第2期。

刘凯芳：《安吉拉·卡特作品论》，《外国文学评论》1997年第3期。

刘象愚、杨恒达、曾艳兵主编《从现代主义到后现代主义》，高等教育出版社，2002。

〔美〕凯特·米利特：《性政治》，宋文伟译，江苏人民出版社，2000。

〔德〕弗雷德里希·尼采：《查拉图斯特拉如是说》，黄明嘉、娄林译，华东师范大学出版社，2008。

欧阳美和、徐崇亮：《〈新夏娃受难记〉的女性主义读解》，《外国文学研究》2003年第4期。

〔法〕蒂费纳·萨莫瓦约：《互文性研究》，邵炜译，天津人民出版社，2002。

孙宏：《"石墙酒吧造反"前后同性恋文学在美国的演变》，

《外国文学研究》2006 年第 2 期。

唐炯：《经典的重构：论〈马戏团之夜〉的互文性手法》，《福建师范大学学报》（哲学社会科学版）2010 年第 3 期。

田祥斌：《安吉拉·卡特现代童话的魅力》，《外国文学研究》2004 年第 6 期。

汪民安编《色情、耗费与普遍经济：乔治·巴塔耶文选》，吉林人民出版社，2003。

王逢振等编《最新西方文论选》，漓江出版社，1991。

王虹：《隐喻、道德与童话新编——评安吉拉·卡特的新编童话〈与狼为伴〉》，《四川外语学院学报》2000 年第 4 期。

王腊宝、黄洁：《安吉拉·卡特的女性主义新童话》，《外国文学研究》2009 年第 5 期。

〔英〕弗吉尼亚·伍尔夫：《一间自己的屋子》，王还译，生活·读书·新知三联书店，1992。

〔美〕伊莱恩·肖瓦尔特：《她们自己的文学》（增补版），外语教学与研究出版社，2004。

〔英〕特里·伊格尔顿：《二十世纪西方文学理论》，伍晓明译，北京大学出版社，2007。

曾雪梅：《主体与客体的转换·凝视——论安吉拉·卡特作品中的女性主义》，《译林》2009 年第 5 期。

张京媛主编《当代女性主义文学批评》，北京大学出版社，1992。

张中载：《当代英国文学论文集》，外语教学与研究出版社，1996。

赵一凡等主编《西方文论关键词》，外语教学与研究出版社，

2006。

卓慧臻：《嘉年华、女性幻想、社会批评——论英国女作家安
吉拉·卡特的〈紫姬的爱情〉》，《外国文学评论》2004
年第 2 期。

英文资料

Abrams, M. H., *A Glossary of Literary Terms* (7th edition),
Boston: Heinle & Heinle, 1999.

Appignanesi, Lisa, *Angela Carter in Conversation*, London: ICA
Video, 1987.

Armstrong, Isobel, ed., *New Feminist Discourses: Critical Essays
and Theories and Texts*, London and New York: Routledge,
1992.

Atwood, Margaret, "Magic Token Through the Dark Forest", *The
Observer*, 23 Feb. 1992: 61.

Barker, Paul, "The Return of The Magic Story-Teller",
Independent on Sunday, 8 January, 1995: 14.

Bayley, John, "Fighting for the Crown", *The New York Review of
Books*, 23 April. 1992: 9.

Bedford, Les, "Angela Carter: An Interview", *Sheffield University
Television*, Feb. 1977.

Behringer, Wolfgang, *Witches and Witch-hunts: A Global History*,
Cambridge: Polity Press, 2004.

Bettelheim, Bruno, *The Uses of Enchantment: The Meaning and
Importance of Fairy Tales*, London: Penguin Books, 1976.

Blodgett, Harriet, "Mimesis and Metaphor: Food Imagery in International Twentieth-Century Women's Writing", *Papers on Language and Literature*, 2004, 40 (3): 263.

Bonca, Cornel, "In Despair of the Old Adams: Angela Carter's The Infernal Desire Machines of Dr. Hoffman", *Review of Contemporary Fiction*, 1994, 14 (3): 61.

Botting, Fred, *Gothic*, London: Routledge, 1997.

Boyd, Carol, "Toward an Understanding of Mother-daughter Identification Using Concept Analysis", *Advances in Nursing Science*, 1985, 7: 78.

Britzolakis, Christina, "Angela Carter's Fetishism", *Textual Practice*, 1995, 9 (3): 459.

Brontë, Charlotte, *Jane Eyre*, ed. by Margaret Smith, Oxford: Oxford University Press, 2000.

Butler, Judith, *Gender Trouble: Feminism and the Subversion of Identity*, New York: Routledge, 1990.

Childs, Peter, *Contemporary Novelists: British Fiction since 1970*, Basingstoke: Palgrave Macmillan, 2005.

Chodorow, Nancy, *The Reproduction of Mothering*, Berkeley: University of California Press, 1978.

Clark, Robert, "Angela Carter's Desire Machine", *Women's Studies: An Interdisciplinary Journal*, 1987, 13 (2): 158.

Coote, Anna and Bea, Campbell, eds., *Sweet Freedom: The Struggle for Women's Liberation* (2nd Edition), Oxford: Blackwell, 1987.

Crofts, Charlotte, "*Angrams of Desire*": *Angela Carter's Writing for Radio, Film and Television*, Manchester: Manchester University Press, 2003.

Dennis, Abigail, " ' The Spectacle of her Gluttony ': The Performance of Female Appetite and the Bakhtinian Grotesque in Angela Carter's Nights at the Circus", *Journal of Modern Literature*, 2007, 31 (4): 129.

Duncker, Patricia, "Re-imagining the Fairy Tales: Angela Carter's Bloody Chambers", *Literature and History*, 1984, 10 (1): 6.

Dworkin, Andrea, *Woman-Hating*, New York: Dutton, 1974.

Eagleton, Mary, *Figuring the Woman Author in Contemporary Fiction*, Basingstoke: Palgrave Macmillan, 2005.

Eliot, T. S. , *The Waste Land*, ed. by Michael North, New York: W. W. Norton & Company, Inc. , 2001.

Evans, Kim, dir, "Angela Carter's Curious Room", *Omnibus*, BBC2, 15 Sept. 1992.

Farwell, Marilyn, "Virginia Woolf and Androgyny", *Contemporary Literature*, 1975, 4: 440.

Fernihough, Anne, " ' Is She Fact or Is She Fiction?': Angela Carter and the Enigma of Woman", *Textual Practice*, 1997, 11 (1): 102.

Fischer, Lucy, *Linked Lives*, New York: Harper and Row, 1986.

Flax, Jane, "The Conflict Between Nurturance and Autonomy in Mother-Daughter Relationships and Within Feminism", *Feminist Studies*, 1978, 4 (21): 171.

Forsyth, Neil, "A Letter From Angela Carter", *The European Messenger*, 1996, 4 (1): 11.

Gamble, Sarah, *Angela Carter: Writing from the Front Line*, Edinburgh: Edinburgh University Press, 1997.

Angela Carter: A Literary Life, Basingstoke: Palgrave Macmillan, 2006.

" 'There is no Place like Home' : Angela Carter's Rewriting of the Domestic", *Literature Interpretation Theory*, 2006, 17: 298.

Gerrard, Nicci, "Angela Carter is Now More Popular than Virginia Woolf…", *Observer, Life* , 9 July, 1995: 20.

Gilbert, Sandra and Gubar, Susan , *The Madwoman in the Attic: The Woman Writer and the Nineteenth-century Literary Imagination* (2nd Edition), New Haven: Yale University Press, 2000.

Goldsworthy, Kerryn, "Angela Carter", *Meanjin*, 1985, 44: 6.

Gubar, Susan, "Representing Pornography: Feminism, Criticism, and Depictions of Female Violation", *Critical Inquiry*, 1987, 4: 728.

Haffenden, John, ed. , *Novelists in Interview*, London: Methuen, 1985.

Hargreaves, Tracy, *Androgyny in Modern Literature*, New York: Palgrave Macmillan, 2005.

Harrison, Robert Pogue, "The Forest of Literature", *The Green Studies Reader: From Romanticism to Eco-criticism*, ed. by Laurence Coupe, London and New York: Routledge, 2000.

Hosmer, Robert E. Jr. , ed. , *Contemporary British Women Writers*: *Narrative Strategies*, New York: St. Martin's Press, 1993.

Howells, Coral Ann, *Love, Mystery and Misery*: *Feeling in Gothic Fiction*, London: Athlone, 1995.

Irigaray, Luce, *Speculum of the Other Woman*, trans. by Gillian C. Gill, New York: Cornell University Press, 1985.

Bristow, Joseph and Broughton, Trev Lynn, eds. , *The Infernal Desires of Angela Carter*: *Fiction, Feminity, Feminism*, Harlow: Addison Wesley Longman, 1997.

Katsavos, Anna, "An Interview with Angela Carter", *Review of Contemporary Fiction* 1994, 14 (3): 12.

Keenan, Sally, ed. , *Angela Carter*: *Contemporary Critical Essays*. Basingstoke: Macmillan, 2000.

Kenyon, Olga, *The Writer's Imagination*, Bradford: University of Bradford Print Unit, 1992.

Lau, Kimberly J. , "Erotic Infidelities: Angela Carter's Wolf Trilogy", *Marvels & Tales*: *Journal of Fairy-Tale Studies*, 2008, 22 (1): 82.

Maitland, Sara, ed. , *Very Heaven*: *Looking Back at the 1960s*, London: Virago Press, 1988.

Makinen, Merja, "Angela Carter's the Bloody Chamber and the Decolonization of Feminine Sexuality", *Feminist Review*, 1992, 42: 5.

Michael, Magali Cornier, "Angela Carter's Nights at the Circus: An Engaged Feminism Via Subversive Postmodern Strategies",

271

Contemporary Literature, 1994, 35: 492.

Miller, Hillis J., "Derrida's Remains", *Mosaic*, 2006, 39 (3): 197.

Mulvey, Laura, "Visual Pleasure and Narrative Cinema", *Screen*, 1975, 16 (3): 6.

Munford, Rebecca, ed. *Re-visiting Angela Carter: Texts, Contexts, Intertexts*, Basingstoke & New York: Palgrave Macmillan, 2006.

Peach, Linden, *Angela Carter*, New York: St. Martin's Press, 1998.

Pearson, Jacqueline, " 'These Tags of Literature': Some Uses of Allusion in the Early Novels of Angela Carter", *Critique*, 1999, 40 (3): 249.

Philips, John, *The Marquis de Sade: A Very Short Introduction*, Oxford: Oxford University Press, 2005.

Poe, Edgar Allan, *Essays and Reviews*, ed. by G. R. Thompson, New York: Library of America, 1984.

Punter, David, "Angela Carter: Supersessions of the Masculine", *Critique*, 1984, 25 (4): 218.

Philip, Rice and Waugh, Patricia, eds. , *Modern literary Theory* (3rd Edition), New York: Oxford University Press, 1996.

Riviere, Joan, "Womanliness as a Masquerade", *Psychoanalysis and Female Sexuality*, ed. by Hendrik M. Ruitenbeek, New Haven: College and University Press, 1966.

Robinson, Sally, *Engendering the Subject: Gender and Self-*

representation in Contemporary Women's Fiction, Albany, NY: State University of New York Press, 1991.

Roe, Sue, ed. , *Women Reading Women's Writing*, Brighton: Harvester, 1987.

Rowlands, Alison, ed. , *Witchcraft and Masculinities in Early Modern Europe*, Basingstoke: Palgrave Macmillan, 2009.

Sage, Lorna, *Angela Carter and the Fairy Tale*, Detroit: Wayne State University Press, 2001.

Sceats, Sara, "Oral Sex: Vampiric Transgression and the Writing of Angela Carter", *Tulsa Studies in Women's Literature*, 2001, 20 (1): 118.

Simon, Julia, *Rewriting the Body: Desire, Gender and Power in Selected Novels by Angela Carter*, New York: Peter Lang, 2004.

Smith, Patricia Juliana, " 'The Queen of the Waste Land': The Endgames of Modernism in Angela Carter's Magic Toyshop", *Modern Language Quarterly*, 2006, 67 (3): 339.

Tatar, Maria, *The Hard Facts of the Grimms' Fairy Tales*, Princeton: Princeton University Press, 1987.

ed. , *The Classic Fairy Tale: Text and Criticism*, New York: W. W. Norton & Company, 1999.

Toye, Margaret E. , "Eating Their Way Out of Patriarchy: Consuming the Female Panopticon in Angela Carter's Nights at the Circus", *Women's Studies*, 2007, 36: 501.

Tucker, Lindsey, ed. , *Critical Essays on Angela Carter*, New York: G. K. Hall, 1998.

Warner, Marina, *From the Beast to the Blonde*: *On Fairy Tales and Their Tellers*, London: Vintage, 1994.

Watts, Helen Cagney, "An Interview with Angela Carter", *Bête Noir*, 8 Aug. 1985: 170.

Willis, Deborah, *Malevolent Nurture*: *Witch-hunting and Maternal Power in Early Modern England*, New York: Cornell University Press, 1995.

图书在版编目（CIP）数据

像顽童一样写作：安杰拉·卡特小说研究／武田田
著 . -- 北京：社会科学文献出版社，2016.7
ISBN 978 - 7 - 5097 - 9147 - 9

Ⅰ. ①像⋯ Ⅱ. ①武⋯ Ⅲ. ①卡特，A. - 小说研究
Ⅳ. ①I561. 45

中国版本图书馆 CIP 数据核字（2016）第 102353 号

像顽童一样写作：安杰拉·卡特小说研究

著　　者／武田田

出 版 人／谢寿光
项目统筹／祝得彬
责任编辑／仇　扬

出　　版／社会科学文献出版社·当代世界出版分社（010）59367004
　　　　　地址：北京市北三环中路甲 29 号院华龙大厦　邮编：100029
　　　　　网址：www. ssap. com. cn
发　　行／市场营销中心（010）59367081　59367018
印　　装／三河市尚艺印装有限公司

规　　格／开　本：787mm × 1092mm　1/16
　　　　　印　张：17.5　字　数：195 千字
版　　次／2016 年 7 月第 1 版　2016 年 7 月第 1 次印刷
书　　号／ISBN 978 - 7 - 5097 - 9147 - 9
定　　价／68. 00 元

本书如有印装质量问题，请与读者服务中心（010 - 59367028）联系